codaシリーズ

恋人までのA to Z

マリー・セクストン

一瀬麻利〈訳〉

A to Z

by Marie Sexton

translated by Mari Ichinose

Monochrome Romance

A to Z

by Marie Sexton

恋人までのA to Z

Marie Sexton

translation
by
Mari Ichinose

characters
アンジェロ・グリーン
レンタルビデオ店『A to Z』の客。
マット・リチャーズ
音楽フェスで
出会った警官。

ザック・ミッチェル
『A to Z』の経営者。
映画はあまり好きではない
ジャレド・トーマス
マットの恋人。

イラスト：RURU

ザック

レンタルビデオ店を経営しているが、映画は嫌いだ。わかってる。すごくおかしな話だろう。なんていうか、なりゆきでそういうことになってしまったのだ。話は大学卒業までさかのぼる。ちなみに出身はコロラド大《CU》だ。両親はフォートコリンズのコロラド州立大《CSU》のほうに行かせたがっていたけれど、俺が譲らなかった。ＣＵのほうがいい大学だからというのが親への言い訳だったが、本当のところは違う。獣医学とか林業、農業を学びたいならＣＳＵ、でも馬鹿騒ぎをしたいならＣＵだったから。いま思えば、親にはひどく申し訳ないことをした。学費はＣＵのほうが断然高かったのに、在籍した五年間、酔っ払ってるかハイになってるか、その両方だった。どうにか企業経営学の学位は取れたものの、成績評価点平均《GPA》は、せいぜい「２」といったところだろう。悲惨だ。

もちろん、飲んでハイになっていただけじゃない。セックスも山ほどした。大学四年のとき、ジョナサンと付き合いはじめ、卒業後は彼についてアーバダに移った。デンバーの西にある町だ。ジョナサンは会計士の職が決まっていたけれども、俺は無職。通りにあるレンタルビデオ店で働き口を見つけると、これまでどおり、飲んでハイになってセックスした――ときには、ジョナサン以外の男とも。

で、あるとき帰ってみたら、ジョナサンが消えていたというわけだ。いいように考えるなら、これは「目を覚ませ」というサインだった。独りになり、くそ真面目に――まあ、そこそこ――奮闘努力した。だが、仕事は変えなかった。同じアパートにも住み続けた。そして店の主人のマーレイさんが引退を決めたとき、ローンを組んでその店を買った。

いい考えだと思ったんだよな、あのときは。

で、今に至るというわけ。三十四歳、独身、『ＡｔｏＺレンタルビデオ店』の、少々やる気のないオーナー。ええと――俺が映画嫌いだってもう言ったっけ？

春ももうすぐ終わろうとしていて、その日は、これぞコロラドの典型という天気だった。空はきれいに晴れわたり、気温は二十六、七度といったところか。暑さに負けて、しぶしぶ店のエアコンをいれた。

『ＡｔｏＺ』は、雑居ビルに入っている四つのテナントのうちの一つだ。一階にある三店のうちの真ん中で、ホリスティック系書店――心と体のトータルヘルスとか癒しとか、そういう類の本を扱っている――とドラッグ関連用具の専門店に挟まれている。そのせいか、店はいつも白檀《サンダルウッド》のお香みたいな匂いがする。二階は武術の道場になっていて、オーナーはネロ・センセイといった。ネロが苗字なのか名前なのかよくわからないが、皆はセンセイと呼んでいる。今日も、店の前の駐車場で生徒たちが、揃いの白い道着で一斉に声を発しつつ、汗水たらして武術の稽古に励んでいる。

金曜の午後で、店の客は一人きりだった。ここのところ何度か見かけるヤツだ。ものすごく痩せていて、肌の色は少し濃いめ、ふさふさした黒髪が顔にかかっている。まだ、髭もろくに生えてない青二才っていう感じだ。ラテン系かもしれない。いや、違うかも。人種的なことには疎いので定かじゃない。棚に沿って歩きながら映画のタイトルを見ている。時おり足を止めてはこちらを向き、頭を振ってみせる。だが、何が言いたいのかちっともわからなかった。

ヤツが今日返却したのは、『ブルー・ベルベット』という映画だった。つまらなさそうなタイトルを見ながら、棚のどの辺に戻そうかと――棚はかなりとっ散らかっている――考えた。デニス・ホッパーが出ているということは、アクション系か？　だが、カバー写真はモノトーン調で、クラシック映画のようにも見える。結局、面倒くさくなって、最初に目についた空きスペースに突っ込んだ。『特におすすめ』というコーナーだったので、まあオーケイだろう。

そのときだった――理想を絵に描いたような男が店に入ってきたのは。俺と同じくらいの背丈、つまり百八十センチくらいだったが、かなり逞しい。間違いなく鍛えている体だ。ブロンドで青い瞳。濃いグレーのスラックスに白いドレスシャツを合わせ、胸元を開けている。俺はさっと自分のシャツをチェックし、そこそこまともだったので安堵した。よかった、昼飯をこぼした形跡はない。

「トム・サンダーソンだ」彼が手を差し出してきた。「今度、ここの家主になってね」

豊かなバリトンの声という表現があるけれど、まさにそれだろう。頬にはえくぼがある。彼は、信じられないほどホットで――いや、それ以上で、おまけに俺のことを、興味津々といった感で上から下まで眺め回している。

急に、仕事がとても面白いものになってきた。

「よろしく」握手しながら俺は言った。「ザック・ミッチェルです」

「ザック」

握手にしては少しばかり長く握ってないか？　そう思ったときトムが俺の手を放し、店内を見回した。

「いい店だな」トムが、皮肉に聞こえないよう苦心しているのがわかった。それもそのはず、店の内装は何年も放ったらかしなのだ。壁のポスターは色褪せ、薄汚れていて、おまけに『新作』と銘打ってあったが、今では旧作もいいところだろう。

「景気はどう？」

「悪くないかな」嘘だった。実のところ、悪かった。利益がゼロということはないにせよ、よくないのは間違いない。今、こうして生意気そうな痩せっぽちの客が一人いるだけでも「混雑タイム」といってよかった。トムを見てもう一度言う。「なんとか耐えてるよ」少なくともこれは嘘ではなかった。「で、うちの家主になったの？」

「まあね。でも誤解しないでくれ、俺は悪いヤツじゃない」トムが悩殺的な笑みを向けてくる。

「ああ、信じる」

トムの目つきは品定めでもするみたいだった。また笑みを浮かべる。「今夜、夕飯に誘ってもいいかな。悪いヤツじゃない証《あかし》に」

嘘だろ？――こんな魅力的な男に誘われたのか？　自分の幸運が信じられなかった。というのも、俺はいわゆる平均そのものだったから。百八十センチの中肉中背、髪は茶色で目は青。月並み、月並み、どこをとっても月並みだ。まあ、そんなに悪くない外見だとは思うけど、街で振り返られたり、セクシーだと言われたり、ひと目惚れされるようなタイプじゃない。ほら、そういうやつっているだろう？　ちょうど目の前のトムみたいな。

「いいね、それ」熱がこもり過ぎて聞こえないといいんだが。

「六時に迎えにくるよ」

デートなんて、何か月もご無沙汰だ。六時までずっと時計から目が離せないだろう。

その午後遅く、ルビーが顔を見せた。隣のホリスティック系書店の女主人だ。若くみても六十代といったところで百五十センチそこそこ、体重は四十五キロもないだろう。銀髪を短くしゃれた感じに整え、いつもパンツスーツをすっきりと着こなしていた。今日はチャコールグレーの上下に、アクセントとして首元にスカイブルーのスカーフ。瞳の色にもよく合っている。育ちのよろしい裕福なご婦人みたいないでたちだ。

　だが、そんな幻想は、ルビーが口を開いたとたん見事に砕け散る。あまりまともじゃないってことが、すぐにわかるからだ。

「ハイ、ルビー。新しい家主にはもう会った？」

「もちろんよ」不快そうにルビーが返す。「ほんと嫌な男ね」

「え？」ルビーがあまりにも深刻そうなので、笑わないようにしないと。「どうしてまたそんなことを？」

「あの人には人間味がないわ」

　あたかもこの世でこれほど確かなことはないと言わんばかりだ。

「そう思わない？　あらゆる点で邪悪」と身震いする。「きっとトラブルの種になるわよ、ザック」それから、こちらに向かって指を振ってみせる。「いい？　私の言ったこと、よく覚えていてね」

「わかった」と言うしかないよな？　こういうとき。

「でも、そのことで来たんじゃないの。ゆうべ、あなたのビジョンを見たのよ」

　ルビーは自称霊能者《サイキック》だ。いつだって何かしらのビジョンを見ている。正直、そういうのを信じるたちじゃないのだが、ルビーに面と向かってそう言う勇気はない。だから「へえ、そう」

と、軽く流した。

「本当よ。あなたを見たの。エンジェルと一緒に立ってたわ。あなた、自動車の部品を売ってる店にいてね、チキンアルフレッド〔訳注：鶏のクリームソースのパスタ〕をお客さんに出してた」

ルビーは期待に満ちた目で俺を見た。

ビジョンを聞いたあとは、いつだって反応に困ってしまう。ここは拍手をすべきところなのか？　それともびっくり仰天するべきか。もしくは、ものすごく怖がってみせるとか？

「ふーん……」結局、もごもごご言葉を濁した。「なんか、すごい感じだね」

「私もそう感じたわ」ルビーはまだ目をきらめかせてこちらを見ている。今にも俺がすべてを認め、「そうなんだ、実はこの前の晩、大天使ガブリエルと一緒にバイトしてたんだよね」とか白状するんじゃないかって。

だが、もちろんしなかった。「エンジェル？」とぼそりとつぶやくと、「そうそう、そうなのよ！」とルビーが輝くような笑みを向けてくる。「ねえ、素敵じゃない？　私、いつもあなたが可愛い女の子と出会えるように祈ってるんだけど、ついに、その日が来るんだわ」

「可愛い女の子」との出会いなんぞ、これっぽっちも興味がないということはまあ、このさい措《お》いておこう。これまでルビーには——少なくとも二十回くらい「ゲイだ」と告げてきたが、いつだって「あら、何か言った？」という態度をとるのだ。俺がゲイなのは今だけで、じきに卒業すると考えているのは間違いない。

「だからこれ、絶対言わなくちゃと思ったの。あなたが知りたいはずだってね」

「もちろんだよ、ルビー。ありがとう」そう言いながら、真面目な顔をしているのはなかなかつらかった。「感謝してる」

ルビーは訳知り顔で頷くと、戸口に向かった。ルビーがちょうどドアを押し開けたとき、ふと思いついて声をかけた。

「ルビー」うん、これはぜひとも聞いておかなくては。「俺、死んでたの？」

ルビーは驚いて振り向いた。「まさか、そんなはずないじゃないの。どうして死んでいるなんて？」

「ええと……」なんだか馬鹿みたいだな、俺。でも、いったんそんな疑問が浮かんでしまったら、どうしても聞かずにはいられなかったのだ。

「だって天使がそばにいたんだろう？　なら天国にいたってことになるんじゃないかな」

ルビーが俺に向かって指を振る。「お利口ぶらないの、ザック。だいたい天国に車なんかないわよ」


ルビーが出ていったと思ったら、今度はジェレミーが現れた。両隣のうちもう一軒のほう、ドラッグ用具店の店主だが、こういう店にありがちな、長髪でサンダル履きのヒッピーなんかじゃない。三人のティーンエイジャーの父親で、毎日きっちりネクタイを締めてくる。ＰＴＡ

活動を精力的にこなし、おまけに市議会議員でもある。そのうえ自由党の強力な支持者だ。まあ、たいていの場合、たいして問題じゃないのだが、今年は選挙の年だった。つまりジェレミーは本格的にキャンペーン・モードに入っているということだ。

「ザック、大統領選には誰に投票するか決めてるかい？」

政治については、情けないほど何も知らない。「誰が立候補するか、もうわかってるんだっけ？」と返した。予備選挙とか、党員集会とか、何かそういうのが最初にあるんじゃなかったか？

ジェレミーはあきれ顔で頭を振る。「二大政党員《リパブリクラット》どもがどんな口先野郎を候補者に上げるかなんてどうでもいい。どちらを選んだところで、現状維持のための投票だ。でも、本当にそれでいいのかい？」

「ふううむ」

「妊娠中絶の合法化には賛成？」

「まあね」中絶については、ゲイはさほど熱心に考える必要はないんだが。

「同性同士の結婚には賛成だよな？」

「もちろん」でも、その前にまずデートの相手を見つけなきゃ、だよな。

「で、マリファナの非犯罪性も信じてる？」

「ああ」生活の糧としてマリファナ用の水パイプを売っている男と、これについて口論するのは避けたいところだ。

「俺たちは、まったく機能していない現行の福祉国家体制に反対の一票を投じることができるんだ。基本的権利に反することなしでね。基本的権利っていうのはつまり、憲法で守られるべき権利のことだが」

「ええと――」

「もちろん憲法は読んだことがあるだろう？　ザック」

俺は黙って考えた。読んだことがあっただろうか？　覚えていない。公の教育で十二年、おまけに名門大で五年も勉強してきて、一度も憲法を読まずにきたってことか？

「読んでないと思う」自分でも驚きだ。

ジェレミーはまた頭を振ってみせた。「大統領もだよ、ザック。どう思うね」

カウンターにどっさりパンフレットを置くと、ジェレミーはルビーの店を目指して出ていった。やれやれ、長い選挙シーズンになりそうだ。

だらだらと午後が続いていくなか、なじみの客が次々と店に現れた。金曜だからだ。最初が黒髪の瘦せたガキ。確かトムが出ていってから、ルビーが天使とパスタのお告げとともに現れるまでの間にあいつも出ていった。お次がジミー・バフェット。もちろんご本人じゃなくて俺が勝手にそう呼んでいるだけだが、本当にあの歌手によく似てるんだな、これが。カウンターにＤＶＤを持ってくるたび、わがバフェット氏は気まずそうな顔をする。思うに、いつも彼が着ているアロハシャツのせいだろう。その次がエディだ。これもまた俺が勝手につけた名前。というのも、アイアン・メイデンのＴシャツ（バンドのおどろおどろしいキャラクター「エディ・ザ・ヘッド」がついている）をしょっちゅう着ていて、ボーカルのヤツと同じ髪型をしているからだ。で、なぜかいつも俺にムカついてるようだった。音楽のせいだろう。そしてしんがりが、ゴス・ガール。黒髪に、太く入れた黒のアイライン。化粧のせいでいつも泣きはらしたような顔に見える。下唇にはピアスリングが三つ。レンタル代を支払うときも俺に挑むような視線を向けてくる。ともあれ、これでようやく本日の営業が終了した。

日暮れが近づくにつれ、トムが来ないのではないかという気がしてきたが、ぴったり六時に車で現れると、感じのいいレストランに連れていってくれた。二人でキャンティを一本空け、とりとめのない話をした。トムが、俺を誘っているのは間違いなかった。食事が済むと俺を『ＡｔｏＺ』まで送ってくれ、俺が車を停めている場所まで一緒についてきた。

「ビルの前の持ち主が破産寸前でね、俺が安値で買ったんだ。しかしあのオーナー、家主としてはひどいもんだな。今の店、リース契約すら結んでないだろう？」

「ああ。マクブライドさんは契約とか問題にしないんだ。決まった額を払いさえすれば、それでいいって」

そう言いながら、自分が家主の気分しだいでいつでも立《た》ち退《の》きさせられる立場にあることに気づいた。

「すぐにでも新しい賃貸契約書を作るよ。ちょっと悪い知らせだが、これまでと同じ料金で貸せるかどうかわからない。ビルのメンテナンス費用もかかるし、俺にすれば、まあビジネスだからね」

これは間違いなく悪い知らせだった。今だって精一杯やりくりしているのだ。家賃が上がるとなれば大打撃になる。

「どれくらい上がるのかな？」

「どうだろう。まだ、諸々とりかかってないからなんとも言えないな」

トムが近づいてきたせいで、心臓の鼓動が早まってしまう。

「家賃が上がってもやっていけるかい」こんな話題でも、彼にかかると信じられないほどセクシーだ。

「いや、無理かも」俺は返事をするのがやっとだ。トムが手を伸ばし、俺の頬を撫でる。

「きみを廃業させたくないな」トムがまた一歩近づき、体をそっと押し付けてくる。

「廃業ならもう会えないしね」

トムが微笑んだとたん、膝の力が抜けてしまった。体がぴったりと重なり、唇が唇をかすめる。彼の香りでくらくらしそうだ。体を預けると、本格的にキスしてきた。舌が入ってくる。両手で尻をつかまれ、激しく抱きしめられる。服の上からでも、トムの引き締まった体の感触にうっとりする。

「きっと」セクシーで低い声が囁いてくる。「二人で解決できるさ。だろ？」

「もちろん」

「よかった」トムが笑い、体を離した。「また会いたいな」


家まで古いマスタングで——大学時代から乗ってるやつだ——帰る道すがら、俺はずっと後悔していた——なんでトムを家に誘わなかったんだろう、まったく。

アパートの階段を上るころには、たった一度のキス、その興奮の名残りくらいではとうてい満足できなくなっていた。この程度じゃ、独り暮らしの慰めにもならない。まあ、寝るまでの暇つぶしは、今夜は数時間で済みそうだけど。

ワインをグラスに注ぎ、音楽をかけた。ダイニングのテーブルには、ジグソーパズルが半分やりかけのまま放ってある。仕方がないので続きを始めた。これがお決まりの夜の過ごし方なのだ。ジグソーパズルにクロスワード、数独。時間をつぶせるなら何でもいい。

ジョナサンの飼っていた猫、ゲイシャがふらりと入ってきた。いまだにゲイシャのことを「ジョナサンの猫」だと思ってしまう。彼が出ていき、俺が世話をし出して十年になるというのに、だ。銀色で毛足は長く、瞳は緑色。置き去りにしたのはジョナサンなのだが、俺のせいだと思っているのか、絶対に懐《なつ》こうとしなかった。今もまた、猫にしかできない独特の目つきでじっとこちらを睨むと、居間の窓にある猫用扉を通って出ていった。

ジョナサンと二人でゲイシャを家に連れ帰ったとき、どれだけ興奮していたかを思い出す。あのころの俺たちには、たくさんの可能性——将来があった。

今ではみんな、遠い過去の話だ。

いったいなぜこんなことになってしまったんだろう？　今でもまだ同じアパートに住み、同じビデオ店で働いてるなんて。「ＤＶＤ革命」もどうにか生き抜いてきたが、なんのためだ？この仕事には何の愛情もない。かといって、ほかの仕事も考えつかない。店をやめざるを得なくなるのは、時間の問題だとわかっている。もっと前にやめてしまうべきだったのだ。

でも、ほかに何ができる？——やはり、何も思いつかない。

俺はただ、暗い波間を漂っているだけ——救命ボートに乗りながら、次に来る嵐にのまれ、溺れ死ぬのを待っているのだ。直視するにはあまりにも憂鬱すぎる。ワインを飲むのをやめ、さっさとベッドに入った。

＊

翌日、トムが電話でまた会いたいと言ってきたが、いつとは言わなかった。それから数日、連絡はなかったが、さほど気にならなかった。忙しすぎてそれどころじゃなかったのだ。店には従業員が一人いる、二十二歳で、トレイシーといった。いや、タミーだったかな？　人の名前を覚えるのは本当にしんどい。いつもハイでお香みたいな匂いがする子だ。もうこれで四回続けてサボっているから、そろそろくびにしても文句は言われないだろう。

困ったのは、その日は本当に忙しかったのに、誰の助けもなかったことだ。ようやくラッシュアワーが過ぎたと思ったら、あの生意気な痩せっぽち野郎が戻ってきた。今日、返却してきたのは『ブレード・ランナー』。観たことはないが、ＳＦだということくらいはわかる。ヤツは棚から映画を一つ取り出した。それからこちらを見ると、軽く頭を振りながらそれを別の棚に入れた。

おいおい、あいつ、商品を勝手に動かしてるのか？　こういうときはまずどう対処すればいいんだっけ？　これ以上棚をめちゃくちゃにされたら、たまらない。

ヤツに声をかけようとしたとき、トムが店に入ってきた。この間と同じく、パリッとした白いシャツのボタンの外れ加減がなんとも絶妙で、思わず見惚《みと》れてしまう。

トムはカウンター越しに身を傾け、俺の瞳をじっと見つめた。今この瞬間、俺は間違いなくこの世でいちばん間抜けな笑みを浮かべ、へらへらしているはずだ。

「やあ」スマートでセクシーな声。「ずっときみのことを考えてたよ」

「それはうれしいな」

トムは店内を見回し、痩せっぽち野郎がいるのに気づくと俺に囁いた。「あいつ、まだ粘るつもりかな?」

「たぶん」と、肩をすくめてみせる。ちょうどそのとき、ヤツが棚から何か引き抜き、カウンターに持ってきた。『マッド・マックス』。よし。これなら、返却されたとき、どこに戻せばいいかすぐわかる。支払いを受けている間、こちらはもう、気もそぞろだった。

トムはヤツが出ていくのを入り口までついていき、扉の鍵を閉めた。それから笑顔でこちらに戻ってくる。

「やっと二人きりだ」

心臓が、突然激しく脈打ちはじめる。手のひらは汗ばみ、俺のものは固くなるあまりジーンズのボタンも弾け飛びそうだ。トムは微笑んだまま近づいてくると、俺の後ろのドアに頭を向ける。「あっちは?」

「事務室」

トムの笑みがさらに広がる。「完璧だな」

最初にトムが事務室に入り、俺が続くと彼はドアを閉めた。それから振り返り、やさしく壁に俺を押し付けた。トムの体がぴったり合わさり、首元を唇がかすめる。

「マジな話、ザック、一緒に出かけた晩以来、ずっとお前のことばかり考えてる」

トムの手が背中を滑り下りていき、俺の尻をしっかりつかんだ。

「お互い、ほとんど知らない同士だっていうのはわかっている。だが何か特別なものを感じるんだ」

特別なもの？　半端ないほど固くなった二つのもの以外に何がある？

もちろん、今ここでそんな話をするつもりはなかった。首筋を唇が這い、股間に股間がぎゅっと押し付けられる。

「もっと互いをよく知ったほうがいいと思わないか？」

「ああ、いいね」

「今夜、夕飯でも？」

「もちろん」

トムは尻をつかんでいた手に力を込めると、そっと身を離した。

「六時に迎えにくるよ」


俺たちはこの間と同じレストランに出かけた。トムはまたワインを一本注文した。それから、株やらポートフォリオやら投資利回りについて、べらべら話しまくった。幸い、退屈で死にそうになるのは免れた。その間ずっとトムが俺の腿を撫でまわしていたからだ。

勘定を済ませると、トムは俺の固くなった股間をそっと撫でた。体を近づけ、耳元に囁いてくる。

「家に寄ってもいいかな」

ツンとした。「もちろん」こちらから誘う手間が省けて、ほっとする。

アパートのドアを開けたとたん、ゲイシャが寝室から飛び出してきた。トムに向かってシューッと威嚇の声を上げると猛スピードで俺たちの足元を通り抜け、専用の扉から逃走する。

「どうかしたのか？　あの猫」

「人間ぎらいなんだ」

だが、昔の男の飼い猫の話題などでこれ以上時間を無駄にするつもりはなかった。トムの首に腕を回し、唇を重ねる。トムの体は逞しく引き締まっていて、早く脱がせたくてたまらない。壁に押し付けられた。キスは激しく執拗になってくる。舌で口の中をまさぐられ、尻を手でぎゅっとつかまれる。

欲望で、体が燃えるようだった。生身の相手に触れるのは八カ月ぶりだ。あのときは、酔った勢いで寝たというだけで、終わればすぐ忘れてしまうようなお粗末なものだった。今のこれは、まったく違う。俺はもっともっとトムを味わいたかった。シャツの下に両手を入れ、胸に触れる。ごわごわと茂った胸毛を感じる。両親指で両方の乳首に触れると、トムが呻き声を上げた。

トムのボトムスを脱がせて下ろし、彼のものをつかんだ。トムが俺の口の中で喘ぎ、激しく腰を突き出してくる。トムの両手は俺の両尻をつかみ、指が尻の割れ目に触れる。

「ああ、ザック……いいね」

俺の手はせわしなくトムのものを摩《さす》っていたが、彼の手は俺の尻で止まったままだ。仕方なく、自分でジーンズを下ろした。俺のものが彼とぶつかり合い、俺は彼を激しく引き寄せると唇を合わせ、攻めるように腰を回し、突き上げた。二人の体の間で、二つのものがぎゅっと擦《こす》れ合う、その感覚が最高だった。ひと晩じゅう、こうしていたっていい。トムに体を押し付け、その手で触られるだけでもいい。俺は攻めた。股間と股間をさらにぎゅっと擦り付ける。トムは呻き、俺の手をとって股間のものへと導いた。トムの両手が俺の背に回る。

俺は二人のものを同時に握り、上下に手を動かしはじめた。

「そう、それだ……もう少し強く」

トムの指が俺の割れ目をゆっくり辿る。その指が、穴の縁をいじる。

「もっと強く……ああ、もっとだ」

俺はさらに力をこめ、ペースを速めた。トムはキスをするのもやめ、俺の首元に顔を埋めている。息を荒げ、低い声でつぶやいている。「ああ、そうだ、ザック……それだ。やめないでくれ。そう……そのままいってくれ」

トムに尻を激しくつかまれ、もう限界だとわかった。トムがいき、手の中で温かなものが噴き出したとき、俺も限界に達した。

しばらくキスを交わし、それからトムは浴室に向かい、俺はきれいなスウェットに履き替えた。玄関までトムを見送ると、トムは俺を引き寄せ、唇を重ねてきた。

「また会おう」

＊

トムとは三日後に会う約束をした。六時にまた迎えにくる予定だったが、四時に店に現れた。予定をキャンセルに来たのだ。

「ベイビー、すまない。急に会議が決まってね。どうしても外せないんだ」

店にはいつもの生意気そうな客がいたので、トムにはもう少し小さな声で話してほしかった。幸い、ヤツはこちらを見ていない。聞こえていないといいんだが。

「夕方六時から会議？」

冷静に応えたものの、なんだか疑わしく思えた。

「八時には終わるから」トムは心から申し訳なく思っているようだ。「もしよければ、そのあとで会いたいんだが」

全然会わないよりはましか。

「ああ、いいよ」

なるだけ気軽な感じで応えた。本当はかなりへこんでいたのだが。

トムが出ていくと、俺はまたクロスワードパズルに戻った。気分は落ち込んでいたけれど、最悪の事態じゃないんだから、と自分に言い聞かせた。少なくともトムは俺にまた会いたいとは思っている。食事の約束が飛んだことくらいなんでもない。だろ？　とはいえ、六時が近づいてくるのが恐ろしくもあった。店を閉め、誰もいないアパートに一人で帰るのだ。

——とそのとき、突然ずけずけした口調で話しかけられ、ブルーな気持ちから現実へと引きずり戻された。

「映画を探してるんだけど、教えてくれない？」喧嘩でも売るような口調だ。

顔を上げると、例の客が待ちかねるようにこちらを見ていた。俺よりかなり年下で、たぶん二十代前半から半ば、といったところだろう。背丈は百七十センチくらいか。コンバットシューズにかなり着古したTシャツ、だぶだぶのジーンズを腰のあたりまで下げて履いている。もう少しで尻まで見えるんじゃないかという感じだ。

「うーん」

本当は「もちろん」と言いたいところだが、それでは嘘になる。

「あんたの店のシステムがよくわかんないんだけど」

「アルファベット順に並べてある」

若い客はひねくれた笑みを浮かべた。見ようによってはキュートともとれるが、今は正直ちょっと鬱陶《うっとう》しい。

「へえ、どのアルファベットを使ってるわけ？」

客の言うとおりだった。アルファベット順に並べるのはとっくの昔に諦めてしまっていた。

「ジャンル別になってるよ」俺は棚の上に貼ってある札を指さした。

「一応ね。でもさ、全然めちゃくちゃなんだけど」

だんだんいらついてきた。こいつの言い分のほうが正しいからなおさらだ。ふん、こんな若僧に商売のやり方を教えてもらいたくなんかない。

「どこが？」

「ここがだよ」

ヤツはすぐ隣を指さした。『名作』の棚だ。

「『すてきな片想い』は名作じゃない」

「俺たちの世代からすれば名作なんだよ」

「まさか。こいつは『欲望という名の電車』の隣に置くような代物じゃない。あんたが遠い昔の青春を懐かしもうが知ったこっちゃないけどさ。それにこれだ」ヤツは別の棚を指さした。

「『トゥルー・ロマンス』。これ、ロマンスじゃないから」

「え、どういうこと？」

「脚本、クエンティン・タランティーノだよ。アクション映画。観たことないの？」

俺はだんだん気まずくなってきた。「ああ。観てない。ロマンスものは好きじゃないんだ」

ヤツはあきれ顔になる。「へええ、そうかよ」黒髪をかき上げ、諦めたようにため息をついた。「『戦場にかける橋』を探してるんだけど、ある？」

「うーんと……たぶんあるんじゃないかな。尼さんが橋を爆破するやつだろ？」

ヤツの顔にひねた笑みがまた浮かぶ。「違うって。それは『真昼の死闘』。シャーリー・マクレーンとクリント・イーストウッド。俺が言ってるのはアレック・ギネスの映画。ほら――オビ＝ワン・ケノービだよ」

俺は頷いた。さすがに、オビ＝ワンが何者なのかくらいは知っている。

「あの映画、口笛のテーマソングくらいしか覚えてないから、もう一度観たいんだけど」

「でも、橋は出てくるよね？」

それが映画を探すのにどう役に立つのか、なんて聞かないでほしい。店主としては、まずとにかく話についていかないと。

だが、ヤツは頭を振るばかりだ。「いいや。もう忘れてよ」そして脇の棚から『シャイニング』を取るとカウンターまで来て、目の前にぽんと置いた。俺より十センチくらい背が低かったから、顔にかかった長い前髪越しにこっちを見上げてくる。

「映画、ほとんど観ないわけ？」

「大作ものはわりと好きだけどね」言い訳じみて聞こえないといいんだが。

「でも、それじゃ商売はやってけないよね？　だって大作はどの店でも扱ってる。よそに勝つには、そこじゃ置いてないようなもんを扱わないと。ほら、カルトの名作とか」

「カルトの名作？」

「そう」

「『ブレックファスト・クラブ』とか？」

ヤツは瞬きしてこちらを見た。一回、二回。

「あんた、どんだけ高校でお上品だったんだ？」

キツい物言いだ。

「なんだって？」

またあきれ顔になる。「いや、忘れて」

『ブレックファスト・クラブ』はカルトの名作じゃないのか？　だいたいカルトの名作ってなんだ？　そういうジャンルについて聞いたことはあったような気がするが、どういう作品をいうのか、見当もつかなかった。

「ええと、じゃあ、どういうジャンルの作品のことかな？」なるべく友好的な口調で尋ねる。

「ぜひとも知りたいね」

一瞬、ヤツは俺を見た。ちゃんと答えてやろうか適当にはぐらかそうか、考えているのだ。それから、また髪をかき上げた。「『悪魔の毒々モンスター』。店にある？」

「ああ。たぶん――いや、わからないな」

「『エド・ウッド』は？」

「エド、だれ？」

「エド・ウッド。ジョニー・デップの」

「あの髪を切る男の話？」

「それって、エドワード・シザーハンズかスウィーニー・トッドのこと？」

「いや、ジョニー・デップのことだが」

ヤツはまたまたあきれ果てた顔をする。

「じゃあ、『コックと泥棒、その妻と愛人』は？」

「いまのは四つの映画？　それとも一つ？」

「『ZOMBIO／死霊のしたたり』は？『ヘザース／ベロニカの熱い日』は？『ウォリアーズ』は？」

「ヘザース！」俺は勝ち誇って言った。「それなら、そのへんにある」

「おい、ラム、このカフェテリアっておかま出入り禁止だったよな？」

「ええっ？」

「つまり『それにしちゃ、尻穴《くそ》野郎がのさばってるみたいだな』ってこと」

俺は完全に言葉に窮してしまった——目の前の生意気な野郎は、今、俺をおかま呼ばわりしたのか、尻の穴呼ばわりしたのか、その両方なのか？　だが、ヤツはまたあきれ顔で俺を見た。

「『ヘザース』の中の台詞だってば。忘れてくれ、あんたが知ってるわけないよな」

いったい俺たちは、同じ言語を話してるんだろうか？　俺の困惑ぶりが手にとるようにわかったのだろう、ヤツはため息をつくと、ポケットに手を突っ込んで財布を取り出した。

「もう少し、映画を観たほうがいいんじゃない？　店主なのによくそれでやってけるな」

俺もちょうど、同じことを考えていたところだった。トレイシーもくびにしたことだし、ここはチャンスなんじゃないか？

「ええと——きみ、仕事したくない？」

「してるけど」

「そうか」なぜ、こいつが無職だと勝手に思い込んだんだろう。「わかった」

「いいよ」

「何が？」

「仕事したい」

「だって今、してるって言ったじゃないか」

「まあね、二つかけもちしてる。でも、もしここで雇ってくれるんなら、そのうちの一つは辞める。どスカな仕事だから」

『ドスカナ』というのが何なのかよくわからなかったが、聞き返す勇気はなかった。「ここの映画、全部任せられるかな？」

「もちろん」

「で、いつから働ける？」

彼は笑顔を見せた。「今から」

「なんて名前？」

彼の顔から笑みが消えた。「ちょっとさあ、ここ三週間ほとんど毎晩来てるってのに、なに、俺の名前も知らないわけ？」

確かにそのとおりだ。本当に、物覚えが悪くて困る。口を開きかけたが遮られた。彼は頭を振りふり答える。

「アンジェロ。アンジェロ・グリーン」

＊

夜、八時をまわってもトムは現れず、何の連絡もなかった。それでもようやく、九時を過ぎたころにうちのドアベルが鳴った。

「遅かったね」非難がましくないように、気軽な感じを装う。たぶんうまくいったはず。

「本当にすまない、ベイビー」トムは俺を壁に押し付け、唇を重ねてきた。舌が俺の口の中をまさぐり、トムのものはすでに固く当たってくる。

俺は怒りたかったのだが、うまくいきそうになかった。なんといってもこんなゴージャスな男が俺の尻をつかみ、股間を俺のそれにねじ込もうとしているんだから。ああ、トムがほしくてたまらない。

「ワインがあるけど」どうにか息をつぎ、俺は言った。

「あとだ」キスはますます激しくなる。トムが呻いた。

「ザック。今夜はお前をやりたい。お前がほしくてたまらないんだ。お前だってそうしてほしいだろう？」

そのとおりだった。トムの言葉を聞いて俺のものはさらに固くなり、痛いほどだ。

「ああ」

二人で寝室に向かった。唇を貪り、体をまさぐり合い、服を脱ぎ捨てながら。

引き出しからコンドームとルーベを出し、トムに渡す。トムは俺をベッドに押し倒すと、俺の尻をつかんで体を引き寄せた。次の瞬間、トムのしなやかな指が俺の中に入り込む。俺は呻き、さらに体を寄せた。

「気持ちいいか？」指を差し入れては、俺の中のスイートスポットをかすめる。快感が波のように押し寄せてくる。

「ああ」

「なんてぴっちりしてるんだ、ベイビー。いつからだ？」

指で絶えず攻められ、まともに返事もできない。「もうずっとだ」トムに体を激しく押し付ける。

「ああ、いいね。どれだけ気持ちいい？」

「死ぬほど」俺は喘いだ。

「いますぐやりたい、ザック」指が抜かれ、トムの先端が当たる。「もう、待てない」

トムのものがぐっと入ってくる。あまりに激しかったせいで、叫ばないようにと唇を噛んだ。

「ああ、ベイビー……思った以上だ。相当締まってるな……くそ……最高だよ」

俺は少しばかり水を差されたような気分だった。トムがコンドームをつけていないのだ。さっき手渡したのをなんだと思ったんだ？「つけてくれ」っていう意味に決まってるだろう？だがもう手遅れだ。まあ、ここは許してやってトムの感触を味わい尽くそう。トムはぐいぐいと突っ込みながら、意味のない言葉をずっとぶつぶつ呟いている。「すげえ、最高だ……締まってる、そう、これだ、ああ……これだ」

セックスの間、意味もない戯言《たわごと》を聞かされるのは俺の趣味じゃなかったが、さすがに「黙れ」とは言えなかった。

だんだんとスピードが速まり、トムはそろそろ限界に達しかけていた。俺は片手でベッドのヘッドをつかむと、もう片方で自分のそれを握って擦りはじめた。トムの動きは手荒くて、明日になったらずきずき痛みそうだ。両手で尻をつかまれる。「もっとだ……もっと奥だ」そのときトムが限界に達し、俺の中で激しく痙攣した。俺はまだこれからだったが、トムはお構いなしで、俺の中にずっぽり入ったまま、尻をぎゅっとつかんでいる。俺が達してようやくトムは体を滑らせ、隣に横たわった。

「最高だよ、ザック」

俺も同じように言えたらいいんだが。でも、どんなセックスでもしないよりはましだ。それに、何度か試すうちによくなっていくだろう。

「こんなに遅くまで働かないといけないのかい？」俺は尋ねた。

「会議が長引いたんだ。ほら、わかるだろ？　誰もかれもが喋りまくって、誰も聞いちゃいない」

正直、全然わからなかったので、返事はしなかった。

「会議ってやつは本当に厄介だよ」

「でも、終わってよかった」

「ああ。本当に会いたかったよ」トムはこちらに転がってくると俺にキスし、それから体を起こして服を着はじめた。

「ワインをもらおうかな」

俺もスウェットとTシャツを身につけ、ワインをグラスに注いだ。居間に向かうと、トムもあとをついてくる。音楽をかけ、振り返る。居間の入り口でトムが俺をじっと見ていた。互いに突っ立ったまま見つめ合う。ぎこちない空気が流れた。妙な具合だった。体を開いた相手なのに、話題が何も見つからないのだ。

トムはダイニングを覗き、テーブルにジグソーパズルが出ているのに気づいた。テーブルに近づいていく。俺もあとに続いた。

「パズルは好き？」と俺。

「もちろん」トムが笑みを浮かべる。

椅子に腰を下ろすと、トムも隣に座った。

「これ、思った以上に手ごわいんだよね」言いながら、何度挑戦しても嵌《は》めることができないでいるピースを探した。「すごい微妙な形でさ」

トムが熱のない相槌をうった。構わずにピースを探し続ける。トムはそわそわしながら、適当にピースをつまみ上げ、嵌めようとした。それから何分もしないうちに立ち上がると、居間のほうへ行った。突然、音楽がやみ、ラジオがかかった。つまみを回しているのか、ガーガーと耳障りな音がする。なかなかステーションが見つからないのだろう、細切れな音がしたかと思うと止まり、またひどいノイズがし、こっちまでいらいらしてしまう。だいたい、俺のかけた音楽のどこが気に入らないんだ？　せめて、「別のが聞きたい」とか、何か言えばいいのに。

ようやく好みのステーションを見つけたのか、トムが戻ってきた。そのまま座りもせず、テーブルの傍らでワインを飲み干す。「もう行かないと。明日も仕事で早いんだ」

「わかった」どうにか平気そうに振る舞うと玄関まで見送り、軽く別れのキスを交わした。

結局また、一人でワインを飲むことになってしまった。

＊

翌朝はアンジェロの初出勤日だった。正直、すっぽかすのではと思っていたのだが、時間どおりに現れた。

「車はどこに停めた？」アンジェロが入ってくるなりそう尋ねた。「センセイの道場のテラス下はお勧めできないよ。生徒が柵から身を乗り出して吐くんだよね。年に二度くらいだけど」

アンジェロは面白そうな顔をしたが、首を横に振った。「車は持ってない」

「え？　運転しないの？」驚いて聞き返す。

「車は持ってないって言ったんだけど」あたかもその違いが重要だといわんばかりに繰り返す。

「だって、いらないから。うちはここから二ブロック先だし、別の勤め先も四ブロックしか離れてない。食料品店も近いしね」と、肩をすくめる。「買い物だって歩いていける」

「でも、冬はどうする？」

アンジェロは例の不機嫌そうでキュートなしかめ面をした。「だから、歩いていけるって言っただろ」

ドアが開き、急にルビーが入ってきた。アンジェロはドアのすぐそばに立っていたのだが、ルビーは両手を広げ、ずんずんと彼に向かっていく——さあ、ハグするわよ、とでもいうみたいに。アンジェロの反応はまったく意外だった。あわてて後ずさりしたのだ。えらくあたふたしたせいで、自分の足にけつまずきながらＤＶＤの陳列棚にぶつかってしまう。一瞬、棚自体がひっくり返るんじゃないかと思えた。どうにか持ちこたえたものの、パッケージが十かそこら、ばらばらと床に落ちた。棚にぴったりと張り付き、これ以上逃げ場がなくなってしまい、結局ルビーにハグされたアンジェロは、さながら車のヘッドライトの前で硬直している鹿のようだ。あんまりにも恐怖におびえているので、笑わないようにするのが大変だった。

「あなた、体じゅうからポジティブなエネルギーが出てる」ルビーは当たり前のように言い放った。「お店の外にいても、壁を突き抜けてあなたの光を感じたわ！　あなたは命に活力をもたらす人ね」

ショックのせいか、アンジェロは口もきけず、ただルビーを見ている。ルビーは皺の寄った手でアンジェロの頬をぽんぽんと叩くと、何事もなかったかのように出ていった。

アンジェロは恐ろしく見開いた目でこちらを向くと、息も絶え絶えに言った。

「あれ——何なんだ？」

「ご近所さん。隣で本屋をしてる」

「頭がいかれてるとか？」冗談で言ってるのではなさそうだ。

「その可能性は高いね」つい微笑んでしまったが、アンジェロはいたって深刻だ。

態度に問題ありの生意気な若僧が、あんな小さなご婦人を怖がるとはねえ。何とも傑作だ。しばらくしてようやく落ち着いたようだった。背筋をしゃんと伸ばし、深呼吸を数回繰り返すと、頭を振り振り、棚から落ちたパッケージを拾いはじめる。

「テラスから吐く生徒やら、サイコなおばさんやら、ドラッグの店やら。まったく変人たちに囲まれてるよな、ザック」

なんだ、まるで俺がそのことに気づいてないみたいに聞こえるじゃないか。

アンジェロ

なんで俺があのビデオ店で働くことになったんだか――。いや、文句を言ってるわけじゃない。ただ、おかしいってだけ。あいつの気を引こうとするのはもう諦めよう、そう思ったとたん、なぜか一緒に働くことになったんだから。

ザック――それがあいつの名前だ。

あいつに惹かれてしまう理由はいくつもある。まずはあの店、『ＡｔｏＺレンタルビデオ店』。ああいう個人経営の店は、このごろじゃどこもつぶれてるっていうのに、どうにか営業できてるのが驚きだ。えらく商売のセンスがあるのか、単にラッキーなだけなのか、わかんないけど。もっと驚きなのは、映画のことなんかまったく知らないくせに店をやってるってこと。きっと、『ビリージーンの伝説《レジェンド・オブ・ビリー・ジーン》』と『レジェンド・オブ・フォール』の区別もつかないだろうに。まったく、笑っちゃうね。

　二つめの理由はもっと単純。つまり、ザックが死ぬほどキュートだってこと。といっても、正直、俺の好みとはちょっと違う。くそいまいましいほどプレッピーで、いいとこの出って感じで、肩に白いスポーツセーターを引っかけてないのが不思議なくらい。もちろんジーンズには穴ひとつありゃしない。髪もちゃんと切って小奇麗にしてる。着ているシャツはいつだって、胸に小さい馬の刺繍がついているやつだ。おまけにローファーまで履いている。ぶっちゃけ、ローファーなんか履いてる男、初めて見た。それが似合ってるんだよな、まったく。

　髪の色はダークブラウンで、睫毛なんか、ふさふさ。で、これまで見た中でもぴか一の、ものすごい青い瞳をしてる。ザックがあと十歳若かったら、美少年《トゥインク》って呼んでただろう。今の歳だとなんて言えばいいんだ——さすがに三十過ぎたやつには使えないだろ？　この言葉。といっても容姿が衰えてるわけじゃない。歳のわりにはスタイルもいいし。暇つぶしにウエイトトレーニングしてるようなマッチョ系じゃないけど、腹まわりに余分な肉が全然ついてないところを見ると、何かしら運動はしてるはず。たいてい三十過ぎると、たるみ出すからな。

　ザックがキュートだってことよりもっと重要なのは、自分じゃそれに気づいてないってことだ。男たちが誘いをかけても全然気がつかないのだ。そういう場面を何度か目撃したことがある。俺自身、気を引こうとしてみた。でも反応はゼロ。最初、俺の読みが間違ってるのかと思った――もしかしてこいつ、ストレートかも――それから思い直した――ほかに付き合ってる男がいるのかもって。だけど、あの体育会系のマッチョ野郎が食事に誘ったときに、ようやく気づいた――そう、ザックは単に鈍《にぶ》いんだ。自分のことをつまらないやつだと思い込んでるせいで、誰かがまったく逆の反応を示すなんて想像もしてない。それって、とんでもなくセクシーっていうか、かなりそそられるよな?

でも、もう手遅れか。あの筋肉野郎のトムにかっ攫われちまったんだから。俺たちが失敗したのになぜあいつがうまくいったかって? それとなく誘うなんて地味な作戦で時間を無駄にしなかったせいだ。もちろんこうして一緒に働くことになったからには、ザックはもう、「立ち入り禁止区域」だ。深い関係になるつもりなんかない。今、ザックと寝たりなんかしたら、仕事を辞めなきゃなんないし、ビデオを借りる店もほかに探さないといけなくなる。それって、考えるだけで気が滅入る。

仕事は簡単。あのぼんくらトレイシーがしていることを見てたからな。ちっとも働かないで、ただ椅子に座ってるだけ。あれで給料がもらえたとはね。俺はそんなふうにザックにつけ込むつもりはない。だいたい店の棚だってもっとまともにできるし、ほんといえば、すごく面白い。ザックときたら、よくもまあ、ありとあらゆる妙なもんを集めたものだ。俺でさえ観たことのない古い映画やB級ものがいっぱいある。おまけにこれからは、ただで貸してくれるっていうし。

俺が口説こうとしたってこと、全然気づいてなくてよかった。もし気づいてたら、きっと今みたいに店で働けなかったから。

ザック

トムとは次の週、また一緒に食事をする約束をしていた。六時に店まで迎えにくることになっていたが、現れないので電話をしようかと考えた。

だが待てよ——電話番号、教えてもらってなかったよな？

番号を聞くなんて全然思いつかなかったのが、自分でもなんともおかしかった。それにしても、トムは新しい家主だ。挨拶に来たら、せめて名刺くらい置いていくのが筋ってもんじゃないのか？　店で七時まで待ったが、来る気配がないので、仕方なく家に帰った。

二日後、アンジェロと二人で店じまいしていると、トムがいきなり現れた。

「やあベイビー」まるで何もなかったような口ぶりだ。

「二日の遅刻だね」俺は責めるように返した。

「ベイビー、すまな――」

「俺の名前はベイビーじゃない。ザックだ」

アンジェロはちょうど入り口に提げてある札をひっくり返し、『閉店』にしたところだった。

何がおかしいのか、にやりと笑みを浮かべている。

トムのほうは笑みをひきつらせ、一瞬たじろいだ。「ザック――本当にすまなかった」

トムの背後でアンジェロが手を振り、そのまま出ていった。トムの腕が俺の腰に回り、抱き寄せられる。

「本当に悪かった。会議があってどうしても抜けられなかったんだ。おまけに携帯は電池切れで。昨日電話すりゃよかったんだが、死ぬほど忙しくてね」

トムが俺の尻をつかみ、首に唇を這わせる。「この埋め合わせはするよ、ザック。今夜、出かけないか」トムのものが固くなりはじめ、俺の腰に当たる。トムは俺の目をじっと見つめた。

「そんなふうに怒らないでくれ。なあ、許してくれよ」

正直、まだ怒ってはいたものの、仕方がないなという気持ちにかなり傾きかけていた。

重なる唇どうしが徐々に熱を帯びていく。あっという間に頭がショートし、とろけそうだった。もう、トムがほしくてたまらない。

つかの間、彼が顔を離して俺の目を覗き込んだ。「で、答えは？」

が抜けていく。

「ああ、許すよ」つい微笑んでしまう。「今回はね」

トムの顔にも笑みが浮かび――うわ、なんてセクシーなんだ――見ているだけで、膝から力が抜けていく。

「よかった」

二人で食事に出かけ、それから部屋に戻った。もう一瞬も時間を無駄にはしなかった。トムのシャツのボタンを外し、一気に脱がせる。茶色い胸毛が露わになった。右側の鎖骨の少し下に、丸い斑《あざ》が見える。二十五セント硬貨くらいの大きさだ。生まれつきのものかもしれないが、この前見たときはなかったような気がする。これって、キスマークだろう？

「誰につけられたんだい？」軽い調子で尋ねた。

「もちろんお前だろ、ベイビー」俺のボトムスを脱がせながら、トムが答える。まったく、もう「ベイビー」に逆戻りか。

「俺がつけたんなら覚えてるって」と笑う。

「ほかに誰とも付き合っちゃいないよ」

仮にトムがほかのヤツとも寝ているとしても、別に気にはしない。だが、嘘をつかれるのは嫌だった。二人の関係は、まだそれほど特別なものじゃない。俺だって、状況が許せば――あいにくそんなチャンスは今のところないけど――ほかのヤツとデートくらいするだろう。だが、二日前に俺との約束を反古《ほご》にしたのがほかの男と会うためだったとしたら？　あまりにも誠実さに欠けやしないか？

今回は、コンドームをつけるようにときっぱり言った。

「でも、この間はつけなかったじゃないか、ザック。もう遅いよ」

苛立ちを抑えながら俺は繰り返した。「いや、それでもつけてもらいたいね」

「おいおい、ベイビー」トムは呻いた。「つけないほうがずっと気持ちいいだろ」

「俺はゴムをつけても全然構わないけど？　なんなら下になるかい？」

トムの顔に何かがさっと走った——恐怖、それとも嫌悪？　よくわからないが、すぐにいつもの表情に戻る。頭を振り振り、ゴムを受け取った。

「そんなに言うなら、わかったよ。ベイビー」

最初の晩よりはましだった。少なくとも一分以上はトムも持ちこたえた。だが、大地を揺るがすほどの快感には程遠かった。

ことが済むと、二人してベッドに並んで天井を見上げた。

「今週、また会えるかな」俺は尋ねた。

「明日の晩なら寄れるよ」

そういう意味で言ったんじゃない。「食事とか、一緒に出かけるとか、そういう話なんだけど」

「ううーん、どうかな。今、本当に忙しい時期でね」俺が落胆するのがわかったのだろう、トムはこちらを向くとキスしてきた。

「確かに、俺たちはもっと会う時間を増やさないとな。明日いちばんでスケジュールを確認したら電話するよ。それでいいかな？」

「ああ」

その言葉を信じていいのやら、正直、疑わしかったが。

＊

「じゃあ、『カサブランカ』は？」

アンジェロが働きはじめて三週目に入った。こうやって映画のタイトルを言ってよこしては、観たことがあるか聞いてくる。これまで八十作くらい聞かれただろうか。観たことがあったのは三本くらいだったが。

「観てない」

「あれはなかなかいいよ。名言もいっぱいあるしね。『君の瞳に乾杯』とか、『世界に星の数ほど店はあるのに』とか、あと、『あれを弾いて、サム』とかね。でもまあ、映画じゃホントはそんなふうには言ってないんだけどさ」

俺はアンジェロが作ってくれた在庫表をチェックしていた。意外にも、アンジェロはこれまで雇った誰よりも優秀だった。まったく、俺より優秀なくらいだ。在庫表は彼のアイディアで、通常の仕事をこなしつつ、店内の在庫を整理しながらリストを作っていた。それはものすごい熱中ぶりで、掘り出しものを見つけては、クリスマスの子どもみたいに大はしゃぎしている。そんな作品あったっけ？　と、俺すら覚えていないような作品ばかり見つけ出してきた。

アンジェロの職業意識以上に驚いたのは、こう見えてなかなか気のいいやつだということだ。お互いすぐに打ち解けてしまった。共通点があるようには思えないのだが、なぜかうまが合った。ただ、俺がゲイだということはまだ打ち明けていなかった。それについては少しばかり気になってはいた。

「じゃ、『オリバー！』は？」

「それって、犬やら猫やらが出てくるディズニーアニメ？」と俺。

アンジェロが笑う。「違うってば。でもたぶん同じ原作だと思う。ミュージカルのほうだよ。六十九年にアカデミー賞をとったやつ」

「ミュージカルは好みじゃないんだ」

「なら『サウンド・オブ・ミュージック』なんて絶対観てないよね」

「もちろん」

「やっぱり。まあミュージカルが苦手なヤツ、多いからな。じゃあ西部劇《ウエスタン》は？　クリント・

イーストウッドは嫌い？　確か若いころのやつは観たことあったよね？　この間話してた『真昼の死闘』は、少しくらい観たってことでしょ」

「ああ、あの橋が出てくるやつか」

「うん」

「橋しか覚えてないけどな」

「『続・夕陽のガンマン』は観た？」

「ええと、クリントが『それでも賭けてみるか？』って言うやつ？」

「違う。それは『ダーティハリー』」

「たぶんどっちも観てないな」

「そいつは残念だな」アンジェロが口笛を吹く。「あのころのクリントときたら、死ぬほどイケてるってのに。ハリーはそれほどじゃないけど、『ガンマン』のブロンディときたら最高だね。あんなの絶対反則だよ」

　俺は顔を上げ、アンジェロを見た。こちらに背を向け、ＤＶＤのケースを山ほど抱えている。

「今、なんて言った？」

「ブロンディはめちゃくちゃカッコいいってこと。むらむらするほど超セクシー。マジで一戦交えたいくらい。もちろんトップは譲るけどさ。あのブロンディがボトムを許すとは思えないから」

ええっ、なんだって――？

アンジェロがこちらを振り向く。目が合った。きっと俺は、硬直してものすごい形相をしていたに違いない――うちの従業員が狼男に変身するところを目撃している、みたいな。驚いたのか、アンジェロの手からＤＶＤがこぼれ落ちる。

「どうしたんだよ？　ザック」

「もしかして、ゲイなのか？」

「うん」アンジェロは明らかに面白がっていた。「知らなかったとか？」

「どうして知ってるわけがある？」

アンジェロがいつものあきれ顔で頭を振る。「くそあり得ねえよ、ザック」そして笑い出した。まるでたった今、俺が面白いことでも言ったみたいに。それからまた背中を向け、ＤＶＤを整理しはじめる。「ほんと、笑わせてくれるね」

俺のどこがそんなに面白いのか、聞く勇気はなかった。まあ、どうでもいいことか。アンジェロはもう映画の話題に戻っている。

「『欲望という名の電車』も観てないんだよね？　ブランドも若いときはかなりホットだよ。なんたって強姦男だしね。ブランドが、じゃなくて役柄がさ。ブランチときたらとんでもないくそ女だし。まあ、いちばん印象に残るのはブランドが叫ぶところかな――ステラ！って」

閉店間際だったが、店を閉めるのをためらっている自分に気づき、驚いた。アンジェロと話しているのが楽しいのだ。今から誰もいない部屋に戻ると思うと、よけい名残惜しくなる。

「これから何か予定はあるのか？」気づいたときにはそんな言葉が口をついてしまっていた。

アンジェロが驚いてこちらを見上げる。「夜勤があるけど、それまではヒマ」

そうだった、彼はすぐそこのガソリンスタンドで夜も働いているのだった。平日の夜十一時から朝の五時まで。で、朝十一時から閉店まで、うちの店で働いている——平日は夕方六時まで。土曜は八時まで。そんなに働いたら、俺ならノイローゼになるところだが、アンジェロは平気らしい。

「少し遊びたくないか？」

「へえ。俺がホモだとわかったとたん、さっそくやろうってわけか」生意気な口調だ。

「違う！」

「いいよ」

「何が『いいよ』だ⁉」

「だから、遊びたいってこと」アンジェロが顔をほころばせる。「あのボーイフレンドも一緒？」

トムはボーイフレンドなんかじゃない、と言いかけてやめた。そもそもボーイフレンドといえばもっと緊密でよく知っている相手のことだろう。トムとの会話なんて、セックスのときに戯言を聞かされる程度だ。そんな相手じゃ、よく知ってるとは言えまい。

「いや、一緒じゃない」

「なんで？」

「なんでって、どうでもいいだろう」思わず、きつい言い方になってしまった。アンジェロはにやにやしている。

「まあね。じゃ、何するの」

それはいい質問だった。さて、どうしようか。店内を見回し――思いついた。

「映画を観るとか？」

アンジェロの笑みがさらに広がる。「いいよ。俺が選んでいいならね」

「よし、乗った」

そのとき、常連客の一人が現れた。例のアイアン・メイデンのTシャツを着たヤツ――通称エディだ。

アンジェロはすぐさまカウンターに戻るとエディに声をかけた。

「おいジャスティン。あれ、ここにあるよ」言いながら、カウンターの下からパッケージを取り出す。「今夜あたり来ると思ったんだ」

エディは――どうやら本名はジャスティンらしいが――笑みを浮かべた。これは驚きだ。俺の前では笑顔どころか歯も見せないくせに。

「悪いね」

エディが出ていくや、アンジェロに尋ねた。

「あいつの借りたいものがどうしてわかったんだ？」

アンジェロがあきれ顔で見返してくる。「おいおいザック、それマジ？　いつも同じ映画ばっか借りてるじゃないか。ほら、『ヘビー・メタル』。全然気づいてなかったとか？」

俺は黙って頷くしかなかった。

「もっと常連客のことを、見といたほうがいいんじゃないの」

「でも、借りる映画が決まってるなら、なんであんなにずっと店にいるんだ？」

ついむきになって聞き返すと、アンジェロはにやりとする。

「そりゃ見つからないからだよ。言ったろ？　あんた、いつだって映画をめちゃくちゃなとこに戻すじゃないか。ジャスティン、嫌がらせされてると思ってたぜ。ま、フォローしといたけどね。あれは何も考えちゃいないせいだって」

どうしてエディ＝ジャスティンがいつも俺にむかっ腹を立てていたのか、ようやく合点《がてん》がいった。だが、考えなしの馬鹿と思われるのと、どっちがましなんだ？

帰りがけに店に寄って、スシとテリヤキチキン、日本酒を買った。スシは俺、テリヤキはアンジェロにだ（どうやらアンジェロは生魚が苦手らしい）。

部屋に戻ると床に腰を落ち着け、アンジェロが選んだ映画を観た——ブラッド・ピットの

『セブン』。まあ、少なくともカラー映画だったし、ブラッド・ピットも見られた。

「かなり心理的に堪えたよ」それが観終わったときの率直な感想だった。アンジェロは笑って応じる。「悪役をやるときのケビン・スペイシーときたらハンパじゃないからね」

残りの酒を二つのグラスに注ぎ分け、ふと気づいた。そうだ、アンジェロはこれから仕事があるんだった。

「仕事の前に酒を飲んだらまずかったな？」

アンジェロは肩をすくめる。「顔に出てなきゃ大丈夫だろ。誰も気づきゃしないよ。だいたい俺しかいないんだ。客だってそんなによく見てないよ」

「しんどくないのか？　そんなに働いて」

「だって、ほかに何すりゃいい？」軽い口調だ。

「近くに家族は？」

少し間があり、ようやく返事があった。「いいや。家族はいない」

「近くにいない、ってことだよな」

「違う」アンジェロの声が、少しばかり苛立っている。「家族なんかいないってこと」

「いないってことはないだろ。じゃあ、孤児とかそういうやつなのか？」

「とかそういうやつ、のほうだけど」

アンジェロはじっとテレビ画面を見つめていた。といっても映画のエンドロールが流れているだけだったが。それからようやく俺が返事を待ってることに気づいたのか、ため息をついた。

「お袋はインディアン。インド人じゃなくて、アメリカ大陸のほうの。親父とはニューメキシコで結婚したって話。イタリア人らしいよ」

「へえ、グリーンって苗字のイタリア人ねえ」なんとも怪しげな話だ。

アンジェロが例のひねた笑みを浮かべた。「そういうことになってるんだからしょうがないだろ。一度も会ったことないけどね。俺が生まれる前にデンバーに移ってきて、一年して親父が出ていったらしい。俺が六歳だか七歳だかのとき、お袋は俺を近所のやつに預け、そのまま帰ってこなかった。それからは里親のところを転々としてさ、十六で学校をやめて独り立ちしたってとこかな」

アンジェロと目が合った。ショックが顔に出ないようにするので精一杯だ。

「ねえちょっとさあ、それほどひどい話じゃないだろ？　そんなお涙ちょうだい番組でも見たような顔、しないでほしいよな」

「ああ」そう言いつつ、そっと顔を伏せた。嘘がつけないたちなのだ。うちの家族はいわゆるホームドラマの典型みたいな一家だ。いちばんの大事件といえば、俺がホモセクシュアルだったことだが、それでさえ大騒動にはならなかった。親の懐でしっかり守られている——そんな安心感のない子ども時代なんて、想像がつかなかった。

アンジェロは手にしていたグラスに視線を落とす。

「この酒、思った以上に強いんだな。でなきゃこんな話、しやしないし」

「そう、日本酒は用心しないとヤバいんだ」

アンジェロが時計に目をやり、ため息をついた。「行かないと」

「アンジェロ」戸口で俺は呼び止めた。

「なに？」

「また遊びたくないか？　こんなふうに」

「ふん、どうせ俺にはほかにすることがないとでも思ってんだろ？」あの小生意気な口調が戻ってくる。ここは年長者らしくムカつくべきなんだろうか？

「いや、ただ思いついただけだ」言い訳じみて聞こえないように応じた。「気にしないでくれ」

「いいよ」

「いいよって――何が？」

「だから、また遊びたいってこと。こんなふうに」

こんな、なぞなぞみたいな会話に慣れるときが来るのか？　俺。

「また明日。ザック」

アンジェロ

まったく信じられないね。俺がクィア〔訳注：性的マイノリティーを指す言葉。〕だってザックが気づいてなかったとは。あれほど気を引こうとモーションかけてたってのに。単に、ちょっとなれなれしい客くらいにしか思ってなかったのか。ホントわかっちゃいないな。笑えるよ。

誘ってくるなんて驚きだ。嬉しいけどさ。おまけにほんとに遊びたいってだけで、寝るのが目的じゃない。こんなのいつ以来だ？　でもどうして親のことまで話しちまったんだか。いつもなら絶対話さない。恐怖と憐れみたっぷりの顔をされると、くそイラつくから。あのときザックがしたような顔――うんざりだね。まあ、ザックはなんとか隠そうとはしてくれたけど。

明後日の晩も誘われた。ザックの部屋でテイクアウトのタイ飯を食いながら、映画を観ることになっている。帰るとき、また誘ってくれないかって思うだろうな。一人で部屋で過ごすより全然いい。

『ＡｔｏＺ』は、結構ぶっ飛んだ環境だ。まず、近所のおかしな連中。いかれたルビーがいるし、もう一人のお隣さん、ジェレミーもいる。バイトの初日、ルビーには俺のビジョンを見たって、がっつりつかまれた。とっさに浮かんだ下ネタジョークでもかまそうと思ったけど、おばさん、笑わない気がしたんでやめた。ジェレミーは俺を自由党に入れようとしてる。二大政党員《リパブリクラット》は、大企業主たちのカモなんだって。何言ってんだかよくわかんないけど。ネロ・センセイは会うたび栄養剤を売りつけようとするし、生徒たちときたら、しょっちゅう道着で駐車場を走り回っては、木を蹴りつけたり妖怪みたいに叫んでる。

それからおかしな客たち。アロハシャツのおっさんは元弁護士で、いまはバーテンダーだ。ジェレミーの店にもしょっちゅう通ってきていて、映画の好みはお涙ちょうだいもの。最初は借りるとき恥ずかしそうにしてたけど、おっさんが女向けの映画を観るからってどうだってんだ？　ジャスティンが借りるのは『ヘビー・メタル』だけ。あんまり面白くない映画だけどな。こんなに何度も借りるくらいなら、いっそ買っちまえばいいのに。それからキャリー。唇にピアスしてる子だ。見た感じ、ヴァンパイアおたくなんじゃないかと思ってた。ところがまあ、チェロが弾けて、教会の聖歌隊でも歌ってるなんてね。ものすごいミュージカル好きだし。

こんなに面白い仕事は初めてだ。おまけにザックと一緒にいられる。毎日、顔を見るのが楽しみでたまらない。これほどあっさり打ち解けられるなんて正直びっくりだ。でも、ザックがあの能なしトムから連絡がくるのを待ってるのを見てると、気の毒になる。間違いなく、ザックはもっとちゃんとした関係を望んでる。でもって間違いなく、トムには全然その気はない。いつだってザックは次に会える日を指折り数えて焦がれてるってのに。トムは約束の半分はドタキャンするし、残りの半分だってかなり遅刻してくるのだ。

でもまあ、こんな偉そうなことを言う権利はないか。正直、俺もちゃんとした関係なんてごめんだから。そういうやり方がずるいとも思ってない。たとえばザックにとことんいい思いをさせて、で、もうそれきり会わないだけってこと。トムのやり口みたいに、いかにも付き合ってるように見せかけて、相手を騙すなんてことはしない。それって嘘っぱちのズルだし、考えただけでむかつくね。

ああ、でも、よおく覚えておかなきゃな——俺には関係ないことだって。

一、二週間たったころ、朝、ザックが電話してきた。俺に店を開けてほしい、走ってて遅刻しそうだって。「遅刻して走ってる」って意味じゃない。ランニングしてるのだ。二、三キロくらいのときもあれば、もっと短いときもある。走るなんて、俺からすれば面白くもなんともない。でも、ザックがどうしてあんなにいい体をしてるのか、これでわかった。とにかくその日もザックは走ってて遅れてて、シャワーを浴びてから店に来たいと言ってきた。だから俺は「ゆっくり来れば？」って言ってやった。なにせ水曜の朝だ。二人そろって店番する必要もない。
だから、トムが現れたとき、店には俺しかいなかった。

正直に言おう。トムを見ると虫唾《むしず》が走る。うまく説明できないんだけど、たぶん十代のガキのころ、トムみたいな体育会系にえらくひどい目に遭わされたせいだろう。それか、四年前、こういうマッチョ野郎に危うくレイプされそうになったからかも。トムにはあの男と同じような、嫌な根性を感じる。だからトムに無視されていて、心底ハッピーだったわけだ——今までは。

トムは店を見回し、明らかにザックを探していたが、代わりに俺を見つけた。その目つきがなんとも妙な具合に変わる。思わずぞっとした。

「やあ」トムが近づいてくる。俺は隅の棚のＤＶＤを並べ替えているところだった。

「ザックは？」

「いない」俺はトムを見ずに言った。目の前の作業に集中する。「あんたが来たって伝えとくよ」

俺の返事を聞いて、このクソ男が出ていってくれたらよかったんだが、そううまくはいかなかった。嫌な視線を感じ、仕方なく見返すと、トムはにやにや笑いを浮かべていた。見るだけで脈拍が上がってしまう。いい意味でじゃない。もっとまずいことに、店の隅に追い詰められた。

「ザックのやつ、思った以上にお利口なんだな」ふいにトムが言った。「お前みたいな可愛いペットをはべらしているとはね」

トムの言葉のどの部分にムカついているのか、自分でもよくわからなかった——可愛いペットと呼ばれたことか？　それとも、ザックをこけにするような言い草か？

「おい、どうなんだい？　ザックはお前に掘らせてるのか？　それともふだんは逆なのか？」

「そんなんじゃない」俺は用心深く答えた。トムなど怖くはなかった。こんなデカいアホ、どうやってぶちのめせばいいのか、わかってる。問題は、そんなことをしたらどんなトラブルになるかってことだ。ここは時間稼ぎをして、クールに振る舞い、ザックが来るまで何も起きないよう祈るだけだ。

「おいおい、まさかザックがお前の洗練された管理スキルを見込んで傍に置いてる、なんていうんじゃないだろうな」トムが皮肉たっぷりに言った。

　俺は肩をすくめた。「ザックに聞いてみないと」

　トムが近寄ってくるが、後に引く気はなかった。ここで怖《お》じけづいたところを見せたら、やつの思うつぼだ。「なあ」トムが口説くように囁く。「仲良くしようぜ。確かにお前、傍に置くだけの価値はある。ザックにしてやってることを、俺にもちょっとしてくれよ。俺のほうがザックより楽しめるって」

「ザックに何もしてないし、あんたにするつもりもないね」

「むきになって否定しなくていいさ。ザックが別のやつと遊んでたって俺は気にしないから」

「あんたの妄想だよ」

　トムは笑った。すべてがゲームだといわんばかりだ。こいつにすれば、本当にそうなんだろう。トムの手が伸び、俺の顔にかかった髪に触れようとした。反射的にその手を押しやり、トムを睨みつける。

「俺に触るな」

トムがぞっとするような目で睨み返し、声を低めた。「気をつけるんだな、可愛い子ちゃん」

明らかに脅しだった。

でも、負けるわけにはいかない。トムの目をじっと見据え、冷静に答えた。

「何がだ」

「ザックにこう言ってもいいんだぜ。お前の可愛いペットが、小遣い稼ぎに俺のを咥《くわ》えてもいい、そう持ちかけてきたってな。俺はザックを誰かとシェアしても構わない。だが、ザックはどうだろう。俺と同じように考えるとは思えないね」

やれるもんならやってみろ――そう言ってやりたかった。ザックはトムの言うことなんか信用しないはず。でも、そのときちょうどザックが現れた。トムを見たときの、ザックのうれしそうな顔――ああ、こんなの絶対見たくなかった。

もちろんトムは抜かりなかった。すぐさま俺から離れると、笑顔を作ってザックのほうを向く。「ヘイ、ベイビー。ずっと待ってたんだ」そしてザックに近寄り、腕を伸ばす。

こんなの、見ていたくない。

「ザック、二十分くらい出てくよ」俺は言った。

俺はザックを見もしなかった。俯き、戸口へと急ぐ。ザックがダメだと言うはずない。案の定、ドアが開いたところで声がした。「問題ないよ」

行くあてはどこにもなかった。ただ、店から出たかったのだ。トムに言われたことをザックに話すべきなんだろうか？　そうだ、話すべきだ。俺たちは友だちなんだし、それが俺の仕事でもある。だろ？

でも、考えてみればみるほど、馬鹿なことはよせ、という気持ちが強くなってきた。ザックは大人だ。俺がおせっかいを焼くことじゃない。だいたい、なんて言えばいい？「あんたのデカいボーイフレンドは虫唾が走るやつだ」って？　でなけりゃ「トムに迫られた」とか？　ダメだ。そんなことを言えば、ザックは俺とトムのどちら側に立つべきか、悩んでしまう。そんなふうに追い込みたくはない。トムがどう思ってるにせよ、ザックは馬鹿なんかじゃない。何もわかっちゃいない世間知らずだけど、馬鹿とは違う。時間がたてば、トムがくそ野郎だってわかるはずだ。俺たちのせっかくの友情を壊す必要はない。

ザック

店に着いたらトムがいるなんて、うれしい驚きだった。

「ヘイ、ベイビー。ずっと待ってたんだ」トムは、今朝は胸のボタンをもう一つ外していて、そこからのぞく魅惑的な肌と胸毛から目が離せなかった。彼が近づき、手を伸ばしてくる。

「ザック、二十分くらい出てくよ」急にアンジェロが言った。

こいつ、俺とトムのために気をきかせてくれているのだ。でも、口調がどこか変じゃないか？　アンジェロはこちらを見もせず、俺が「問題ないよ」と声をかけたときにはもう、出ていってしまっていた。

「あんなクソガキ、くびにしたほうがいい。でないと金を盗られるぞ」アンジェロが出ていくなり、トムが言った。

なんだか嫌な気分になる。俺だって、確かに以前はアンジェロをクソガキと思っていたけれど、トムの口からそう聞かされると、すごく不愉快だ。

「アンジェロは盗みをはたらいたりしないよ」俺は断言した。「あいつのことは信用してる、無条件にね」

明らかに俺の返事は意に添わなかったようだ。が、トムは肩をすくめるといつものセクシーでとろけそうな笑みを浮かべた。

「ここのところ会いに来られなくてすまなかった。すごく忙しくてね」

腰に腕を回され、引き寄せられる。

「でも、会いたかった」

その誘うような低い声を聞くだけで――俺のものは固くなった。首筋に彼の唇を感じ、ふっと体の力が抜ける。

「許してくれるかな?」

「もちろん」

「よかった」

トムが唇を重ねてくる。柔らかく、だが執拗に。俺の手をとり、事務室のほうへと誘う。中に入ったとたんドアを閉め、俺に向かってくる。壁に押し付けられ、激しく唇をふさがれた。両手で尻をぎゅっとつかまれる。

「あまり長くはいられない」耳元で、トムが息を弾ませて囁く。「だが本当に会いたかった。こうして会えてうれしいよ」トムはまたキスをし、股間のふくらみを俺のものに押し当てた。それから少し体を離し、親指で俺の唇を撫でる。俺は舌でその指を舐めた。トムの目が少し大きくなり、息を震わせた。

「そそられる口だな」

俺は微笑んだ。「どれくらい時間がある?」

「何分もない」

「充分だ」

くるりと体を回すと、トムを壁に押し付けた。トムの唇を奪いながら、ボトムスを脱がせていく。それから膝をつき、ブリーフを引き下ろすと、彼の先端を舐めた。

「ああ……」トムの声はかすれている。「そうしてほしかったんだ、めちゃくちゃにな」

俺はできるだけ深く彼のものを口に含んだ。すべてを口に入れるテクは残念ながら習得していなかったので、根元のほうは手を使った。

「いいね……そう。そうだ」俺はスピードを上げた。空いている手でタマをつかむと、やさしく握る。口を上下に動かしながら、先端までたどり着くと必ず割れ目を舌で撫でた。

「んん……ベイビー……それだ」トムが腰を突き上げ、片手で俺の後頭部をしっかとつかむ。

「最高だ……お前の口はなんて熱いんだ。もう、いきそうだよ、あと少しだ」

トムが腰を突くたびに、俺自身の高ぶったそれも激しく脈打つ。自分の手を使ってもよかったのだが、一日じゅう股に大きな染みをつけて過ごしたくはなかった。俺はさらにスピードを上げた――終わったら、トムも同じようにやってくれればいいんだけど。

「ああ、くそっ。ザック。そろそろ……いきそうだ」トムの指が俺の髪をぎゅっとつかむ。それが限界の合図だった。

トムが達すると、俺は立ち上がりキスをした。

「ベイビー。最高だったよ」俺が身を離すと、トムが言った。俺の尻をつかんで引き寄せ、ふくらみを撫でる。思わず呻き、体を預けた。

「悪いな、今はお前を喜ばせてやる時間がなくて」トムがキスしてくる。「この埋め合わせは、今夜でもいいかな？」

実のところ、もうめちゃめちゃ興奮していて、ほんの一、二分やってもらえたらすぐにもいきそうだったのだが、しぶしぶ頷いた。「もちろん」

「六時に迎えにくるよ」

トムは出ていった。だが俺の気持ちもそれも治まらなかった。このままでは一日じゅう、ぴりぴりと不機嫌でいるのがおちだ。仕方なく、トイレで始末をつけた。高校生に戻った気分だ。でも、少なくとも興奮はいくらか静まった。

アンジェロは十分後に戻ってきた。ちょうどその後ろからネロ・センセイが入ってくる。木切れが山ほど詰まった巨大な箱を抱えて。

「やあ、ザック。薪を持ってきたよ」

今が七月だということは、このさい忘れよう。それに、うちには暖炉なんかないって、もう百回くらいは言ってるってことも。生徒たちが毎日せっせと板を割るせいで、センセイはどうにかしてその木片を処分したいのだ。

「ありがとう、センセイ。戸口に置いておいてよ」

センセイが出ていくや、アンジェロが俺を見た。「あの木切れで何するつもり？」

「明日の朝、ごみ収集場に出すよ。センセイが来る前にね」ほかにどうすりゃいいっていうんだ？

「物事はいい面を見なきゃ、だよな」アンジェロがにやりとする。「万一俺たちが山ほど板を抱えることになったら、センセイんとこの生徒が割ってくれる」

これには笑ってしまった。ちょうどセンセイが同じような箱を持って店の前を通り過ぎ、ジェレミーの店に向かうところだった。ジェレミーのことだ、木片の価値が急落しているのは政府が自由市場経済に干渉するせいだ、とかなんとか、センセイ相手に一席ぶつだろう。

二時ごろ、ジミー・バフェットが現れた。

驚いたことにアンジェロが声をかける。「やあ、ミスターＤ」

「今日は何を薦めてくれるのかい？　アンジェロ」

アンジェロはカウンター下からＤＶＤを取り出し、ぽんと差し出す。『めぐり逢い』。観たことある？」

ジミー・バフェット改めミスターＤは笑みを浮かべ、首を横に振る。

「ないね。私の好みに合うかな？」

「間違いないって」アンジェロが笑みを返す。ジミーは薦められた映画を借りると、アンジェロに礼を言って出ていった。

アンジェロがこちらを向き、俺の表情を読み取ったのか、ふざけた調子で聞いてくる。

「何か文句ある？」

「ミスターＤ？」と俺。

アンジェロは肩をすくめた。「うん。それが？」

「あの客の名前なのか？」

アンジェロは頭を振ってみせる。「まじな話、ザックさ、得意客くらい覚えとこうよ。あの人、ドゥルー・デイビスっていうんだよ。女向け映画のファンなんだ」

ああ、だからいつも恥ずかしそうにしていたのか。もちろん、彼が何を借りているかなんて、全然気にしていなかった。「じゃあ、あのゴス・ガールは？」

「キャリー。ミュージカルしか借りないよ」アンジェロはいつものひねくれたような笑みを浮かべて俺を見た。「正直、俺なしであんたがどうやって生き延びてきたのかと思うね」

まさにそのとおりだ。アンジェロを雇おうと思ったのは、神のお導きか何かだったのかもしれない。そう言おうとしたところで、ルビーが現れた。入ってくるなり、ものものしく宣言する。

「ザック、またあなたのビジョンを見たわ」

「ほんと？」と、アンジェロのほうを見る。面白がっているというか、好奇心まる出しだ。

「そう。グリーンのドレスを着た大きな女の人がボウル一杯のアイスクリームをあなたに持ってきて、こう言うの。『溶けないうちにね、ザック。だって私、あなたに夢中なの』って」

「グリーンのドレスを着た大きな女の人が、俺に夢中だって？」思わず聞き返す。アンジェロときたら、顔じゅうににやにや笑いを浮かべている。

ルビーは肩をすくめた。「私、ビジョンの分析はしないのよ。ただ受け取るだけ」

四時にはジェレミーが顔を出した。この間置いていったパンフレットの減りを確かめにきたのだが、カウンターにまだたくさん残っているのを見て、ひどくがっかりしたようだ。

「政府に対して本物の変革を起こすことになぜ皆がもっと興味を持たないのか、理解に苦しむね」

「ああ、まったくそのとおりだよ」なるべく共感して聞こえるよう、俺は言いつくろった。

「連邦所得税が合法ですらないってわかってるのかい？　ザック。憲法修正第十六条は、連邦議会で適切には批准されなかった。こいつはみんな詐欺だ。われわれが汗水たらして得た金を巻き上げるための詐欺だよ」

「本当なの？」

「ああ。この国は連邦準備銀行に乗っとられたんだよ、ザック。それが何を意味するのかわかったら、街では暴動が起きるだろうね」

「暴動？」つい、懐疑的に反応してしまう。

「冗談で言ってるんじゃないんだ」ジェレミーはまったくのところ、深刻そのものだった。

「確か映画があったはずだ」彼がそう言ったとたん、アンジェロが俄然《がぜん》興味を示し出す。「そう、

『アメリカ：自由からファシズムへ』っていうタイトルだ。ここにあるかい？　観たことは？」

アンジェロに尋ねるしかなかった。「うちにあったたっけ？」

「いいや」と答えながら、アンジェロはメモ帳にタイトルを書き付けていて、顔を上げもしなかった。「でも、注文しとくよ」

俺はジェレミーに言った。「今月末までには、観ておくよ」

ジェレミーは悲しげに頭を振った。「そう願うよ、ザック。無知は幸せかもしれないが、何の言い訳にもならないからね」

五時になり、トムが電話で今夜の約束をキャンセルしてきた。彼いわく、別の会議が入ったのだそうだ。いつだって会議だ。

「じゃ、今夜は全然会えないってこと？」苛立ちがつい声ににじんでしまう。

「すまない、ベイビー。埋め合わせはするよ。必ずだ」

「どうだか」

「なあ、怒るなよ。ああ、もう切らないと。またかけ直す」

気にするなよ、と言おうとしたらもう電話は切れていた。俺は電話を置くと、急に予定がなくなってしまって、どうしたものかと途方にくれた。

「当ててみようか」

アンジェロが、カウンターの端からこちらを見ている。「くそ野郎が、またドタキャンしたんだろ」

「黙れ、アン」

アンジェロはしばらく本当に黙っていたが、やがて口を開いた。

「ごめん。でも、あいつのやりたい放題にやらせて、どうして平気でいられるのかな」

ちょうど、自分でもそう思いはじめたところだった。おかげで、今夜は一人きりで過ごすはめになりそうだ。一緒に過ごせていたら——とひと晩じゅう未練がましく考えながら。

「今夜、うちにこないか？」俺はアンジェロに言った。

「くそ野郎にふられたから、俺が代役ってわけ？」

アンジェロにそう言われ、自分が本当にくそみたいに思えてきた。

「そういうつもりで言ったんじゃないんだ」

「うん」

「うん——って、何が？」

「だからいいよ。あんたのところに行きたい」

つい、顔がほころんでしまう。「俺が映画をセレクトしようか？」

「どうぜ、モリー・リングウォルドのやつだろ？」

「かもね」

アンジェロが笑みを浮かべた。「却下だね、ザック。あんたは夕飯を決めてよ。映画は俺が決める」

二人してアパートに戻った。俺が電話でピザを注文している間に、アンジェロは冷蔵庫からビールを取り出し、ダイニングのテーブルに腰を落ち着けていた。見ると、ジグソーパズルをしている。俺も向かい側に腰かけ、しばらくの間、黙々とパズルにいそしんだ。アンジェロと一緒だというだけで、パズルまでこんなに楽しいとは驚きだ。

「で、何の映画にしたんだ？」沈黙を破って尋ねた。

「『エイリアン』」アンジェロが顔を上げ、いつものひねた笑みを浮かべる。「暴力とアクション。これに勝るものはないからな」

思わず笑い、テーブルのパズルに視線を戻す――と、テーブルの縁から、何やら突き出ているのが見えた。位置的にアンジェロの膝の上にでものっているのか、ふわふわとしていて灰色で、毛むくじゃらの旗みたいだ。でなけりゃ――猫の尻尾とか。

「そこにいるの、ゲイシャ？」俺は驚いた。

「もしゲイシャが猫のことだなら、そういうことになる」アンジェロは顔も上げずに答えた。

「お前の膝の上にいるのか？」

おい、気でもふれたのか――という目で見られた。アンジェロがゆっくりと口を開く。

「まあね。それが？」

信じられない。ゲイシャときたら、いつだって怒りの形相で俺を睨みつけてくるし、餌の皿が空っぽだったり、外が寒すぎるだけで、世にも恐ろしい威嚇の声を上げるのだ。朝の四時に顔を叩かれ、起こされたことなど何度もあるし、トイレボックスの始末が悪いと、あてつけとばかりに、俺の洗濯物の山におしっこをする。だが俺の膝の上に座ったことなんてない――一度も、だ。

「どうやってあいつを手なずけたんだ？」これはもう尊敬ものだ。

アンジェロは肩をすくめた。「ここに座ってたら、勝手に飛び乗ってきたんだけど」

驚愕のあまり、言葉もなかった。

「それがどうかした？」

「いや、その、ゲイシャは人間嫌いだってずっと思ってたから。違ったのか、こいつ、単に俺が嫌いなんだな」

俺の猫なのに。上等だ。

ようやくピザが届いた。「映画を観ながら食べるか？　それともここで？」俺は尋ねた。「音楽をかけてもいいけど、好みが合わない気がするな」

アンジェロはパズルに視線を落とし、それから居間のほうを見やると、居間のテーブルを指さした。「パズルをあっちに持っていって、両方やろう」

というわけで俺たちは居間に移動し、並んで座りながらピザを食い、パズルをやり、暴力とアクションを愉しんだ。アンジェロは正しかった。まったくこれに勝るものはない。

＊

次の週になってもトムからは何の連絡もなかった。こちらから電話しようかとも考えたが、みじめったらしくなりそうなのでやめた。二人の関係は、「関係」ですらないということを、そろそろ認めなくてはいけないかもしれない。

まあ、これ以上深く考えるのはやめよう。えらく落ち込みそうだから。

アンジェロはその週、なぜか毎晩のように俺の部屋で過ごしていた。俺のほうから何度か誘いはしたが、残りの数日はどうしてそうなったのかよく覚えていない。いずれにせよ、一緒に過ごす相手がいるのはうれしかった。パズルは一つ完成し、今は二つめにとりかかっている。アンジェロといると楽しかったし、何より、トムとの「現実」について考えないでいられるのがよかった。


また新しい週が始まった。だが今週は少なくとも週末のお楽しみがあった。ライオンズというロッキー山脈にほど近い町で、フォーク・フェス、つまり音楽祭があるのだ。毎年欠かさずフェスには行っている。店を閉めてでもだ。ほんの数日、日常から抜け出せるのが楽しみでもあった。願わくば、一緒に行く相手がいればなおいいのだが。

店については、アンジェロしだいで考えようと思っていた。俺がフェスに行っている間、店番を頼めるならそうしてもらおう、と。だが、彼が出勤してくる前に別の案が浮かんだ。

「今週末、何か予定はあるかい？　アン」彼が店に入ってくるなり俺は尋ねた。

「何も。どうして？」

「フォーク・フェスって知ってる？」

「それってブルーグラス・フェスティバルとかそういうやつ？」

「そのとおり」

「いや、全然知らない」

俺はにやっとする。「食い物がうまいんだ。お前好みかも。バジル風味の鶏ギョーザなんか一度食べたらやみつきだよ。カレーもあるしね、まだトライしてないけど。かなり辛いっていうからさ」

「意気地がないなあ」アンジェロがにやにや笑う。

からかわれても、全然悪い気がしなかった。「わかってる。どう？　一緒に行かないか」

「でも、カントリー・ミュージックだよね？」疑わしげな声だ。

「まあね。でも、ひとくちにカントリーっていっても、音楽的にはものすごく幅があるからさ。きっと驚くって。それに昼間からビール飲んでぶらぶらしながら、ピープル・ウォッチするのも悪くない。そう思わないか？」

アンジェロがこちらを見た。どうしようか考えているみたいだった。そのとき俺は気づいた——どれだけ「いいよ」という返事を望んでいるかということに。

「入場料は安くないけど、半分出すから」正直、金にはあまり余裕がなかったのだが、急にそんなことはどうでもよくなった。「絶対楽しいから。一緒に行かないか？」

アンジェロの顔にいつものひねた笑みが浮かぶ。「週末中、あんたと一緒にぶらぶらしながら、くそみたいな音楽を聞けってのか」

「そのとおり」

「なんで俺がそんなことしなくちゃならない？」

だがその生意気な口調と瞳の輝きで、俺にはわかった。答えは「イエス」だ。

「たまには気まぐれで、さ」

「仕方ないな。恩にきろよ、ザック」

俺はにやにや笑いが止まらなかった。そこへジェレミーが入ってくる。

「ザック、この請願書に署名がほしいんだが」

ジェレミーはクリップボードを三つほど抱えている。何の請願書なのか尋ねもせずに、俺は署名をしてはボードを隣のアンジェロに手渡した。

「あの映画は観たかい？」

「まだだよ」アンジェロが俺の代わりに答えた。「でもＤＶＤを注文しておいたから、来週には届くはず」

　それを聞いてジェレミーはうれしそうだった。

　お次はルビーだ。

「またビジョンを見たの？」アンジェロが尋ねた。いたって真面目な口調だったが、瞳がきらりと光っている。やはり面白がっているのだ。

「実のところ、そうなのよ、アンジェロ。あなたが二つの石の扉のそばに立っているところを見たわ。あなたの兄弟が現れて、そのうちの一つを開けてくれたの。あなたは扉の前で盲人が中に入れるよう、背中を押してあげていた」

　ルビーは頷きながらこちらを向くと、訳知り顔で言った。「ほら、あの黒人よ。歌手の」

「スティービー・ワンダー？　それともレイ・チャールズ？」笑いをこらえて俺は返した。

「ええと」ルビーは眉を寄せた。「黒人のほうよ」

　楽しげだったアンジェロの表情が一変していた。「兄弟なんかいないけど」ぶっきらぼうな声だ。

「あら」ルビーはさらに困惑したようだ。「本当なの？　あなた」

　アンジェロは黙ってルビーを睨みつけている。気まずくなったのか、ルビーはくるりと背を向け、何やらつぶやきながら出ていった。

「いるかもしれないじゃないか、兄弟」俺はそっとアンジェロに声をかけた。「家族を探そうと思ったことはないの？」

　アンジェロは返事もせずにそっぽを向く。この話題はおしまい、という意味だ。それでも何か言おうとしたとき、ドアが開いてトムが入ってきた。その姿を見て二つの気持ちが同時に湧き上がってくる――もう金輪際《こんりんざい》会うのはよそうという気持ち。なのに彼を欲してしまう気持ちだ。

「やあ、ベイビー」トムが頬にキスしてくる。アンジェロはすぐさまこちらに背を向けたが、その顔に浮かんだ嫌悪の表情は見逃しようもなかった。

「事務室に行かないか？」とトム。また口でやれってことか？　ごめんだね。

「今、すごく忙しいんだ」もちろん嘘っぱちだが、それがどうした？

「そうか」意外だったようだが、トムは反論はしなかった。「週末、会えないかな？」

「週末は街にいないんでね」そう言ってやって心底気分がよくなる。

　トムが驚いた顔をする。「どこへ行くんだい？」

「ライオンズのフォーク・フェスだよ」

　トムの顔が輝く。「本当に？　面白そうなフェスだと前から思ってたんだ。俺も一緒にいいかな？」

　心の底で「ノー」と言い返している自分がいることに気づき、驚いた。だが同時に、トムが週末俺と過ごしたがっていると知り、悪い気がしなかった。週末ずっとだ――一緒に露天をひやかしたり、手をつないだり、アイスクリームを分け合ったり、愛し合ったり。俺の妄想は瞬く間にふくらんだ。それこそ俺が望んでいたことだ。本物の恋人みたいに付き合うのだ。

「キャンプする予定なんだけど。外で眠っても大丈夫？」

「お前とならもちろんだ」トムが近づき、腰に腕を回してくる。「今夜、時間あるかな？　九時には寄れる」

「たぶん」

「よかった。本当に会いたかったんだ」

トムはすぐに出ていった。ドアが閉まるや、アンジェロが俺に食ってかかる。

「あんた、救いようのない馬鹿か？」声には怒りがにじんでいた。

「それ、どういう意味だ？」

アンジェロは頭を振るとそっぽを向いた。「あいつはあんたのことなんか、これっぽっちも気にかけちゃいない。ただ利用してるだけだ。あんたがそうさせてるんだ」

「どうしてそんなことわかる」

「俺にはわかるんだって」アンジェロが当然のごとく言い放つ。「あいつとフェスなんか行くな。絶対後悔するから」

言い訳じみて聞こえないように俺は言った。「週末、街を離れて一緒に過ごすのは、二人にとっていいことだと思うんだ」

アンジェロが鼻を鳴らした。「あいつにとっては、だろ。あいつのモノは満足するだろうが、あんたはどうかな」

「少しくらいは俺のこと信用してくれないのか？　そこまで馬鹿じゃないぞ」

「どうだか。おれには馬鹿丸出しに見えるけどね」

何も言い返せなかった。アンジェロの言葉が、思った以上にぐさりと胸に突き刺さる。俺は背中を向けた。顔を見られたくなかったからだ。

しばらくして「ごめん」とアンジェロが、言いたくなさそうに言った。

「お前も一緒に来てほしいんだけど」俺は静かに口を開いた。

「まさか。絶対お断りだね。あいつが来るんだろ」だがアンジェロの声はずいぶん穏やかになっていた。「店番してるよ。そうしたら週末もずっと開けていられる」

「今夜は、予定どおりうちに来るかい？」

アンジェロは、トムが来る前にはバイトに出かけてしまうはずだ——トムが来るかどうかは、このさい措《お》いておくとして。

「もちろん。ベストな映画をチョイスしておいた」

ベストな映画とは『アメリカン・ビューティー』のことだった。

「どうしてベストなのかな？」観終わって、俺は尋ねた。

「欲望についての話だからだよ。人ってさ、いろいろ欲望があるけど、それって本心から欲しているわけじゃないってこと」そう言うとアンジェロはこちらを見た。なぜか頬が赤くなっている。「だってほら、あのチアリーダーはさ、人に望まれたことをやりたがってただけだろ。あの一家の娘は、自分を知るために愛されたがってた。だけどあんたに注目してほしいのは、ケビン・スペイシーだよ。あいつは奥さんに尊敬されたがってた。でもホントのところ、あいつは、自分の価値を信じたいって思ってたんだ。それから、自分はあのチアリーダーが欲しいんだって思い込んでた。勝手に理想を押し付けてね。でも彼女が自分の考えているような子じゃないってわかった。つまり、あいつの望んでたことも嘘っぱちだったってことだ」

俺はつい感心してしまった。アンジェロがこんなふうに深い話をするとは想像していなかったのだ。

「で、俺に何か言いたいんだろ？」軽い調子で尋ねた。だが、返事はない。アンジェロはビールを飲みほしてしまうと、俯き、空になったびんを見つめている。

「アンジェロ、お前いくつ？」

彼は驚いて顔を上げた。「二十七」

実のところ、もっと若いかと思っていた。毎朝髭を剃る必要もなさそうに見えるせいだ。じゃあ、想像していたほど歳が離れているわけでもないのか——七つ年下ということにはなるが。自分が二十七だったころを思い返すと、はるか昔のようだった。アンジェロは十七からずっと今まで、自分で自分の面倒を見てきたのだ。二十七のとき、俺は何をしていた？　大学を出てふらふらしてたころじゃないか。

「やめろって」アンジェロが非難がましく言った。

「やめろって、何を？」

「俺がすごく若くて、自分がすごくおっさんみたいだって考えることだよ」

頭の中身を魔法みたいに言い当てられて、笑うしかなかった。「そういえば思い出したよ、前に言ってたよな、お前。俺の『遠い昔の青春』についてさ」

アンジェロの目が俺をとらえる。

その瞳は、全然笑っていなかった。

「あんたはおっさんなんかじゃない。『人生終わった』みたいに振る舞うのはもうよせよ」

俺って、そんなふうに振る舞ってるのか？

アンジェロは時計を見た。九時になろうとしていた。「行かないと」

トムとは顔を合わせたくないのだろう。「そんなに急がなくてもいいよ。どうせトムは遅れてくるから」

「もちろん遅れてくるだろうね。くそいまいましいのはさ、あんたがそれでも文句すら言わないってことだよ」

「アンジェロ――」

「じゃ、明日な、ザック」

アンジェロ

トムが今夜来る——ってことは、何がなんでも早く帰らないと。階段であいつとすれ違うなんてまっぴらごめんだから。これからザックのところへ行くってわかってるからなおさらだ。ザックが誰と寝ようと知ったこっちゃないが、二人が一緒にいるって想像するだけで頭にくる。トムがザックにキスしたり、ザックのケツに突っ込んだりするなんて、耐えられない。俺は自分に言い聞かせる——こんなふうにむしゃくしゃするのは、トムがくそ野郎で、ザックが友だちだからだ。それ以上の意味なんて、何もない。

部屋を出ていく途中で、コンドームを見つけた。新品の箱がカウンターにのっていたのだ。ザックが用心深いのは結構なことだけど、それが使われることを考えたとたん、目もくらむほどの怒りがわいてきた。

どうして？　こんなのただのゴムじゃないか。なのになぜ、こんなに叫びたくなる？　泣いて叫んで、駄々っ子みたいに怒ってドンドンと足踏みしたくなる？　どうしてザックにこうまでも毒づきたくなるんだ？——現実から目を逸らして逃げてるだけじゃないかって。

きっとザックには相手がいて、俺にはいないせいだ。まあ、相手なんかずっといないけどな。誰にも体を許さなくなって、ずいぶんたつ。衝動的に箱を開けるとゴムを二つ取ってポケットにねじ込んだ。クラブにも一年くらい行ってない。よし、今夜は行ってやる。

クラブはいろいろ都合がいい場所だ。俺は歳より若く見えるし、かなり小柄でもある。そういうのが好みな男はごまんといる。おかげで相手を釣るのに苦労したことはない。

以前は、何年もそうやって過ごしてきた。ほとんど毎晩だ。誰かに酒を渡されりゃ、そのまま飲んだ。マリファナ？　もちろん吸った。薬？　迷わず飲んだ。ありとあらゆる連中と、いろいろまずいことにもなった。起きてみたら全然知らない場所にいた、とか。

で、あるとき、男と一緒に店を出た。いつもなら見向きもしないタイプだ——マッチョな体育会系で、あれこれ命令したがるような。こいつはまずいヤツだって、腹の中じゃわかってた。ちょうどトムを見て感じたような、嫌な雰囲気があった。でも、なにしろ酔っ払っていたし、薬に目がくらんでいた。クラブを出るとき、俺たちは口でやることで合意していたはずだった。それが、男の家に着いたとたん、状況が変わった。断ったらただじゃ済まなさそうだった。かなりやばい感じになった。俺はどうにか逃げ出したが、あいつは鼻が折れ、タマを腫らす羽目になったはずだ。今、思い出しても怖ろしくて寒気がする。

あれ以来、クラブにはずっと行っていない。何週間もかけて金を貯め、診療所で検査を受けた。ラッキーなことに結果はすべて陰性だったが、もうクラブ通いはやめようと決めた。

だいたいのところは。

だってほら、自分でするだけじゃ物足りないって思うこともあるから。

ともかくあの晩以来、俺はルールを決めた。ルール1——俺の部屋には誰も連れ帰らないし、相手の家にも行かない。まあ、歩いて帰れる範囲なら譲歩するけど。つまり、誰かに送ってもらわないと帰れない、なんてことにはなりたくないってこと。車があるなら、車でやる。いちばん便利なのは、クラブの従業員を引っかけることだ。バックルームを使わせてくれるから。

でも今夜は違った。クラブで、ある男に目をつけた。仲間と一緒に来ているみたいだったけど、周りを見回してばかりいる。クラブはある意味、別世界なのだ。連中ときたら、ゴルフコースから突然迷い込んだみたいな顔をしている。目を大きく見開いてきょろきょろしながら、神経質そうな笑みを浮かべて。スラム見物にやってくる物好きみたいなもんだろう。まあ、どうでもいいけど。

今夜の獲物は、深い茶色の髪をしていた。ザックみたいに——いや、別にザックのことを考えてたわけじゃない。で、おきまりのくそいまいましいシャツを着ている。胸に馬の刺繍がついてるやつだ。ザックが着てるような。いや、ザックのことなんか全然考えてたわけじゃないけど。

カウンターに寄りかかり、そいつをじっと見つめた。馬鹿みたいに聞こえるかもしれないけど、だいたいこれで落とせるのだ。案の定、男はすぐに俺に気づいた。そして振り返って自分の後ろを見た。俺が、別のヤツを見てるんじゃないかって思ったのだ。俺は笑みを浮かべ、手を振った。男はたぶん三十代後半だろう。少しばかり腹回りに肉がつき始めている。

構うもんか。全然好みじゃないけど。

「やあ」男はこちらに近づいてきた。でも、それきり黙ってしまう。次になんて言えばいいのか、全然思いつかないのだ。

「つまんない戯言《たわごと》はいいからさ」俺は切り出した。「少し散歩しない？」

男が目を見開いた。茶色い瞳だ。ザックとは違う。よかった。まあ、ザックのことなんか考えてもいないけどな。

「いいけど」男は仲間のほうを振り返った。みんな、俺たちのことを今夜のメインイベントか何かみたいに見ている。「友だちにちょっと言ってくる――」

「放っておけば？　すぐ戻るんだからさ」

それを聞いて男ががっかりしたかどうかはわからない。そんなこと、どうでもよかった。男は俺について店の外に出た。俺は通りの先のコーヒーショップに向かった。夜のこの時間、店はがらがらだった。トイレは広くて清潔だったが、仕切りがいくつもあるタイプじゃなかった。つまり、ひとりが使えば誰も入れないってことだ。チップを弾めば、バリスタは見ないふりをしてくれ、好きなだけトイレを占領できる。トイレはまあロマンティックな場所じゃないけど、ここの連中は誰もロマンスなんかに興味はない。今夜の店番は髪に青いメッシュをたくさん入れて、顔にメタルを埋め込んだ女の子だ。二十ドル握らせると、ご機嫌なウインクを寄こした。

　俺の相手は、黙って俺についてトイレに入った。俺は鍵を閉めた。男は壁に寄りかかると、宝くじでも当たったような顔で俺を見た。たぶんまあ、そうなんだろう。こっちが何か言い出すのを待っている。別に、暴君みたいに振る舞うつもりはないけど、ことセックスに関しては、相手にあれこれ小突きまわされるのはいやだった。命令するのは俺だ。

　直感だけど――ザックはそうさせてくれるタイプだと思う。まあ、ザックのことなんか考えちゃいないけどな。

　さっきのルール1に加え、俺は新たにルールを作った。誰にもキスさせない。俺とはやらせない。名前は教えない――だいたいいつも聞かれるけど。向こうはすぐに教えてくれる。俺は聞いちゃいないけど。

　まさにぴったりのタイミングで男が言った。「名前は?」

「デイヴ」俺はポケットからコンドームを取り出し、男に手渡した。「それ、つけて」

「ああ、もちろん」かわいそうに男はすっかり緊張し、汗までかいていた。手のひらにのった小さな包みを、今にも爆発するんじゃないかって顔で見つめている。

　俺は作り笑いを浮かべた。男に近寄り、ボトムスを脱がせにかかる。「大丈夫だって。リラックスしなよ。俺がうまくやってあげるからさ」

男はリラックスするとまではいかなかったけど、その目に期待が浮かんだ。興奮してくるにつれ、緊張が薄れていく。パンツを下ろすと、男のそれはもう完璧に固くなっていた。手で握り、上下に擦《こす》ってやる。男はまだびくついていたが、ようやく流れに任せようという気になったようだ。目を閉じ、呼吸が荒くなる。俺はコンドームを男のそれにつけてやった。

「なあ」男が目を開けるのを待って、俺は言った。「もし俺の頭に触ったら、途中だろうと放って出ていくからな」

男は頷く。よし、いいだろう。

俺は男の前で膝をつき、さっそく始めた。実のところ、口技はかなり得意だった。なぜって聞かれても困る。俺にもわからないんだから。ただ、男のそれを深く口に入れることができた。そのせいかもしれないし、それだけじゃない気もする。まあ、さっきも言ったとおり、俺にはよくわからない。目の前の男も、間違いなく気に入ったようだ。始めたとたん、「ああ……くそっ」と叫びが上がる。手が伸び、俺の頭に触れそうになったけれど、男はすんでのところで止め、その手を自分の後ろに回す。

男が気持ちよくいけるよう、俺はベストをつくした。こいつがコンドームのことで文句を言わなかったからだ。でも、すぐにはいかせなかった。何度か、すれすれのところまでいかせては焦らした。少しばかり、指で尻の穴も撫でてやったりした。とうとう達したとき、男はぎゅっと俺の肩をつかんだ。痣《あざ》になるだろうけど、気にしなかった。約束どおり頭に触らないでくれれば、それでいい。

ことが済み、口をすすいでいる間、男はまだ息を荒げていたが、ようやくこっちを向いた。もしさっき男が宝くじに当たったと思っていたとしたら、今はまさにこう思っているに違いない——配当は、想像していた額の二倍だった、って。

「どうしてほしい？」男が聞いてくる。

「同じことを」コンドームを差し出した。「つけたほうがよければ、つけるけど」

男は首を横に振った。次の瞬間には膝をつき、俺のボトムスを脱がせている。

「どこでも、好きなとこをつかんでくれ」男が言った。「俺は構わないから」そしてすぐさま男は始めた。俺は目を閉じ、ただ、男の唇が俺に触れる感覚に身を任せた。

長いこと忘れていた——こんなに気持ちよかったんだ。

どうして避けていたのか、思い出せないくらいだ。つかんでいいと言われたから、俺はつかんだ。男の茶色い髪を。きつく、ぎゅっと。そして自分に言い聞かせる——ザックのことなんか絶対考えたりするもんか。

でも、結局は考えてしまう。

俺が今つかんでいるのはザックの髪で、俺が感じてるのはザックの口。俺の尻をきつく抱いているのはザックの両手。ザックにキスされたら、どんな感じだろう。そう考えたとたん、俺は激しく達した。ここ数年経験がないくらい、激しく。

「くそっ！」気づいたら、激しく毒づいていた。これじゃ、まるで腹を立ててるみたいだ。

「下手《まず》かったかな？」

男を見るなり、申し訳ない気持ちになった。男は困った顔で、少し悲しげだった。俺が失望したと思ったんだろう。

俺はなんとか笑みを作って見せた。まったくのところ、この男には罪はないのだ。

「そんなことないって」ボトムスを履きながら、笑みを崩さないように努めた。「ずっと発散してなかったから、つい、さ」

それを聞いたとたん、男の顔に笑みが浮かんだ。

二人してコーヒーショップをあとにした。何か言わなくちゃと思って口を開く。

「じゃ、いい晩を」

男が返事をする前に俺は背を向け、歩きはじめた。クラブのほうにじゃない。反対の、ガソリンスタンドのほうへ。あと二十分でバイトの時間が始まる。

ザックのことを考える。こんなの、もう耐えられない。あの店で働くのはもうやめよう。ザックとはもう二度と会わない。そうしないといけないんだ。今、ここで引かないと、死ぬほどザックに惚れちまいそうだから。ザックを諦められなくなりそうだから。
だから――そうしなくちゃいけない。

ちくしょう、何やってんだよ、俺。

もう遅すぎるよな。

ザック

アンジェロに出ていかれて、俺は落ち込んだ。あいつを失望させたかと思うと、いたたまれなかった。それに、俺は認めるべきなんだろう。きっとアンジェロの言い分のほうが正しい。いいのか悪いのかは別として、おかげでその晩は考える時間が充分できた。

トムは四十分遅れてやって来た。

「やあ、ベイビー」ドアを開けるなりトムが言った。すぐさまキスしてきて、俺のシャツを脱がせにかかる。「一日じゅうお前のことばかり考えてた」

「何か飲み物とか、ほしくない？」俺のシャツを脱がせると、トムが自分でも脱ぎ出したのを見て、なんだか気分が冷めてしまう。「ワインがあるけど」

トムが腕を伸ばし、俺を引き寄せる。両手で尻をぎゅっとつかまれた。「いいや、ベイビー。ほしいのはお前だけだ」

「セックス以外では、俺には興味がないんだ？」

「もちろんあるさ。なぜそんなふうに言う？　こんなにお前にぞっこんなのに」トムがまた唇を重ねてくる。「今夜はもうお前のせいで燃えてるんだ。我慢できない。お前から離れられないよ」

俺としては、もう少し話を続けたかった。ベッドに入る前に、まずは一緒に過ごす時間がほしかった。だが、トムの執拗な口づけのせいで、どうしても体が反応してしまう。なんてハンサムで、なんていい体をしてるんだ――そう思うと彼がほしくてたまらなくなる。こんな関係は嫌だと思いながらも。少しばかり自己嫌悪に陥るが、俺のプライドなんて、欲求の前では脆《もろ》いものだった。

キスをしながらトムは自分のボトムスのボタンを外して下ろし、固く勃《た》ったそれに俺の手を導いた。

「ザック。焦らさないでくれ。もう耐えられない。今すぐいってしまいそうだ」

「どうしてほしい？」観念して俺は言った。同じようにトムが俺にそう尋ねてくれることなんて、きっとないんだろうけど。

「口でやってくれ」

俺は膝をつき、ボトムスも下着も全部脱がせた。彼の根元から先端まで、ぐるりと舌を這わせる。それからできるだけ深く口に含んだ。トムは腰を揺らし、両手で俺の髪をつかんだ。

「ベイビー。お前の口でいかせてくれ」

俺は頷いた。髪をつかむ手にぎゅっと力がこもり、口の中でトムが激しく腰を突く。俺は窒息しないよう、トムの根元に片手を添えてコントロールする。もう片方の手で自分のボトムスを脱ぐと、固くなったそれをつかみ、彼の突きに合わせ、手を上下させる。

「ああベイビー……最高だ。お前は最高にホットだ」

いつものように際限なく、トムが意味もない戯言《たわごと》をつぶやき出す。髪をつかむ手にはさらに力がこもり、口の中にトムのものが激しくぶつかる——一応、俺の手でコントロールはしていたけれど。その激しさは俺自身をも激しく燃え上がらせた。こんなふうに求められていること自体が、ものすごい媚薬だった。俺は自分のものを固く握り、擦った——もうすぐにでも、激しく達してしまいそうだ。

「そうだ、それだよベイビー……ああ」トムが激しく喘いでいる。見上げると、その顔が汗で輝いている。「そうだ、それだ……ああ、くそっ、お前の口はなんて気持ちいいんだ。お前の青い目を見ながらやるのは最高だよ」

トムの顔つきは野卑《やひ》で、えらく傲慢で、見ていてひどく不快だった。俺は目を閉じ、これ以上考えるのをやめた。「もうすぐだ、ベイビー……いきそうだよ」

そう言われ、俺はふと気づいた——今までトムとした中で、今夜のこれがいちばん長いって、どうなんだ？　だいたい寝室ですらしたことがないなんて、ひどすぎやしないか？

「早くだ、ザック。もっとスピードを上げてくれ」俺は従った。トムが呻き、俺の髪をぎゅっとねじる。腰の動きがさらに激しくなってくる。「ああ、ちくしょう。気が狂いそうだよ……ザック。なんてホットなんだ。お前がいくところを見せてくれ。やれよ。さあ、俺のためにいってくれ、ベイビー」

そんなことを言われなくても、俺はもう達していた。トムもまた、ひと声うめいて達した。トムが俺の頭をつかんだままでいるせいで、彼のものは深く口の中まで入り込み、塩気のある液体がどんどん喉にあふれて窒息しそうになる。俺は顔を引こうとしたが、トムはしっかり押さえて離そうとしない。息ができなくなりそうだったので、仕方なく液体を飲み込んだが、トムはまだ俺を離さない。トムの脚をぎゅっと押し、ようやく顔を引くと俺は咳き込んだ。

「いったいどうしたんだよ？」俺は喘いだ。トムの放出したもののせいで、喉がひりひりと痛む。

トムは俺を立たせると両腕を回してきた。「すまなかった、ベイビー。本当にすまない。そんなつもりはなかったんだ。でも、止められなかった」

俺はトムを押しのけた。「へえ、そうかい」思わずそう返す。自分の声が剣呑に響いた。

「で、ワインはどこだって？　俺が注ぐよ」トムが言った。

喉が痛くてワインを飲むような気分でもなかったが、文句は言わなかった。ボトルはもう開けてあったのだから、飲むしかない。俺は寝室でボトムスを着替えた。今まで履いていたものには、股間に大きな染みがついてしまったのだ。部屋から出ると、トムがグラスを差し出してきた。二人でカウチに腰かける。

　ワインをすすりながら、俺は考えた。トムには本当に興奮させられてしまう。体が勝手に反応してしまうのだ。だが、これは俺が望んでいたことじゃない。初めて二人きりで会うようになったとき、俺はもっと別の関係を望んでいたはずなのだ。トムは言葉ではあれこれ否定しているものの、セックスのためだけに関係を続けているのは、今や火を見るより明らかだった。しかもそのセックスは、ひどくお粗末だときている。なんだか自分が恥ずかしい。俺は利用されているだけじゃないか。

　自分が馬鹿みたいに思えてくる。

　さっき観た映画を思い出し、なぜアンジェロがそれを選んだのかを考えた。考えたら、ますます今の状況が恥ずかしくなってくる。

「フォーク・フェスのチケットはもう買った？」俺は尋ねた。

「まだだ。明日朝いちばんに買うよ。約束する」言いながら、トムは居間のテーブルに広げてあったパズルを指さした。「なんで、こんなところに？」

「テレビを見ながらパズルもしたいって言うんで、動かしたんだ」

「言うって誰が？」

「アンが」

「へえ」トムは興味なさげに言った。「アンって？　妹か？」

おいおい、まじかよ？　前に妹の話をしたことがあるじゃないか。名前はローレンで、シカゴに住んでいるって。それにアンジェロのことは何度も話題にしていたし。

これでよくわかった。トムは俺の話なんかこれっぽっちも聞いちゃいない。おまけに全然興味もないってわけだ。相手が俺じゃなかったら、今ごろトムはパンチを喰らっていただろう。もし俺がアンジェロだったら——ふとそう考えた——素早く頭をめぐらせて言葉で勝負できたら。そう、諦めて目を伏せるんじゃなく、怒りで応戦してやるのだ。

急に、考えが浮かんだ。

トムのほうを見て口を開く。「そう、妹のアン」できるだけ気軽な調子で付け加える。「昨日の晩、こっちに来たんだ。俺たちがフォーク・フェスに行くって話をしたら、一緒に行きたいって」もちろん嘘だ。だが、これはテストでもあった。

「そうか、ベイビー。いいんじゃないか」

「まあね。問題は、アンもずっと一緒ってことなんだ」

「つまり、二人きりで週末を過ごせないってことか？」トムの声は不満そうではなかったものの、好意的でもなかった。

「もちろん過ごせるさ。ただ、妹の相手もしないと。たいしたことじゃないよね？　それでも充分楽しいよ。お互いのことをもっと知るいいチャンスにもなるし」

「もちろんだ」そう言いつつも、トムがそう思っていないのは明らかだった。手にしていたワインに視線を落とし、グラスを揺らす。「それはいいね」

俺はカウチから立つと音楽をかけ、テーブルでパズルの続きを始めた。トムはカウチに座ったまましばらく俺を見ていたが、やがてグラスを空けて言った。

「そろそろ行かないと。でも、明日また電話するよ」

ああ、間違いなく電話してくるだろう。少なくともそれについては確信があった。俺は玄関まで見送りもしなかった。

俺はワインのボトルを空け、ほろ酔いになり、それからやけどするほど熱いシャワーを浴びた。すべてを洗い流したかった。トムとの行為の名残りも、ことが済んだあとの股間の乾いたごわつきも、喉の奥にまだ残っているトムの味も。沸き上がる怒りも、苦い思いも、恨みも――全部洗い流した。トムのことは憎くはない。かといって、彼を必要としているわけではないということもよくわかっていた。トムなんか、どうでもいい男なのだ。

そう気づいて、自分でも驚いた。


翌朝、店の電話が鳴った。俺が店に着いて五分後のことだ。

「悪いニュースがある、ザック。実は――」

俺はトムの言葉を遮った。「フェスには行けない」

だろ？　と付け加えるまでもなかった。

「すまない、ベイビー。この埋め合わせは必ず――」

「わかったよ、トム。じゃ、またな」

もっと怒ってもいいはずなのに、怒りはなかった。むしろ、ほっとしていた、曇り空がすっかり晴れたような、すごくいい気分だ。そして一刻も早くアンジェロに伝えたかった――トムはフェスには行かないって。アンジェロは、俺と一緒に行ってくれるだろうか。ああ、ぜひとも行くといってほしい。二人ならきっと楽しいはずだから。

だが、驚いたことに、バイトの時間になってもアンジェロは姿を見せなかった。これまで、一度だって遅刻などしたことがなかったのに。それどころか、時間より早く来ることもあった。だからか、苛立ちは感じなかった。きっと何か理由があるのだろう。

アンジェロは二十分遅れて現れたが、店に入ってきても俺と目を合わせようとはしなかった。

「遅刻だな」もちろん責めたわけではなかった。むしろ、質問のつもりだった。

「まあね。だから？」

「いや、別に。ただ、何かあったのかと思って」

「あったしても、あんたに何の関係がある？」

俺は正直驚いた。アンジェロの言葉に激しい怒りがこもっていたからだ。アンジェロと話すときはいつも、言葉の意味を理解するのに手間取ってしまうが、こんなふうに怒りをぶつけられるのは初めてだ。どうしてこんな展開になっているのか、まったくわからない。

「どうかしたのか？　アン」

返事はない。ただ突っ立って、棚のディスプレイを睨みつけている。かなりぴりぴりしていた。顎をぎゅっと食いしばり、両手を固く握っている。そしてようやく口を開いた。

「もうやっていけないよ、ザック」

「やっていけないって、何を？」

アンジェロが初めて俺を見た。「この状態をだよ！」そう吐き捨てると、くいと首を傾けた。「あんたに俺、このくそいまいましい仕事。もう耐えられないね」

「辞めるっていうのか？」おそろしく馬鹿げた質問だと思ったが、最初に考えついたのがそれだった。頭がくらくらしてくる。

アンジェロはためらっていた。たぶん、そこまで考えて言ったわけじゃないんだろう。だが、俺の言葉のせいで、白黒はっきりつけないといけなくなってしまった。

「ああ――辞める」

「オーケイ」いや、ちっともオーケイではないのだが、あまりにも驚いてしまって、ついぽろりとそう言ってしまった。アンジェロに辞めてほしくなんかない。店にとって、なくてはならない存在だ。客には好かれてるし、それになんたって俺たちは友だちじゃないか。アンジェロを失うと考えるだけで動揺してしまう――思った以上に。

アンジェロはしばらく黙ったまま、俺を見ていた。さっきまでの怒りはすっかり消えている。なんだか悲しげでさえある。顔にかかった髪をかき上げると、ポケットに手を突っ込み、静かに言った。「じゃあな、ザック」

アンジェロがまさに店を出ようとしたとき、俺は叫んだ。「アンジェロ、待てよ！」

彼は立ち止まったが、こちらを振り返りはしなかった。

「何があったのかわからないけど、俺は本気でお前に辞めてほしくないと思ってる。この店にはお前が必要だからだ。それに俺は――」

俺は、死ぬほど寂しくなるじゃないか。

だがその部分は言わずに濁して続けた。「ほら、この店はお前がいなくちゃ大惨事になるだろう？」

アンジェロが何か言おうとしているように見えた。だが結局、何も言わなかった。

「もし何かあって、今は時間が必要だっていうんなら、好きなだけ休んでくれ」アンジェロのためなら、何でもするつもりだ。「好きなようにしていいんだ、アン」

アンジェロはまだ背中を向けたままだったが、ちゃんと聞いていることはわかった。視線を地面に落としたまま。

「だから、いつかまた戻ってきてくれ。お願いだ」

アンジェロは戸口に立ち尽くしていた。俺は待った。息を詰め――文字どおり、本当に息を止めて。

だが、アンジェロはそのまま出ていった。

アンジェロ

ふだんなら、ガソリンスタンドとビデオ店のバイトの間に、五時間くらいは眠る。だけど、昨夜《ゆうべ》は全然眠れなかった。今日、店に出ようかどうしようか、ずっと悩んでいたせいだ。で、結局行こうと決めたのかどうか、そこのところはよく覚えてない。たぶんそう決めたんだろう。だからこうやって店まで歩いてきたわけだ。でも、ザックの顔を見ることもできなかった。もし怒っていたらいやだし、「わかってる」って物分かりのいい顔をされるのもいやだった。そして何よりもザックに目を覗き込まれ、バレてしまうのがいやだった——そう、俺がザックのことで身も心もずたずたで、まともに考えることすらできないってことが。

「遅刻だな」

ザックの声は軽かった。疑問に思ってるみたいだ。どうしたんだろうっていう感じ。もちろんザックが怒るはずなんかないんだ。怒ってくれたほうがよほどいいのに。

「まあね。だから？」

「いや、別に。ただ、何かあったのかと思って」

そう言われて、どう答えろっていうんだ？　ああそうだよ、あったんだよって？　そう、昨日の夜、まさしく何かが起きたんだ——って？　いや、昨日の夜だけじゃない。俺が自分の気持ちに気づいたときにだ。でもわかってる。ザックは決して俺を愛してはくれない。俺が愛しているようには。

「あったしても、あんたに何の関係がある？」そう言い返すとザックが困惑し、少し傷ついたのがわかった。ああ、いい気分だね。

「どうかしたのか？　アン」

どうしてこいつときたら、こんなにお優しいんだ？　くそみたいなリアクションをしてくれたら、ことはもっと簡単に済むのに。

でも、そう聞かれたときの返事はすでに考えてあった。昨夜、頭の中で何度も何度も転がした言葉を口にする。「もうやっていけないよ、ザック」

「やっていけないって、何を？」

「この状態をだよ！」そう吐き捨て、ザックのほうを見ると、ものすごく傷ついた顔をしている。こんなの、もう限界だ。「あんたに俺、このくそいまいましい仕事。もう耐えられないね」

「辞めるっていうのか？」

ああ。それについても昨晩ずっと考えた。正直、そこまで言うつもりはなかった。でも、今さら後には引けない。それにやっぱり辞めるのが最善の策なのかも。ザックはまだ俺を見ている。まるで、いきなり殴られでもしたかのように——まあ、確かに俺はそれに近いことをしたんだろう。

「ああ——辞める」

「オーケイ」そっけない返事。でも本当にオーケイだと思ってるわけじゃない。まだうまく状況がのみこめていないのだ。はっきり理解されちまう前に、ここを出ていかないと。

「じゃあな、ザック」

店を出ようとしたとき、後ろでザックの声がした。「アンジェロ、待てよ！」

俺は立ち止まった。そうすべきじゃなかった。でも、足が動かなかった。

「何があったのかわからないけど、俺は本気でお前に辞めてほしくないと思ってる。この店にはお前が必要だからだ。それに俺は——」そこでザックは言いよどんだ。何か言いかけてやめたみたいだ。「ほら、この店はお前がいなくちゃ大惨事になるだろう？」

それを聞いたとき、思わず俺は微笑んでしまった。微笑まずにはいられなかった。でも、背中を向けていたおかげでザックには見られないですんだ。

「もし何かあって、今は時間が必要だっていうんなら、好きなだけ休んでくれ」そこで言葉を切ると、ザックは付け加えた——本当に穏やかな口調で。「好きなようにしていいんだ、アン」

突然涙がわいてくる。くそ、こんなところで泣いてたまるか。

「だから、いつかまた戻ってきてくれ。お願いだ」

ザックのもとに駆け寄りたかった。ザックに抱きつき、小さな子どもみたいに慰めてほしかった。赤ん坊みたいに、ただただ、泣きたかった。

もちろんそんな選択肢なんか、不可能だ。

その代わり、俺は黙って立ち去った。


部屋に戻るとベッドにもぐり込み、その日は一日じゅう眠った。起きたときには気分もずいぶんましになっていた。ガソリンスタンドのバイトに遅れないよう、急いで支度をした。夜番なので、仕事といってもほとんど座って窓の外を眺めているだけだ。おかげでザックのことを考える時間がたっぷりあった。

今朝、店に行き、ザックとのつながりをすべて断ち切ってきてよかったんだ。ザックのことも、あの馬鹿げた店のことも全部忘れて逃げ出すのがいちばんなんだ。

独りでずっと生きていく――それを変えたいと思ったことはなかった。でも正直、今は、それでいいのかどうか自信がない。たぶん、ザックの存在に慣れてしまったせいだ。毎日店で一緒に働いて、夜も家で一緒に過ごしていたから。ザックと一緒にいるだけで気分が上がった。まあ、ザックのほうはそんなふうに感じてはいなかったかもしれないけど。ザックは、俺がいわゆる社会のはみ出し者だと知っても、軽蔑したりしなかった。自分のほうが偉い、なんてそぶりは一度だって見せなかった。見下しもしないし、自分のほうが頭がいいなんて態度もとらなかった。これまで出会った誰よりも、俺に敬意を払ってくれた。

それに、ザックに夢中になってわかったことがある。こんなにも彼を求めてしまうのは、ひとつには、ザックが俺に魅力を感じていないからだ。これまでかかわってきた男たちといえば、俺と寝るのだけが目的だった。おかげで、俺には寝るほかに何のとりえもないんじゃないか——そんな気になることもあった。俺のことを、寝る相手じゃなくて友だちとして扱ってくれたのは、ザックが初めてだった。それは、俺にとってものすごく意味のあることだったのだ。

夜番を終えて部屋に戻ると、またベッドにもぐり込んだが、いつもより早く目が覚めた。そんなに長く眠っていられるたちじゃないのだ。やっぱりＡｔｏＺに行って、バイトを再開することにしようか。そう思って店まで歩いてきたものの、中には入らず入り口をずっと眺めた。いざとなったら怖じ気づいてしまったのだ。だいたいザックになんて言えばいい？

仕方がないのでまたアパートに戻り、ザックのことばかり考えていた。なんで、状況をこんなに深刻にしてしまったんだ？　本当はすごくシンプルなことなのに。逃げ出す理由なんてない。俺がザックに対する気持ちを認めたからって、二人が友だちでいられないってことにはならない。いつかザックのほうも、俺と一緒にいたいって思うようになるかもしれないし、ならないかもしれない。もしかしたら、俺の気持ちだって冷めるかも。でも、そんなのどうだっていい。

ザックみたいな友だちは、今まで一人もいなかった。彼を今、手放すなんて――そんなこと、できるはずがない。

俺は時計を見た。ザックはちょうど帰宅したころだ。店に寄って映画を一本選ぶと、ザックの部屋に向かった。

彼の部屋のドアベルを鳴らすだけでこんなに緊張するなんて、信じられないくらいだ。ドアが開き、俺はおそるおそる顔を上げた。ザックは笑みを浮かべている。まるで俺がサンタ・クロースか何かで、彼がずっとほしがっていた子馬をようやく持ってきたみたいに。

「カレーを買っといたよ」ザックが言った。

俺のほうが会話についていけないなんて、これが初めてじゃないか？　言えたのはこれだけだった。「ありがとう、ザック」

持っていたDVDを押し付け、彼より先に部屋に上がると、背後でザックが笑う。「『ブレックファスト・クラブ』？　この映画、嫌ってたじゃないか」

「あんたは好きだろ」

つまり、謝罪というか和平交渉というか、まあそんなものだ。ザックは受け入れてくれた。ザックはすぐさま俺に追いつき、首元にぎゅっと両腕を回してくると、俺のこめかみにキスをした。そんなふうに触れられたせいで、心臓が馬鹿みたいに早打ちしはじめ――たまらずザックをぐっと押しやった。ザックは笑った。「来てくれてうれしいんだよ」それから俺を冷蔵庫のほうに押していった。「勝手にビールを飲んでいてくれ。俺は映画をセットしてくる」

いつものようにコーヒーテーブルの前で、二人並んで床に腰を下ろした。ザックはこちらを向き、気軽な感じで聞いてくる。「で、話したくなった？」

「全然」間違っても話すもんか。

ザックは肩をすくめ、微笑んでいる。「わかった」それからカレーの入った袋を開け、俺に渡して寄こす。

そんなふうにして、俺たちはいつもの二人に戻った。

映画が終わりかけるころ、ふいにザックが言った。「アン、週末は一緒に来てくれよ」

「お断りだね。だって――」

ザックが遮った。「トムは行かないよ」

驚きだった。何がいちばん驚きだったって、ザックがそのことで気落ちしていないことだ。それどころか、笑みさえ浮かべている――まあ、俺が来てからずっと笑顔だけど。ザックが微笑むとつい、こっちまで微笑んでしまう。

「なんで？」何でもなさそうにそう尋ねながら、興奮した気持ちを抑えるのが大変だった。

「そんなの、どうでもよくないか？」

俺は知りたくてたまらなかったけれど、それ以上に——そう、そんなのどうでもよかった。

フェスティバルみたいな場所へ自分が行くことになるなんて、これまで一度も考えたことがなかった。ザックに誘われてから、そのことについていろいろ考えた。実のところ、今までそういう経験は一度もなかったし、そもそも、どこにも出かけたことがなかった。休みをとったことさえなかった。行くところがなかったからだ。二、三日休みをとって、太陽の下、ぶらぶらするというのはすごくよさそうに思えた。解放的な感じがする。なんといってもザックと一緒なのだ。ザックといればいつだって楽しいに決まってる。

でも口ではこう返す。「フェスに行くなんて、俺の柄じゃないんだけどな」

「わかってる。でも行くんだろ？　結局のところ」

ザックは本気で俺と行きたがっている。なら、俺の腹は決まった。それがザックの望みなら、どうして断れる？

「わかったよ」そう言うと、ザックの笑みがさらに広がる。「ああ。行くよ。結局のところな」

ザック

いったいアンジェロに何があったのか、見当もつかなかった。でも、俺が口を出すことじゃない。聞いてほしければ向こうから話してくるはずだ。ともかく自分で解決できたみたいで何よりだった。次の日にはいつものアンジェロに戻っていたし、金曜日、フォーク・フェスめざして街を出るころには、完璧に舞い上がっていた。

コロラド州ライオンズは、ロッキー山脈の緑の麓に抱かれた、宝石みたいに美しい小さな町だ。ロッキーへの玄関口ともいわれている。産業は、もともと砂岩の採掘が主だったようだが、最近では観光業のほうにより力を入れている。

プラネット・ブルーグラスはいわゆる天然の円形競技場で、セント・ブレイン川とロッキー山脈の間、町の西側の外れにある。ステージは二つで、ロッキー・マウンテン・フォーク・フェスティバルの間、朝十時から夜の十時まで、両ステージでずっと演奏が続く。音楽だけじゃなく、コロラドでも一、二を争う旨さといわれる地ビールが飲めるし、美味しい料理の屋台がたくさん出るのもフェスの自慢だ。家族連れでも気軽に楽しめる雰囲気で、子どもたちは群れになってそこらじゅう走り回ったり、川岸で砂の城を作ったりして遊んでいる。ゴムボートで川下りもでき、帰りはシャトルバスでフェス会場まで送り届けてもらえる。

キャンプ会場は、色とりどりだった。テントにキャンピングカー、ポップアップシェードが所狭しとひしめき合っていて、合間を縫って歩くのもひと苦労だ。中には、週末だけではなく、ひと月キャンプするんじゃないかというくらい重装備なキャンパーもいた。旗や横断幕を掲げ、凧を上げ、部分敷きのカーペットまで持参してきている人もいた。キャンプ場のあちこちで、歌うグループや太鼓を叩くグループ、そしてただ酒を飲む集団が、夜中から明け方までずっと盛り上がるのだった。

アンジェロは、キャンプ道具を何も持っていなかった。コロラドに住んでいるにしては妙な話だと思ったが、何も言わなかった。寝袋は買って用意したものの、俺のテントを一緒に使うことに決めた。混み合ったキャンプ場の中でようやく場所を見つけると、さっそくテントを準備しはじめた。

音楽的な理由からなのか、単に祭りだからなのか、フェスにはストレートの恋人たちと同じくらいレズビアンのカップルが大勢来ていた。それに比べるとゲイのカップルは少なめだったが、もちろん皆無ではなかった。会場の雰囲気はオープンで友好的だ。アンジェロは、カルチャーショックを受けたみたいに長いこと辺りを見回していた。同性同士のカップルが堂々と手をつなぎ、キスしているのを、食い入るように見つめている。そしてようやくこちらに顔を向けると口を開いた。「クラブ以外で、クィアでもOKだって思える場所は初めてかも」俺は思わず笑った。それからは、アンジェロはずっとリラックスして見えた。

メインステージの観客用エリアはきちんと区分けされていた。中央付近では、芝の上にシートやブランケットを敷いて座るようになっており、椅子は座椅子タイプだけが許可されている。少し後ろになると、やはりシートやブランケット敷きではあったが、ふつうの椅子も使用できた。それより後ろになると、日よけのテントがずらりと並ぶ。観客はまだそれほど集まっておらず、おかげで西側の林の近くにブランケットを敷くことができた。ここなら昼間、日陰ができそうだ。俺は折りたたみ椅子を一つ持っていた。この週末のフェスだけのために、何年か前、フリーマーケットで買って以来、毎年使っている。一つしかないのでアンジェロに悪い気がした。前もって椅子を持ってくるように言えばよかったと、今ごろ思い至った。だがアンジェロは笑っただけだった。「俺は地面でも平気ですぐ昼寝できるから」

俺たちはまずビールを、それから鶏ギョーザを買った。俺はバジル風味、アンジェロはカレー風味だ。食べたとたん、アンジェロの目がくるりとひっくり返る。俺は笑って尋ねた。

「どう?」

「これだけでも、来た甲斐があった」アンジェロは頬を赤く染め、俺を見つめる。「連れてきてくれてありがとう、ザック」

そのとき俺は思った——これがトムだったらどうなっただろう? きっと、暑いだのビールが高すぎるだの、すべてに難癖をつけていたはずだ。ここにいるのがトムではなくてアンジェロで、本当によかった。

「来てくれて、うれしいよ」

アンジェロ

ライオンズでの最初の晩は、あまりよく眠れなかった。ザックの寝息を聞きながら、すぐそばで横になっていると妙な気がした。今まで誰にも感じたことのない気持ち——これが緊密感ってやつなんだろうか。それに、ザックに触れたいという気持ちと、本当にそうしてしまったらどうしようという気持ちとで、ひと晩じゅう、悶々としてしまった。ザックはいつものごとく鈍感っていうか、赤ん坊みたいにすやすや眠ってたけど。

フォーク・フェスに来ている連中はだいたい夜遅くまで起きているから、朝も遅い。俺が六時に起きたとき、あたりはしんと静まり返っていた。ザックは隣で大の字になって眠っていて、テントの半分を占領している。このまま寝かせておくことにして、シャワー設置所に向かった。ロッカールームによくあるタイプの屋外版というんだろうか、シャワー自体は四つ備えてあった。朝も日が高くなるころには行列ができるよ、とザックが言ってたっけ。混雑前に済ませておくのがいちばんだ。

もうひとり、隣でシャワーを浴びてるやつがいた。すごくでかくて、少なくとも俺より十五センチは背が高い。黒髪は短くて――うわ、涎《よだれ》が出そうなくらいのナイスバディだ。息をするのも忘れ、見惚れてしまう。でも、だいたいこういうタイプはストレートだって相場が決まってる。あんまり見ないようにしないと。

「空《す》いてると気分いいな」男が言った。

「まあね」服を着ながら俺は尋ねた。「この辺でコーヒーが飲めるところ、知らない？」

「知ってる。ちょうど俺も行くところだよ」男が手を差し出してくる。「マットだ」

急に自己紹介されて驚いたが、俺も手を差し出し、握手する。「アンジェロ」

「一緒に来いよ、アンジェロ。ライオンズでいちばんうまいコーヒー店を教えるから」

正直、マットとやらと二人でどこかへ行くつもりはさらさらなかったが――まあ、構わないか。俺の嫌いな体育会系だけど、あの嫌な波動は全然感じない。マットに連れられ、通りの先にあるコーヒー店に行った。地元の店で、その辺によくあるコーヒーチェーンじゃなかった。

コーヒーを買うと、二人で屋外のテーブルに席をとった。

「ここに来るのは初めてか？」マットが聞いてくる。

「まあね」

「俺もさ。独りで来たのか？」

「いいや。連れはまだ寝てる」

「俺の連れもだ」マットはくしゃっと顔をしかめ、こっちを見た。笑おうとしているのにうまく笑えない、みたいな感じだ。「どう思う？　ここ」

「食い物はうまい」

マットが今度は本当に笑った。「でも音楽は最悪だよな」

つられて俺も笑う。「まあ、いつも聴いてるのとは違うな」

一時間くらい、二人でとりとめのない話をした。フェスに来て食べた出店で、どれがいちばんうまかったかとか——マットはカレーよりギロピタを推していた——どのバンドが比較的ましか、とか。コーヒーだけじゃなく、朝食まで一緒に食べた。そうこうするうち、マットが言った。「そろそろ戻ることにするかな。ちょうどジャレドも起きてるころだろう。コーヒーを買ってきてやるって約束してるんでね」

それはいいアイディアだ。俺もザックのためにコーヒーを買っていこう。

「ライブも一緒に見ないか」店を出るとマットが言った。断る理由は何もなかった。でも、少しばかりナーバスになる。もし俺がクィアだって知られたらどうなるかって考えてしまうから。こういうときは、いかにもそうじゃないふりをするのがいいのか、別に気にしなくていいのか——今でもよくわからない。

まず俺のほうのテントに二人で戻った。ザックはちょうど起きたところで、コーヒーを見て大喜びだった。それからマットに連れられ、彼の友だちの「ブランケット席」まで出かけていった。ちょうど会場の真ん中あたりだ。

ジャレドはザックと同い年くらいだろう。百八十センチ弱、針金みたいに細いけれど、脚はものすごい筋肉だ。ダークブロンドの髪はワイルドなカーリーで、ふわふわと顔にかかっている。瞳はブルー、鼻のまわりにそばかすが散っている。なんだかサーファーみたいだ——もちろんコロラドじゃ波乗りするにも死ぬほど長旅しなくちゃならないけど。でもって超キュート。間違いなくゲイだ。

マットはジャレドのそばに腰を下ろし、コーヒーを手渡した。よせ、と思っても目が離せなかった。二人はカップルなのかって、うまく聞く方法はないだろうか？　正直、マットがゲイだとは全然思えないけど、目の前の二人を見ていると、座り方だって少しばかり接近しすぎてる。ふつうの男友だちの距離じゃない。たぶん俺の考えていることが顔に出てたんだろう。ジャレドがこっちを見てふいに笑った。

「マットの本性は誰にも見破れないんだよね」

隣でマットがあきれたような顔をして見せた。

ザックとジャレドは、昔からの友だちみたいにすぐ打ち解けた。これまでに行ったことのあるフェスティバルの話やら、前から知ってるバンドのことやら、ずっと喋りまくっている。マットが楽しげに言った。「これはうまいこと行きそうだな。あいつらがステージを見ている間、俺たちは酒を飲んで昼寝ができる」

マットとジャレドは、ここから一時間もしないところにある小さな町に住んでいるらしい。マットは警官。もちろんそうに決まってる。額に「警官」ってタトゥーを入れてるのと同じくらい明白だ。ひと目見ればわかる。ジャレドは教師だそうだ。ザックは二人の関係にちょっとばかり嫉妬している。二人がお互いにぞっこんだって、誰が見てもわかるから。それでも、マットがゲイだとは思えなかった。二人はとりわけフットボールの話が好きで、互いのチームをけなし合っては楽しんでいる。

「あんたは俺が会った中でいちばんストレートっぽいクィアだな」マットについそんな本音を洩らしてしまった。

マットは肩をすくめ、ジャレドが笑った。「確かにね。マットはいわゆる異性愛の問題でずいぶんひどく悩んでたもんな」

俺も笑わずにはいられなかった。「ほんとに？　それって治す薬はあるわけ？」

「どうだろう？　よくわからないけど、あったんだろうね。きっと」ジャレドはマットを見た。「あったんだろ？　薬。何が効いたんだい？」

「嫉妬だな」

ジャレドが目を丸くする。「へええ、本当？」

マットは手を伸ばしてジャレドの髪をつかむと、顔を寄せ、ジャレドの首——ちょうど耳の下に唇を押し当てた。マットがジャレドに触れるのを見たのはこれが初めてだった。公衆の面

前で、堂々と首にキスしている。

「あいつがお前にこうやって触れてるのを見たんだ」マットが言った。「そのとき思ったのさ。ほかの男がお前に触れるところを、もう二度と見たくないってね」マットの唇が再びジャレドに触れる。「誰にも許さない。俺だけだ」

ジャレドは人前で恥ずかしいのか、顔が真っ赤になっている。うれしそうでもあった。「でも、コールは俺の髪をつかんだりしないよ」からかうように返す。

マットは笑い、ジャレドの髪を離した。「あいつが変なんだよ」


マットが言ったとおり、俺たちはすごくうまくいった。ザックとジャレドは、聴きたいバンドを二人でピックアップし、丸一日かけて二つのステージを行き来しながら、どのバンドが好みか、そうじゃないか、楽しそうに比べ合っていた。その間、マットはずっと本を読み、俺は太陽の下でまどろんでいた。どちらかが退屈すると、一緒にフェスティバル会場をぶらつき、ザックとジャレドに食い物とビールを買って戻った。

そんなふうに会場をぶらついていたとき、マットに死ぬほど聞きたかったことを、ようやく聞くことができた。「あんた、ジャレドと会う前はストレートだったの?」

マットの頬が赤くなる。「ああ。っていうか、ストレートなんだと必死で自分に言い聞かせてた」

「で、ほんとにジャレドと別の男が一緒にいるところを見ちゃったわけ？　それってたぶん――元カレとか？」

マットは眉をくいと上げ、口元に笑みらしきものを浮かべる。「厳密には違うんだな、これが。コールは元カレじゃない。利害関係の一致した友人ってとこだ。そもそも、ことの発端はそれより数カ月前で――よりによってジャレドの誕生日に、酔った勢いで俺があいつに迫っちまったんだ。そんなことをするつもりは本当になかった。すごく馬鹿な話に聞こえるが、でも――」マットは肩をすくめる。「とにかくそのあと、俺は怖じ気づいてジャレドから逃げた。しばらく顔を合わせもしなかった。でもそのとき気づいたんだ。どれだけあいつに会いたいかってね。で、ジャレドの家まで行った。『これからもいい友だちでいよう』とかなんとか、調子のいいことを言いにね」

「でもそのコールってやつがいたんだ？」

「そのとおり」

「で、どうなったの？」

「どうにもならなかったさ。コールが家の中に入れてくれた。あいつ、俺のことまで口説こうとしたよ。で、ジャレドが浴室から出てきたんだ。シャワーを浴びたあとで、スウェットパンツだけ履いてね。そのとき俺の頭の中にあったのは、俺がドアを叩く前、二人が何をしてたかってことだけだ。二人とも殺してやりたかった。実際、かなり本気だった」

マットは少し微笑み、気まずそうに俺を見た。

「コールをぶちのめしたくてたまらなかったよ。あいつ、お前くらいの体格だったかな。あのとき履いてたブーツ込みでも六十キロもないだろう。でもってそのブーツときたら、ピンクなんだ」

思わず笑うと、マットもにやりとする。「もちろん俺には怒る資格なんかなかった。そう気づいてようやく現実を直視できたんだ。ジャレドと俺は、その気になれば『いい友だち』としてやり直せる。響きはいいが、いつかあいつに恋人ができたとしても、俺には文句を言う権利はないってことだ。それが正直――いちばん堪《こた》えたね。考えるだけで気が狂いそうになった。嫉妬っていうのは、とてつもないパワーがあるのさ、アンジェロ」

俺たちはブランケット席まで戻ると、ザックとジャレドと一緒に腰を下ろした。ザックがマットに声をかける。「ジャレドの話じゃ、フェスが気に入らないんだって？」

マットは片側の眉をくいと上げると軽い調子で返す。「全部がってわけじゃない」

「じゃ、どこは気に入ったの？」とザック。

「食い物は悪くないね」言いながら、マットはちらりとジャレドを見る。「それから、夜のお楽しみもな」

もちろんザックはいつものごとく、話が全然見えてなかった。「え？　それって大トリのライブってこと?」

マットはザックを見ると、目元にくしゃっと皺を寄せた。たぶん笑ってるつもりなんだろう。

「いいや、そういう意味じゃなくてさ」

俺は笑い転げた。ジャレドもザックも──やっとのみ込めたのだ──お互いに負けないほど赤面している。いやあ、まいったね。


その晩、ザックとジャレドがまだステージを見るというので、マットと二人して、夕飯を食いに町まで出かけた。フェスの食い物は確かにうまい。でも一日じゅう地面に座り込んでいるのは結構疲れるのだ。飯を食いながら、俺たちはありとあらゆる話をした。で、気づいたら──俺は両親の話までしていた。人には絶対話したくないことなのに、この夏だけで、二人の人間に話してしまったことになる。

でも、マットの反応には驚いた。こういうときにありがちな、同情臭い顔なんか見せもせず、ただ頭を振ってこう言ったのだ。「親になるべきじゃないやつっていうのは、確かにいるんだ」

その口調から、俺のことだけを言ってるんじゃないっていう気がした。で、そう言われたとき、なんだかマットとは友だちになれそうだと感じた。ただ一緒につるんで遊ぶってだけの友だちじゃない。腹の底からわかり合える友人ってやつだ。こんなふうに思える相手は初めてだった。ザックにだってこんなふうには感じない。ザックへの気持ちは、こういうのとはまた違うのだ。

俺たちは日曜も一緒に過ごした。その日の午後、マットとザックはＡｔｏＺについて話題にしていた。

「もう、崩壊寸前ってところかな」とザック。「俺たちみたいな小さな店は、大型チェーン店にやられっぱなしだよ。あいつら、どこにでも店を出してるんだから」

「どこにでもってわけじゃなさそうだな」とマット。「コーダには映画のレンタル店は一軒もないんだ」

「本当かい？」

「ああ。店ができるといいんだが」

「じゃ、いっそ移転しようかな、コーダに」ザックが冗談めかして言った。

「そうだ、いっそそうすればいい」マットはそう返したが、冗談という感じじゃなかった。

「何なら、場所も提供するよ」

マットがジャレドを見た。ジャレドが頷く。「そうなんだ。うちの家族、金物店をやってたんだけど店じまいしてね。でも店は手放さないで、そのまま残ってる」

ザックは笑った。「じゃ、考えておくよ」

ザック

ジャレドとマットと一緒に過ごしたおかげで、今年のフェスは大盛り上がりだった。ジャレドとはいろいろ共通点があった。歳はだいたい同じくらいで、コロラド生まれ。二人ともカミングアウトしたのは大学時代で、お互いラッキーなことに、家族はそれをちゃんと受け入れてくれた。それにしても、マットとアンジェロがあんなに打ち解けるとは、ジャレドも俺もすごく驚いたものだ。まるでマットがずっと弟をほしがっていて、アンジェロが見事その座を勝ち取った――みたいな感じ。アンジェロがすんなりその「役」を引き受けるとは、正直予想もしていなかった。でも、マットもアンジェロもいい感じで、二人とも、自分で想像していた以上にフェスを満喫したはずだ。

日曜の最後の公演までたっぷりと楽しみ、いよいよ会場を発つ時間になった。アンジェロとマットは電話番号を交換し、どちらかが互いの「エリア圏内」に入ったら必ず連絡すること、なんていう取り決めまでしていた。アンジェロと俺は車に乗り込み、デンバーに向けて出発した。助手席で、アンジェロは楽しげにぺらぺらと喋りまくっている。フェスに来て楽しかったみたいで、本当によかった。

車を走らせている途中で、アンジェロがトムの話題に触れてきた。週末じゅう、いつ聞かれるかと思っていた質問だ。

「いったいトムはどうなったわけ？　またすっぽかしか何か？」

「トムに言ったんだ、妹が来るって」

案の定、アンジェロには話が全然見えていなかった。「妹ってローレンが？　でも今、シカゴにいるんだろ？」

「そうだよ」

俺はしばらく黙った。このことはいずれアンジェロに尋ねられるだろうと思ってはいたものの、どこまで話すべきかまでは考えていなかった。今、そのときが来て——すべて話そうと決めた。

「お前に言われたことについてよく考えたんだ、アン。もしかしたら、お前の言い分が正しいのかも——ってさ。で、トムは俺と過ごしたいから来るのか、単にやりたいから来るのか、はっきりさせようと思った」

「それで？」

「それでわかったのは、トムは自分以外の連れがいるなら来ないってこと。いやあ、本当にはっきりしてたよ」

「そうだったのか。ザック、残念だったな」

アンジェロはトムを嫌っている。それでも俺のために気の毒に思ってくれているのが伝わってくる。

「いいんだよ」

それにしても理解できないのは、なぜトムは俺たち二人が恋人同士かのように振る舞おうとするのか、ということだった。もっと率直にセックスフレンドがほしいとでも言ってくれたら、俺もそれで不満はなかった。とはいえ、そういう相手だとしても、トムはやっぱり最低かもしれない。確かに、トム相手だと体がすぐ反応してしまうけれど、だからってトムが何かしてくれたわけじゃない。楽しませるのはいつも俺のほうで、ことの最中、自分のものまで面倒みないといけない始末だ。あんなセックスのために、自分を貶《おとし》めることはないはずだ。

「で、どうなったわけ？　このくそったれ野郎って罵ってやったとか？」

「いや、そうじゃないけど」アンジェロの顔に浮かんだ失望を、見逃しはしなかった。「そう言うチャンスがなかったんだ」言い訳じみて聞こえないといいんだが。「ま、とにかく、トムは予想どおりキャンセルしてきた。で、俺も了解した」

「じゃあ、まだあいつと会う気？」信じられない、といわんばかりの口調だ。

「いいや」

アンジェロはぷいと窓のほうを向いてしまった。でも、たぶんその顔は笑っていたと思う。

月曜の朝いちばんに、ルビーが顔を出した。なんだか動揺しているみたいだ。

「ザック、またビジョンを見たわ」開口一番、ルビーは言った。

「それってさ」アンジェロが急に割り込んでくる。ふざけたにやにや顔で。「あんたが太陽神みたいな衣裳でピラミッドのてっぺんに立っててさ、その下で、裸の女が千人くらい、叫び声を上げながらあんたに向かって小さなピクルスを投げつけてくる——っていう夢だったりして？」

ルビーも俺もぽかんとアンジェロを見た。

「もちろん違うわよ」ルビーは気を悪くしている。「なんでまたそんなことを聞くのかしら？」

「ただ、そう思っただけ」ルビーから視線を逸らさずにそう答えながら、アンジェロは手にしていたＤＶＤのパッケージをこちらに向けた。『天才アカデミー』。いったいどういうことなのか、さっぱりわからないが。

ルビーはあきれたように頭を振ると、俺のほうを見た。

「一羽の鳥が見えたわ。あなたの腕に止まろうとするのだけれど、巨大な馬が蹴散らそうとするの」

ビジョンを聞くときはいつもそうなのだが、やっぱり今度も返事に困った。「それは、なんとも不思議な話だね」

ルビーは訳知り顔で頷いた。「今度の週末、乗馬はしないことね」

俺が返事をする間もないうちに、ネロ・センセイが息を切らして飛び込んでくる。

「ジェレミーの店の前に駐車してある青いコンバーチブル、君たちの車かい？」

つまり、また生徒の誰かがバルコニーから吐いたってことだ。

「幌が下りてないことを祈るよ」アンジェロが軽い調子で答えた。

「いやあ、幌は上がってたんだが、あれは布製なのかな？　ティムのやつ、稽古前にクランベリー・ジュースを飲んだらしくてね。えらく染みになるだろうな」

センセイは頭を振りながら出ていった。

ルビーもセンセイと一緒に店を出ていく。アンジェロが俺を見た。瞳はきらりと輝き、顔じゅうににやにや笑いを浮かべている。

「ここ、最高の職場だよね」

俺は笑い返すしかなかった。

＊

三日後、トムが店に現れた。「やあベイビー。週末は寂しかったよ」

「ああ、そうだろうね」トムは俺の声に混じった皮肉に気づかなかったようだ。近づいてくるなり、腰に腕を回そうとする。俺は後ろに下がって避けた。それから、アンジェロの前で会話を続けるのはどうかと思い、言った。「事務室で話そう」

「だめだ！」アンジェロが言った。妙に緊迫した声だった。

トムの顔にさっと怒りが浮かんだが、すぐ笑みに変わった。「そうだな、ベイビー。それがいい」

「だめだ」アンジェロは、今度は冷静だった。トムはちょうどアンジェロに背中を向けていたので、アンジェロが口パクで伝えてくる。「こいつを信用するな」それから声に出してこう言った。「俺が事務室に行くよ」

アンジェロが事務室に入ってドアが閉まると、トムが腕を回そうとしてきた。俺は今度も避けた。

「トム。俺たち、もう会わないほうがいいと思う」

トムは笑みを浮かべたまま、その場に固まっている。「どういう意味だ?」

「こんな関係を続けても、何にもならないと思うんだ。俺たち、共通点もないし、全然一緒にいられないし。俺が望んでるものと、そっちが望んでるものは同じじゃないんだよ」

トムの顔から笑みが消え、顔つきががらりと変わった。端整さがすっかり影をひそめ、獰猛な面持ちになる。「あいつのせいだな?」

「あいつって?」わけがわからず聞き返す。

トムが事務室を指さす。「あいつだよ。お前のペット野郎だ。あいつに何を吹き込まれた？」

俺はますます困惑した。「アンジェロは全然関係ないよ」

「くそったれめが！」俺に向かってトムが吐き捨てた。「あいつが言ったことは全部嘘っぱちだ」

「だから、アンジェロはお前のことなんか何ひとつ言ってやしないってば」厳密に言えば、ちょっと違う。でも、まさかトムもアンジェロに「能なし野郎」と陰口叩かれたくらいで、こんな剣幕にはならないだろう。

「いや、あいつのほうなんだ。あいつが、俺に色目を使ってきたんだ」

何が驚いたって、今のトムの言葉ほど俺を驚かせたものはないだろう。アンジェロがそんなことをするはずがないからだ。

「へええ、アンジェロがお前に色目を使ってきたって？」ふん、疑わしいね。

だが、トムは勝ち誇ったように答えた。「そうなんだ！」

嘘だということはすぐわかった。だが、火のないところに煙は立たないともいう。もちろん、トムの言い分なんか信用できない。でも――。

「おい、アン！　ちょっと話があるんだけど」

ドアが開き、アンジェロが出てくる。トムがまだいるのに気づき、驚いたようだ。

「どうしたの？」

「トムの話だと、お前が俺にトムの悪口を吹き込んだってことらしいけど」

「それって、俺がこいつを能なし野郎って呼んだ、とかいうレベルの話じゃないんだろうね」

アンジェロが痛烈に返してくる。

まさか本人の面前でそう言ってのけるとは――。驚いたものの、微笑まずにはいられなかった。トムはといえば、赤かった顔がさらに十段階くらい赤さを増し、今にも暴れ出しそうだった。

「うん。もちろんそんなレベルじゃない。お前が色目を使ってきたっていうんだ」

アンジェロの瞳に怒りが走る。だが、罪の意識とか、気まずさのようなものはなかった。トムの言っていることが本当なら、そういう証拠が見えそうなものだが。

「まさか、俺がやったと思ってるわけ？」

「いいや」

「この嘘つきのくそ野郎！」トムが叫んだ。

「アン？」

アンジェロはまっすぐ俺を見た。「こいつが何のことを言ってるのか、わかってる。俺があんたに言わなかったのは、あんたを動揺させたくなかったからだ」

二人の間に何があったのか、俺には見当もつかなかった。トムに腕をつかまれる。振り向くと、彼は笑みを浮かべていた。でもそれは引きつった笑みで、なんだか腹黒く見えた。声までが悪意に満ちている。「お前は間違ってる、ザック。お前と俺が望んでいるものは違うと言ったが、そうじゃない。俺たちは同じものを望んでるはずだ。だって、ずっとここで店をやっていきたいだろう？」

「このくそいかれたクズでせこい最低のゲス野郎——」

俺はアンジェロを止め——それにしても相手を罵るのに、これほどすらすら言葉が出てくるとは、正直、ちょっと感心してしまう——トムに言った。

「それ、本気？」

「もちろんだ」

「自分の耳が信じられないね」

「このことについては最初の晩に話し合っただろう？　忘れたのか？」

最初の晩？　あのときトムはなんて言ってたっけ？——思い出せない。覚えているのは、俺がいかにトムにのぼせ上がっていたかってことだけだ。

やっとの思いで口を開く。「つまり、店を続けたければお前に尻を差し出せってことか」

トムは笑みを浮かべ、俺の頬に触れてくる。親指で唇を撫でられ、耳元で囁かれた。「尻なんか必要ないね。お前の可愛い口さえ使えれば、それで充分満足さ」

思わずトムを押しのけ、背を向けた。むかついて本当に吐きそうだ。いっそ、こいつの靴に吐いてやろうか。

そのとき、何かが俺をかすめて飛び出した。何かじゃない、アンジェロだ。トムをぐいと突き飛ばす。「出てけよ！」

「おっと、態度に気をつけろよ。小僧」トムがぴしゃりと言う。

アンジェロがトムに詰め寄っていく。二人の距離はどんどん狭まり、しまいには鼻と鼻と突き合わせるほどにまで接近した──というか、まあ、アンジェロのほうが背が低かったから、現実には鼻と顎が接近した、と言うのが正しい。それでも、なかなか見ごたえのある光景だった。トムなんか気迫に押されて一歩後ずさり、壁にぶつかってしまったくらいだ。

「もう一度言えよ、ケツ野郎」

「お前など、怖くもなんともないね」そう返したものの、トムの声は微かに震えている。

アンジェロはにやりと笑って見せた。凄みがあるというか、底知れない感じの笑みだ。

「へえ、そうかよ。ま、言ってろよ。生《なま》っ白《ちろ》野郎」

「俺を脅す気か？」

「なんだ、ずいぶん頭の回転が悪いんだな。いいか、よく教えといてやるよ、能なし野郎。ここから手を引け。もしまた戻ってきたら、俺と仲間が追いかけてって後悔させてやる」

「警察に行ってもいいんだぞ」

「で、なんて言うつもりだい？　ホモの店子《たなこ》を欲求のはけ口に利用してます、とか？」

「警察はそんなこと信じやしないさ」

確かに、それについてはトムの言い分を認めないわけにはいかなかった。

だが、アンジェロの笑みがもっと極悪そうにきらめく。「こっちには証拠があるんだよ」トムをじっと睨みつけたまま、背後の監視カメラを指さして見せる。マーレイさんから店をローンで買って以来――そう、ＶＨＳの時代から一度も電源を入れたことのないカメラだ。でもはったりとしては充分だった。トムの顔から見る見る血の気が引いていく。アンジェロは畳みかけるように続けた。「全部録画してとってあるんだよ。さあ、警察に行って警官をここまで連れてこいよ。みんなで楽しいビデオ鑑賞会といこうぜ」

「おいおい」トムが言った。声にはパニックが滲み出ている。「これは単なるボタンの掛け違えってやつだよ。俺はただ――」

「ああ、よおくわかってるって。これが最後だ。出ていけ」

「わかった」降参の印とでもいうように、トムは両手を上げた。「お見事だ。出ていくよ」

アンジェロは一歩体を引き、顎で出口を示した。トムは戸口で振り返ると俺に言った。「いずれ書類を送るよ」そして、去っていった。

アンジェロ

やっとトムが出ていった。振り返ると、ザックが俺を見ていた。まるでヒーローか何かを崇めるみたいに。そんな顔で見られて、まあ悪い気はしなかった。三メートルくらい背が高くなった気分だ。もちろん気分がいいのはそのせいだけじゃない。ザックがやっとあのくそ野郎とおさらばした、そう思うとうれしくて舞い上がりそうだった。が、できるだけ平気を装って俺は言った。

「なに？」

トムに出ていかれて、正直ザックがへこんでるんじゃないかと少し心配だった。でも、ザックはにっこり笑っている。「生っ白野郎？」

俺は肩をすくめる。「弾みで言っちゃったんだよ、あのときは」

「で、なんか仲間がいるんだ？」

「いないってば」俺は言い訳した。「ただ、むしょうにあいつに腹が立ったんだよ。ギャングになんか一度も入ったことないし」

ザックは頭を振って見せた。まだ、「すごいなこいつ」みたいな顔でこっちを見ているから、だんだん気恥ずかしくなってくる。

「まあ、喧嘩はたくさんしたけどさ。ちょっとしたタイマンだったらもっとある。こういうのはさ、いかにはったりをかますかが大事なんだよ。タフに見せたほうが勝ちっていうか」

「でも、効き目がなかったらどうするんだい？　相手が殴りかかってきたら？」

俺はにやりと笑って見せた。「ネロ・センセイいわく、『ドアのようにデカく、氷河のように素早く』だよ」

ザックはわけがわからず首をかしげている。「え？　なんだって？」

俺は頭を振った。「気にしないで。ただのジョークだから。それもつまんないやつ」

相変わらずザックが全然話についてこられなくて、ほんと笑える。でも、トムとはこれで完全に縁が切れたとは思えなかった。「きっとあいつ、あらゆる手を使って嫌がらせしてくるだろ？　それに、録画の話は怪しいってじきに気づくと思う。たとえあの古ぼけたカメラがほんとに作動してたとしてもね」

「ああ、わかってる」でも、今はそのことは考えたくないようだ。「ところでトムはいったい何のことを言ってたんだ？　アン」

「何でもないって」

もちろんザックは、そんな答えじゃ納得できないっていう顔をしている。トムが、俺たちのことを恋人同士だと思っていたことは言いたくなかった。言ったら、見透かされてしまいそうだから——本当にそうだったらいいのにっていう俺の思いまで。

「あんたが店に遅れてきた日、あいつとひと悶着あったんだよ。それだけ。あいつに奉仕しなかったらあんたにチクるって言われたんだ。俺が金目当てでやってもいいって持ちかけてきたって」

ザックがぎょっとする。「まさか、そんなの俺が信じるわけないじゃないか」

「わかってる」この話はもうしたくなかった。カウンターの下に手を伸ばし、パッケージの詰まった箱を取り出す。「そうだ、これ、確認してよ。言うのを忘れてた。うちのアパートに住んでる子から買い取ったんだ。叔父さんが持ってた映画らしい。古い海賊版もいっぱいあるけどさ、ほかにも、ほら、グレゴリー・ペックにバート・ランカスター、それにエロール・フリンなんかほとんど全部揃ってる。俺も半分くらいしか観たことないや。棚にスペースを作らないと」

「これ——店のために買ってくれたのか？」

なんでザックがそんなに驚いているのか、わからなかった。「もちろん。決まってるじゃないか」

「いくら払ったんだい？　店から支払うよ」

「いいってば、そんなの」正直いえば、この映画全部でどれくらいの価値になるか、あの子は相場をわかっていなかった。ひと箱たったの二十ドルで売ってくれたんだから。

「ありがとう、アン」

ザックの声があまりにも真剣なので、驚いた。本当に感動しているみたいだ。見上げると、ザックは俺をハグしたくてたまらないような顔をしている。その顔を見ただけで、心底とろけそうになる。喜んでハグされたくなる。この瞬間、ザックが俺のことをそんなふうに思ってくれている、それだけでうれしかった。もちろん、それは俺がザックに抱いてる感情とは違う。なんでこれほどめちゃくちゃザックが好きでたまらないのか、自分でもいやになるくらいだ。心の中のスイッチをオフにできたらどんなに楽だろう。俺がしたことでザックがハッピーになる、そんな瞬間が次にまたいつ来るのか、それればかり考えて暮らすなんて耐えられないから。

「この中のどれかを今夜観るかい？」

「え？　今夜も俺があんたの家に行くと思ってるわけ？」いつもの自分をあわてて取り戻す。

「もし、アンがそうしたければ、だけど」

「いいや」

「いいやって、今夜うちには来たくないってこと？」

あれ？　俺、そんなこと言った？

「いいや。今夜は別の映画を観るってこと」

「じゃ、今夜、うちに来るんだね？」

時々思う。俺たち、ほんとに同じ言語を話してるのかって。

「俺、そう言わなかった？」

というわけで、店を閉めるとザックの家に二人で帰った。途中で夕飯を買った。今夜はタイ料理だ。ザックは意気地がないのか、全部「マイルド味」で注文した。彼いわく、俺が注文するような辛口には、免責同意書が必要だってさ。冗談のつもりなんだろうけど、あれはかなり本気だった。辛い匂いを嗅いだだけで汗をかいちゃうんだから、ザックってほんと笑える。

ザックの部屋でいつものテーブル前に腰を落ち着けると――俺はビール、ザックはワインだ――映画をセットした。

「また名作カルト？」とザック。毎回必ずそう聞いてくる。『THX 1138』を一緒に見てからずっとだ。ザックにはあれが全然理解できなかったらしい。俺も反省して、このごろはもっと万人向けのものを選ぶようにしている。

「いや、普通のやつ。『Vフォー・ヴェンデッタ』。観たことある？」

ザックが俺の目をじっと見て笑った。それだけで、心臓が――本当に止まった。

「もちろん観たことないよ」

俺はにやっと笑い返す。「大丈夫、理解できるって」

もちろん俺のチョイスは正しかった。エンドロールが流れると、ザックがつぶやく。

「すごく面白かった」映画にすっかり心奪われたようだ。

「あんたにぴったりかなと思って。しっかりと自分の人生を生きていくっていう話だし。もちろん、それだけじゃないけどさ。独裁国家の恐ろしさとか、安全と引き換えに人が自由を放棄したらどうなるか、とか。でも、いちばんいいのは、自分が望むもののために闘おうと決意するってところだよ」

俺はザックのほうを向き、その青い瞳を覗き込む——あんまりきれいで、吸い込まれそうだ。

「あんたもよく考えないとな。闘ってまで得たいものは何なのかって」

ザック

穏やかな日々が続いた。少なくともしばらくの間は。ここ数週間は商売のほうも上向きだったが、無論これはアンジェロのおかげだ。なんたって客の名前を覚えているばかりか、映画の好みまでしっかり把握しているのだ。客たちに「お薦め」を聞かれるたび、いつも親切に答えてやっている。おまけに今では、客たちも探している映画をちゃんと見つけられる。いやあ、まったくすごいことだ。

一度だけ、トムが電話してきたが俺は出なかった。だがメッセージが残っていた。

『やあベイビー。今、賃貸契約書を作ってるところだ。お前にはもう一度チャンスをあげたくてね。電話をくれ。そうしたら悪いようにはしないから。約束する』

俺は電話をしなかった。

二週間後、郵送で賃貸契約書が送られてきた。賃料が二倍になっている。署名しなければ、今月末までに店舗をたためる、とあった。まだ三週間ある。契約書の表紙には付箋が貼ってあった。『まだやり直せる。電話をくれ。——T』

書類をアンジェロに見せる。「今度はなに？」

「どうしたものかな」

ルビーとジェレミーが一緒に顔を出した。

「どうかしたのか？」とジェレミー。

「いや、このままじゃ退去になりそうだなって」

ジェレミーは驚いたようだが、ルビーは頷いた。「私もよ」

「あんたは大丈夫なの？　ジェレミー」

ジェレミーは肩をすくめた。「まあね。賃料が上がるとは聞いていたが、今日届いた契約書では、同じ額になっていたよ。センセイも、少しばかり値上がりしたが、それほどじゃないと言っていた」

深読みしたくはなかったが、ジェレミーとセンセイ、ストレートの男二人がさほどひどい処遇を受けていないのは、単なる偶然ではない気がする。いや、それとも、センセイは黒帯だし、ジェレミーは市議会議員だからか？

「あんたは、あのくそ野郎と断固闘うんだろ？」アンジェロがルビーに尋ねた。

ルビーは微笑む。「闘う理由がないわ、あなた。クリスマスが過ぎたら仕事はもう引退。店をたたんで妹と一緒にフロリダに移ろうと思ってたから。予定が少し早まっただけよ」


その日の間じゅう、アンジェロと俺は会話も湿りがちだった。まるで、おどろおどろしい不気味な生き物がずっと俺たちをつけ狙い、隙あらば襲いかかろうとしている——そんな気分だった。仕事を終えるとアンジェロがうちに顔を出した。ここのところ、ほとんど毎晩来ている。俺のほうでも、もういちいち尋ねたりしなかった。言わなくてもそういう雰囲気ができていたからだ。

「独りじゃさみしいかなと思って」

「よくわかったね」俺が言うと、アンジェロはなぜか頬を赤らめ、そっぽを向いた。

「今日は何を観るんだい？」

「『カッコーの巣の上で』。本当はもっとハッピーな映画を探したかったんだけどさ」アンジェロが肩をすくめる。「こっちのほうが、今観るのにぴったりな気がして」

確か、高校時代に原作を読んだような気がするが、思い出せるのはブロンドで胸のデカい看護師《ナース》のことだけだ。

「どんな話だっけ？」

「悪い連中にいいように操られそうになったら、どうすればいいかって話。ああ、それだけじゃないな。希望についての話でもある」

「そりゃまたすごいな、アン」思わずアンジェロをハグしたくなるが、きっといやがるはずだと思いとどまった。その代わり、首に腕を回してこめかみにキスをする。アンジェロは真っ赤になって俺を押しやった。なんだかうれしくて笑ってしまう。「ピザを注文するよ」

「ハラペーニョ付きでね」

「お前の分だけな」

アンジェロはいつになくふさぎ込んでいて、映画を観ていても、笑いもしなければジョークも言わなかった。こういうとき、俺のほうからもっと話しかけるべきなのか？　それとも、そっとしておいたほうがいいのだろうか。ようやくアンジェロが顔を上げ、こちらを見た。

「あんた、どうするつもりなの？」

「わからない。でもたぶん、店は閉めることになるんじゃないかな」

「移転はできないわけ？」

「それも考えたよ。でも、今の店と同じくらいの賃料ではどこも探せないだろうな。それに、すごく儲かってるってわけじゃない。店を続ける意味があるのかなと思うね」

　アンジェロのほうがよほど堪えているようだ。俺は続けた。

「あのときマットに言ったのは本当のことなんだ。これまでなんとかやってこられただけでも奇跡だって――」

「マット！」急にアンジェロが叫ぶ。

「え？」

　その言い方のせいで、一瞬、本当にマットが部屋に入ってきたのかと思ってしまった。どこにいるのかと、部屋を見回してしまったほどだ。

　アンジェロは目に見えて興奮している。「マット！　そうだ、ジャレドだよ！　いい場所があるって言ってただろ？　連絡してみなよ。で、行って見てくればいい。まだ店も残ってるって言ってたよな？　家族の持ち物だって。安く貸してくれるかも。それにレンタル映画の店がないって話だし。あの町――コブラ――だっけ？　あ、コーラか？　どうでもいいけど、とにかくあの二人のいる町じゃさ！」

「コーダ、じゃないか？」

「そう！」

　アンジェロの興奮が俺にまで伝染《うつ》ってしまう。やれやれ、コーダだって？

「本気なのかい？」

「いいじゃないか」アンジェロはポケットから財布を取り出すと、ごそごそと中身を探り、ようやくコーヒー店のレシートを引っ張り出した。マットの電話番号が書いてある。「ちょっと電話してみる」

アンジェロはキッチンのほうへ移動し、しばらくして戻ってきた。顔には笑みが浮かんでいる。

「今週末、予定何も入れてないよね？」

＊

二日後。愛車のぼろいマスタングの幌を下げ、俺たちは一路コーダめざして曲がりくねった山道を登っていた。出発したのは早朝。すばらしい一日だった。空は青く澄み、太陽はさんさんと輝いている。ロッキー山脈へと入ると、木々の葉が少し色づきはじめたころだった。

傍らでアンジェロがわくわくしているのがわかる。たぶん、マットにまた会えるのがうれしいんだろう。それに、町を離れることができてうれしい、というのもあるだろう。じきコーダに着くというとき、急にアンジェロが聞いてきた。

「ロッキーマウンテン国立公園って、ここから遠いの？」

「さあ、たぶん三十分くらいじゃないのかな。どうして？」

アンジェロはごきげんな顔で肩をすくめる。「行ったことないからさ」

俺は驚いた。「デンバーにずっと住んでるくせに、一度も行ったことがないのかい?」

だがそう言ってしまって後悔した。アンジェロの笑みが引っ込む。すぐさまぷいと顔をそむけるが、それでも頬が赤く染まっているのは隠しようがなかった。

本当のところ、ロッキーマウンテン国立公園は、地元の人間からすればさほど人気スポットというわけではない。州外からは大勢の観光客がやって来るが、近くに住んでいれば、どうってことない場所だ。俺自身、かれこれ十年以上は訪れていなかった。だが、アンジェロが育ってきた環境を思えば、子どものころに国立公園へ連れていってもらえなかったとしても不思議はなかった。

「今、携帯って圏外じゃないよな?」俺は尋ねた。

アンジェロが驚いて振り向く。「たぶんね。なんで?」

「マットに電話して、少し遅れるって言っておいて」アンジェロがあまりにもうれしそうな顔をするので、なんだかこっちの気分まで明るくなる。

公園内を隅から隅までドライブする時間はなかったから、比較的標高の低いあたりで車を走らせた。ヘラジカの群れを見つけたときのアンジェロの顔ときたら――笑わないようにこらえるのが精一杯だった。

「こんなにデカいとは思わなかった」アンジェロがしんとした口調で言った。それから車を停め、ベアレイクのあたりをぶらぶら歩いた。湖の水が冷たくてアンジェロがまたも目を丸くする。

「雪解け水だからね」そう言うとアンジェロは笑った。ものすごく楽しそうで、小さな子どもみたいにはしゃいでいる。楽しいムードを壊したくはなかったけれど、俺は言った。

「そろそろ行かないと」

アンジェロは頷いたが、俺のほうを見なかった。「また来られるといいな。残りも全部見たい」ぽつりとつぶやく。

「もちろんだ」俺が言うと、アンジェロは笑みを浮かべた。

「ありがとう、ザック——連れてきてくれて」

公園を離れ、コーダに向かって再びくねくね道を走った。コーダは、小さいけれど居心地のよさそうな町だった。高速道路からは数キロほど離れていて、マツの生い茂った二つの小さな山に挟まれている。モーテルにチェックインすると——ツインルームをひと部屋借りることにした——ジャレドに電話をした。

『ナイスタイミング！　あと二十分で試合が始まるからさ、すぐおいでよ』

「試合って何の？」電話を切ってアンジェロに説明するとそう聞き返され、肩をすくめた。

「さあ」スポーツにはあまり興味がない。「野球じゃないのか？」

「今、野球のシーズンだった？」

「たぶんね。だってワールドシリーズは、いつもハロウィーンごろだろ？」

アンジェロも肩をすくめる。「ホッケーも今がシーズンだった……よな？」

あれ、どうだっけ？

ジャレドの家に着くと、彼はちょうどシャワー中だった。マットがドアを開け、出迎えてくれる。汗と土まみれだ。ぽんと力強く背中を叩かれ、思わず咳き込みそうになる。アンジェロなんかぎゅっとハグされ、マットの大きな体にすっぽり隠れてしまう。

「ちょっと、その足どうしたの？」とアンジェロ。

マットは脛を見下ろした。見事に擦りむいて、じくじくと出血していて、おまけに泥まみれだ。「大破しちまって」

「大破って、何が？」

「俺のマウンテンバイクだよ。今、二人で戻ってきたところなんだ」

「バイクが大破して、なんでそうなるの？　地面を転がったわけ？」

マットが笑った。「まあ、だいたいそんなとこだ。血を流すくらいでなきゃ、いい自転車乗りとはいえないからな」マットは、俺が恐ろしさのあまり固まっているのにも全然気づかないようだった。それどころか急に熱のこもった声でこう聞いてきた。「二人とも、自転車には乗らないのか？」

アンジェロと俺は黙って視線を交わした。それを見て答えが「ノー」とわかったのだろう、マットが続けた。「そいつは残念だな。まあ、ゆっくりしていてくれ。冷蔵庫にビールがある。俺もシャワーしてくるよ。キックオフまであと十分だ」

「フットボール？」アンジェロが尋ねた。

マットは、あたかも空は青いのかと聞かれでもしたかのように、アンジェロを見た。

「そうに決まってるだろ！　レギュラーシーズンの開幕ゲームだよ」

俺たちは、ただぱちくりと瞬きしながらマットを見ていた。マットは笑い、部屋を出ていった。

アンジェロが愉快そうな笑みを浮かべた。「ゲイが四人集まってフットボール観戦とはねえ。さぞかしお寒い光景だろうな」

アンジェロ

マットとジャレドは、テレビの正面にあるカウチに二人で腰かけた。もうひとつ別のカウチもあったけど、ザックと俺はいつもザックの家でしているように、床に腰を落ち着けた。マットもジャレドも、すっかりゲームに熱中してしまっている。ブロンコス対チャージャーズだ。ずっとデンバーで暮らしてるから、デンバー・ブロンコスくらい知ってたけど、正直、これまで全然興味はなかった。チャージャーズにいたっては、まったく知らないといっていい。ジャレドはブロンコスの大ファンみたいだ。マットは両チームをえらくこき下ろしている。どっちもＡＦＣ西地区のチームだからだそうだ。ＡＦＣ西地区が何なのか、それでどうしてマットが両チームをこき下ろすことになるのか見当もつかなかったけど、まあ、ここは黙って流しておこう。

マットは両チームとも嫌いだと言ってるくせに、チャージャーズを応援していた。来週の皿洗いをジャレドとマットのどちらがするか、ゲームの勝敗結果で決めるんだそうだ。二人は互いに罵ったり、野次ったりしている。ザックと俺がいることなんかすっかり忘れてるみたいだ。

ザックと俺は最初、マットたちのカウチをはさんで両端に分かれ、床に腰を下ろしていた。でも、ザックと話をするたびマットたちの迷惑になりそうだったので、俺がザックの隣に移動した。ゲームが進むにつれ、俺たちの距離はだんだん縮まっていった。どっちから近づいていったのかはわからない。脚が触れた。ザックが腕を回してくる。何か言おうとして、耳元に口を近づけてくる。俺の背中を支えていたザックの手に力がこもり、もっと引き寄せられる。

ザックがほしくてたまらなかった。ザックが何か言っている。でも、全然耳に入らない。今、この瞬間――背中に回された腕、そっと触れ合う脚、耳をかすめそうな唇――それしか頭になかった。なんていい匂いがするんだろう。ああ、ザックにキスしたい。簡単だ。少しだけ顔を傾けたら、すぐそこに唇があるんだから。俺は膝の上に置いた手をほんの少しだけずらし、ザックの太腿にのせた。気がつかないみたいだ。もう少し上まで辿ってもいいだろうか？　で、ザックが気づいてしまったら？　よせって言われるだろうか？

「タッチダウン！」急にジャレドが叫び、隣のマットにパンチをかました。ザックも俺も試合を見ていなかったから、ぎょっとして飛び上がった。

魔法にかかったような時間は、あっという間に消えた。ザックはジャレドとマットに向かって笑い、俺はこっそり手を退けた。そしてザックから少しだけ離れた。ばくばくいってる心臓をどうにかなだめながら。固くなったモノをなんとか静めながら。ザックを好きになっちゃだめだ——そう自分に言い聞かせながら。

この三つのうち二つをどうにかできれば——いいほうだよな？

俺たちはモーテルに戻り、別々のベッドに横になった。ザックはすぐさま寝入ってしまう。すうすうと規則正しい呼吸音が聞こえてくる。でも俺はなかなか眠れない。ザックのことばかり考えてしまう。

今日の出来事が俺にとってどれだけ意味があるか、どうにかしてザックに伝えられたらいいのに。国立公園まで連れていってくれたことだ。ザックにすれば、たいしたことでも何でもないんだろう。でも、これまで生きてきて、こんなふうにされたことは一度もなかった。だからなのか——ザックを求める気持ちがもっと強くなる。

そうだ、今ならできる。ベッドから出ればいいだけだ。二歩歩けばザックがそこにいる。唇を重ね、体を寄せて、剝き出しの腹に手を這わせる。そうすればザックは応じてくれるはず。「ノー」とは言わないだろう——それは俺にもわかっていた。ほんの二歩踏み出すだけで、ザックは俺のものになるのだ。

今夜は。

そこが問題だ。

明日になったらどうなる？　ひと晩かぎりの遊びだと、ザックは笑い飛ばすだろうか？「いい友だちでいよう」的なことを言うんだろうか？　それとも何もなかった顔をして、ここにいる間ずっと俺と目を合わせないとか？

どれもありそうなことだった。でもって、どれも耐えられない。こんなにもザックを愛していなければ、ことは簡単なのに。モーテルで幾晩かベッドをともにしたら、それぞれの道を行くだけ。ザックはコーダに引っ越し、俺は町に帰る——。

そう考えてふと気づいた。

そうだ、俺たちがここに来たのは、ザックがここで店をやるかどうか考えるためだった。もしそう決めたら、俺はもうザックに会えなくなるだろう。

息が――できない。心臓が止まりそうだ。ザックのいない生活なんて、どうして耐えられる？

ザックはまだここに移ると決めたわけじゃない。そこに望みを託そう。でももし移ると決めてしまったら？　ここで幾晩か、恋人みたいに過ごすことはできるだろう。でもそれだって、結果的に別れをもっとつらくさせるだけじゃないのか？

俺は長いこと考えた。で、結局、自分のベッドから出ないと決めた。あと数週間しか一緒にいられないのなら、大事な時間を、お互い気まずく過ごすなんていやだ。とはいえ、ザックに触れもせずキスもせず、この手に抱きもせずに別れるつもりは毛頭なかった。ザックと永久に別れないといけないのなら、俺はやる。でもそれは、二人で過ごす最後の夜までとっておくつもりだ。そのほうが、きっと忘れがたいひとときになるから。

翌朝、俺は寝坊した。目を覚ますとザックはちょうどドーナツとコーヒーを買って戻ってきたところだった。ジャレドの家族と会うまでには時間があったので、部屋のテレビで『ジョーズ』を見たりして過ごした。それからマットとジャレドと一緒に昼飯を食いに出かけた。

「職場ではカミングアウトしてるんだっけ？」ザックがマットに尋ねた。

「ああ」

「でも、それでトラブルになったりしないの？」

マットは肩をすくめる。「最初は少しあったが、今は問題ないね。年配の警官の中には、俺と話もしたくないってのがまだ一人いるけどな。ま、気にしちゃいないよ。ほかの連中はいたってクールだし」

「町の人たちはどうなんだい？　こういう小さな町でゲイとして暮らすのはしんどいんじゃないかと思うけど」

ジャレドが首を横に振った。「だいたいの人は平気だよ。生まれてこのかたずっとここに住んでるけどさ――大学時代以外は別として――、町の人もだんだん慣れてきたんじゃないかな。あ、でも誤解しないでよね。もしきみが移ってきたら、たぶん何週間は噂になる。『あいつはアレだ』とかなんとか。でも、じきに向こうのほうが慣れちゃうってこと」

昼飯を済ませた。マットはこれからシフト勤務だという。

「じゃ、明日またな」ザックと俺にそう声をかけ、マットはジャレドのほうを向いた。でもキスはしなかった。その代わりに手を伸ばし、くしゃくしゃの髪をつかんで引っ張る。二人は微笑んで見つめ合った。時間にすればほんの一秒くらいだ。でも、その短い触れ合い、そのちょっとしたしぐさは、同時にものすごく雄弁でもあった――独占欲に渇望、やさしさ、そして、愛。いろんなものであふれている。あまりにも二人の絆が強すぎて、俺は目をそむけた。

この瞬間、俺は二人が憎くてたまらなかった。

ザック

　昼食を済ませると、俺たちは店を見にいった。ジャレドが、兄夫婦であるブライアンとリジーを紹介してくれた。ブライアンはジャレドとよく似ていたが、髪の色だけが濃い茶色で、ジャレドと違っていた。その髪もここ三年くらい適当に伸ばしているといった印象だ。リジーは顔いっぱいの笑顔で青い瞳をきらきらと輝かせ、ウエーブのかかった長いブロンドの髪をふわふわと揺らしている。ひと目見て好きになってしまった。家族で誰がいちばんのボスなのかも、すぐにわかった。ブライアンもジャレドも、リジーの言うことには「完全服従」していたからだ。

　店はえらく大きかった。メインルームだけでも俺の店の二倍はある。窓も全面についていた。もう一つの部屋は半分ほどの広さで、さらに事務室が一つ、トイレが二つ、おまけに掃除用具部屋まであった。

「完璧じゃん」アンジェロが言った。でも口調がおかしかった。まるでがっかりしているみたいだ。どうかしたんだろうか。俺と視線を合わせようともしない。

「これまでも人に貸そうか、売ってしまおうかって考えてたんだけど、なかなか相手が見つからなくて」リジーが俺に言った。「うちのものだから、このまま放っておいても特にお金がかかるわけじゃないんだけど。でも、あなたがここに来てくれたらうれしいわ、ザック。そうだ、今晩、アンジェロと二人でうちに夕食を食べに来ない？　そうしたらいろいろ話し合えるでしょ？」

誘いを受けようか迷って、俺はちらっとアンジェロを見た。だがアンジェロはやはりこちらを見ない。

「それはいいな」俺はリジーに返した。ブライアン夫婦と別れると、ジャレドが自分の車で一緒に行こうと言った。駐車スペースまで歩きながら、俺はアンジェロに話しかけた。

「どうかしたのか？」

「別に」いや、それは嘘だ。

「あの店、どう思う？」

「俺が決めることじゃないだろ」

「でも、お前の意見だって聞きたいし」

アンジェロからの返事はない。ジャレドの手前、これ以上は話せなくて俺は黙った。

ドライブがてら、ジャレドがあちこち回り道してくれたおかげで、小さな町の隅から隅まで、ほとんど全部見ることができた。そのままリジーとブライアンの家に向かう。リジーが玄関で出迎えてくれた。息子のジェイムスを腕に抱いている。一歳になるかならないか、というところだろう。それからジャレドたちの母親であるスーザン、マットの母親のルーシーに紹介された。ジャレドの父親が数年前に他界したということは、フォーク・フェスのときに聞いていた。だが、マットの母親がリジー、ブライアンと同居しているというのは初耳で、驚いた。マットの父親については誰も話題にしなかった。もしかしたらルーシーも未亡人なのかもしれない。

ジャレドの家族と対面して、アンジェロは圧倒されているようだ。緊張からなのか、妙に優等生的な受け答えになっている。というか、ほとんど何もしゃべらなかった。リジーに対しては用心深く接し、ルーシーとスーザンに対しては恐怖すら感じているみたいだ。アンジェロがルビーと初めて会ったときのことを思い出す。ルビーから逃げようとして店の棚に激突してたっけ。あのときは妙だと思ったけれど、アンジェロの過去を知ってからは納得できた。里親のもとを転々としてきたのだ。そのせいもあって、女性とどう接していいのかわからないのだろう。リジーたちが気を遣ってあれこれしてくれるせいで、よけい居心地が悪そうだった。どうすればリラックスさせてやれるのか、俺にも見当がつかなかった——アンジェロに避けられている状態では、なおさらだ。

マットがいてくれたら、と思う。彼なら、きっとたやすくリラックスさせてくれるんだろうに。

食事を終え、ようやくビジネスの話題になった。まずは賃料の話からだ。

「たぶん、融資を受けないとならないかなって思ってるんだ」と俺はリジーに切り出した。「敷金は支払えるんだけど、引っ越しの費用に新居の敷金やら家賃やらを考えると、パンク寸前っていう感じで」

「じゃ、敷金をちょうだい。そうしたら、最初の三カ月はただでお貸しするわ」

俺は唖然とした。「え、そんな……。それじゃ、あまりにも虫がよすぎるよ。俺――」

「そう、私、虫がいいの」リジーが微笑んだ。「商談成立ね」そして返事も待たずに席を立つとキッチンへ向かった。いったい、何が起きたんだ？　わけがわからない。ジャレドが笑っている。

「早く慣れることだね。いつだってリジーはあんな調子だから」

デザートを平らげると、アンジェロとリジーと俺はジャレドの車に乗り込み、店に戻った。そこに俺の車が停めてあったからだ。こうして移転計画が現実となった今、もう一度店を見ておきたいという気持ちもあった。俺たちは再び店の中に足を踏み入れた。それにしても、こんなに早く決まるとは思っていなかった。だが、あと伸ばしにしたっていいことはない。今の店を閉めるまでの猶予はあと二週間しかないのだから。

店の壁は、全面的に塗り替えが必要そうだった。明日、さっそく取りかかることにした。開店に向けて店を整え、コーダでの新居を見つけてからアーバダに戻ることにしよう。それでもあっちの店を片付けるのに充分余裕がある。それからトラックを借り、店の棚やらアパートの家具やらをこっちに運んでくればいい。ジャレドとそんな話をするうちに、俺はどんどん興奮してくる。だがアンジェロは、何も言わなかった。

「こっちのフリースペースだけど、どうしたらいいと思う？　アン」たっぷりと余裕のある室内を見回しながら俺は言った。「映画の在庫も倍は増やせるね」

沈黙。何の言葉も返ってこない。どうしたのかと思って振り返り、驚いた。アンジェロが――こんなに脆く壊れそうに見えたのは、初めてだからだ。

「まさか、俺がここまで通勤してくると思ってるわけ？」

いつもの生意気そうな口調ですらなかった。傷ついているような、怒っているような口ぶりだ。

なぜ、今まで考えもしなかったんだろう？　アンジェロがコーダに来ないかもしれないって。

そう、そもそもこいつのアイディアだったからだ。

アンジェロが――コーダに来ない？

新しい店について、もう一度想像してみる。今度はアンジェロがいないバージョンで、だ。

もちろん従業員は見つかるだろう。それどころか、アンジェロ以上にそいつのことを気に入るかもしれない。そいつは、俺なんか到底及ばないほど映画を知り尽くしていて、仕事のあとは一緒にうだうだと過ごしてくれて、でも会話をすれば全然ついていけなくて、タイ料理じゃ恐ろしいほど辛いのを注文する――。

急に、興奮から冷めた。ほんの数分前まで、あんなにいい考えだと思っていた計画が、無謀で馬鹿げたものに思えてくる。心細くなってくる。アンジェロと一緒でなければ、移転する気も失せてしまう。

アンジェロには、アーバダに留まる理由でもあるのだろうか？　家族はいないし、ガソリンスタンドの夜番にだって、未練があるとは思えない。

「アン」口を開き、気づいたときにはぽろりとこう言っていた。「一緒に来てくれるとばかり思ってた」

そのとき、アンジェロの瞳の中で何かが燃え上がった。

怒り？　苦痛？　でなければ――いったい何なんだ？　よくわからない。とにかくその激しい感情が、まっすぐ俺にぶつかってくる。

「くそっ、なんでそんなふうに思えるんだよ、ザック」

リジーがあわてて奥の部屋へと引っ込んだ。ジャレドは黙って立っている。

「なんでかな、わからない。でも俺は――」

「あんたは俺が一緒に来ると思ってたのか？」アンジェロの声はどんどん大きくなる。怒鳴っているといってもよかった。「あんた、一度でも俺に聞いたことがあるのか？　聞きもしないくせに、俺が仕事を辞めて、借りてる部屋も契約途中で放棄すると思ってたのか？　で、野良犬みたいにのこのこついて来るとでも？　あんたのお情けほしさに」

「お情け？　アン、何の話をしてるんだ？」

「俺にはあんたしかいない——そう思ってんだろ？　ザック。俺にはほかに何もないって」

「おいアン、俺はそんなこと言ってない。ただ——ほら、そもそもお前のアイディアだったし、それに——」

「わかってる、そんなこと！　ああ、そうだよ、くそいまいましい！　俺のアイディアだ！」

アンジェロはもう、叫ぶというレベルを超えて激高していた。「そんなことも覚えてられないほど俺が馬鹿だっていうのか？　町を出たらいいって言い出したのは俺のほうだって忘れちまったとでも？　2足す2もわからない馬鹿だって言いたいのか、え？　あんた、そう言いたいのか？」

「いやそうじゃない、アン。待ってくれ」俺はひたすら圧倒されるばかりだった。なぜ、こんなことになったんだろう。頭が全然ついていけない。

「時々、あんたが憎くてたまらなくなるよ、ザック。俺があんたの行くところならどこでもついてくるだろうとか、こんなくそみたいな町でも一緒に越してくるだろうなんて考えてると思うと、つくづくいやになるね！　あんたのそばで一生、あれこれ命令されるまで待ってろってのかよ？　ごめんだね！　こんなのもう、耐えられないよ！」

「アンジェロ、そこまでだ」

アンジェロは黙った。睨んでいた顔を伏せ、両手で覆う。

ほら、話せ、何か話さないと。アンジェロがまた怒鳴り出す前に。

「ごめん！ 俺が何をしたにせよ、悪かった。謝る。でも、いったい何を怒ってるのか教えてくれよ。本当にわからないんだ。どうしてこんなに怒らせちゃったのかな。俺――」

俺は頭を素早く回転させた。いつだって、本当に会話についていけないのだ。

「前もってちゃんと聞いておくべきだったよ、アン。そう思いつけばよかった。ただ、お前もそうしたいと思ってた。そうだ。もちろんお前は、ここに越してこなくたっていいんだ。もちろん――」

まだ言いかけている間に、アンジェロはくるりと背を向け、店から出ていった。

俺は、ただただ立ち尽くし、アンジェロがいた場所を虚ろに見つめていた。

追いかけていくべきなのか？ わからない。もう――何もわからない。のろのろと視線を上げ、ジャレドを見た。

「いったい、どうしたっていうんだろう？」俺は尋ねた。

ジャレドは頭を振った。「きみが自分勝手なくそったれなのか、何も見えてない鈍感野郎なのか、俺にはわからないよ、ザック」

そして、ジャレドも俺を置いて出ていった。

アンジェロ

俺は店を出た。モーテルまで歩いて帰ろう。考える時間もできる。

あんなふうに、ザックに怒りをぶつけるべきじゃなかった。ザックのせいじゃないんだから。俺のせいだ。そう、すべて俺が悪いんだ。マットに電話しようと思いついたのは、俺。ザックにここに越してくればいいって言ったのも、俺。

昨夜《ゆうべ》は確かに、ザックの好きなようにさせようって考えていた。でも一日じゅう、ここに越してくることを話しているうち、だんだん気持ちがくすぶってきてしまった。ザックと離れたくない。ひと晩だけ、なんて昨夜は考えたけど、そんなのじゃ足りない。さっき、どうしてあんなにキレちまったかっていうと、ザックに怒鳴った言葉が全部本当のことだったからだ。そう、俺にはザックしかいない。ほかには何もない。俺の幸せは全部ザックにつながってる。なのに、俺を置いて町を出ていこうとしている。

もちろん、俺もここに越してきたっていい。ザックと一緒に。でも、そうするのがいいことなのか、わからない。そばにいられるのはいいけど、ずっと今みたいな関係で平気でいられるのか？　それでも独りに戻るよりはましなのか？

　背後から車が近づいてくる。リジーだ。

「さあ、乗って。アンジェロ。送るわ」

　乗りたい気分じゃなかったけど、断るのは失礼な気がした。それにリジーは絶対あきらめないタイプだ。もうよくわかってる。俺は車に乗り込んだ。モーテルに向かう間、リジーは何も言わなかった。でも俺が降りるときになって、口を開いた。

「ザックは、まだ気づいてないだけなのよ」

「何のことだかわかんないな」もちろん嘘だ。でも、このことはこれ以上絶対話したくない。

　リジーは俺の返事なんかお構いなしに続けた。「何がおかしいってね、アンジェロ。これとまったく同じ会話を前にも経験済みだってこと。ジャレドにも言ったのよ。マットはまだ気づいてないだけって。あのときのジャレドも、全然聞く耳もたなかったけど、結局、私が正しかった」

　リジーはにっこり微笑むと、巫女が神のお告げを授けるみたいに言った。「いい？　今度も私が正しいから」

　俺は頭を振るしかなかった。車から降りるとモーテルの部屋に戻る。やけどするほど熱いシャワーを浴びた。怒りを全部洗い流してしまいたかった。怒りが消えてしまうと、胸にぽっかり穴が開いて——切なくてつらかった。これなら、怒っていたほうがよかった。断然ましだ。

ベッドに這いのぼり、上掛けを頭からすっぽりかぶった。ザックが戻ってきたときも、俺は何も言わなかった。

ザック

部屋に戻ると、アンジェロはもう眠っていた。いや、もしかしたら眠っているふりかも。どちらにせよ、俺と話をしたくないのは明らかだった。

ジャレドに言われたことをずっと考えていた。俺は自分が「くそったれ」だとは思わない。なら「鈍感」っていうことになる。でも、どこがだ？　いったいに何に気づけっていうんだろう？

それにしても、アンジェロがあんなに怒るなんて初めてだ。これに近かったといえば、トムとやり合ったときだろうか。あの、最後通牒を突きつけた日だ。それから、店を辞めるって言い出したときも少しこんな感じだった。なぜあんなことを言い出したのか、今でもよくわからない。俺は記憶を手繰ってみる。ええと、その前に何があったんだっけ？　ああ、そうだ、一緒にフォーク・フェスに行こうと誘って、アンジェロの返事はイエスだった。でもトムが行くことになってしまった。少なくともあの晩、アンジェロが俺の家を出るときには、トムと俺がフェスに行き、アンジェロは店番をすることになっていた。

でもそれで、どうしてアンジェロが店を辞めることになるんだ？

さっきアンジェロが俺に向かって怒鳴った言葉を、思い返す。

『俺にはあんたしかいない――そう思ってんだろ？　ザック』

もちろんそんなことは思っていない。俺がそう思ってると本気で考えてるんだろうか？　なぜ？　俺が勝手にアンジェロも一緒に来ると思っていたからだ。そんなふうに考えるべきじゃなかったんだ。まあ、コーダに来るっているのはアンジェロのアイディアだったんだけど。

『町を出たらいいって言い出したのは俺のほうだって忘れちまったとでも？』と言ってたが、確かに、言い出したのはアンジェロだ。で、それが実現するってときになって、怒りはじめた。俺に対して。なぜって、俺が離れていくから。

ああ――そうか。

俺は本当に、鈍感だ。

アンジェロは、俺のことが好きなのだ。

だが待て、そんなこと、あり得るのか？　確かに、そう考えると辻褄が合う。だって、いつも俺と一緒に過ごしている。トムのことが死ぬほど嫌いだ。考えれば考えるほど、それが正解だという気がしてくる。そういえば昨日の晩だって、アンジェロは俺の腿に触ってきた。あのときはあまり深く考えなかった。偶然、手が触れているだけなんだと思った。もしかしたら違ったのかもしれない。

おかしなことだが、俺は急に意識しはじめた——今、こうしてアンジェロと二人きりで部屋にいる。それも、隣どうしのベッドで。アンジェロの息遣いが聞こえてくる。シャワーのときに使ったのだろう、シャンプーの香りまで漂ってくる。上掛けをすっぽりかぶっているが、今、アンジェロはどんな格好でいるんだ？　このままアンジェロの隣に潜り込み、その体に触れたらどうなるだろう？　急に、アンジェロにキスしたくてたまらなくなる。想像しただけで、俺のものが固くなる。

「ザック？」

俺は飛び上がった。なんだか自慰行為を目撃されたみたいで、やましい気持ちになる。

「なんだ？」

「ごめん」

「アン。俺、わかってなかったよ——」本当に、わかってないにもほどがある。ほんの一時間前に並べ立てられた「わかってない」リストだけでも、相当な長さだ。

「明日のペンキ塗り、手伝うから。引っ越しの手伝いもする」

「アン……」

「だめだ、ザック。俺は来られない」

これ以上、何を話せばいいんだ？　アンジェロの声は悲しげで、すごく打ちのめされているみたいに響いた。

ああ、もっと俺がスマートで、勇気さえあれば――。もっとそばに行きたかった。でも、こう言うのが精一杯だった。

「お前の好きにすればいいよ、アン」

しばらくして、アンジェロは本当に眠りに落ちた。

＊

翌朝は、なんだか妙な感じだった。アンジェロは、まるで何もなかったみたいに振る舞っている。いや、そう振る舞ってるのは俺のほうか？　おまけにアンジェロのすべてが気になって気になって仕方がなかった。やることなすことすべてが、だ。アンジェロに触れたくてたまらない。こうなると、アンジェロを見るのも怖くなってくる。

店に行っても、事態はもっと悪くなる一方だった。ジャレドが六本パックのドクター・ペッパーと扇風機を二台持ってきてくれて、俺たちは三人でペンキ塗りを始めた。ドアを開け放し、扇風機を回しても、室内は暑かった。アンジェロがシャツを脱いだせいで、俺は――俺は、ペンキ塗りどころじゃなくなってしまった。時間がじりじりと過ぎ、気づけば何度もアンジェロばかり見ている。初めて会ったとき、俺はアンジェロのことをクソガキみたいに思っていた。友だちになってからはそんなふうには思わなくなった。でも、なぜか、彼のことをもっとよく見てみようとは考えもしなかったのだ。

アンジェロはがりがりに痩せてはいるものの、腕は筋肉で引き締まっている。少し濃いめの肌は、毛も少なくて滑らかそうだ。へその周りと肩甲骨の間に、星型のタトゥーがあった。ジーンズはローライズ過ぎて、あと数センチ降りたら下の毛が見えてしまいそうだ。今、アンジェロはドアの枠の上側を塗っていて、頭を少し後ろに反らしていた。ジャレドが何か言ったらしく、声を立てて笑う。

なんて、美しいんだろう。

ペンキがひとしずく垂れ、アンジェロの胸に落ちた。それはゆっくりと胸から肋骨へと流れ落ち、引き締まった腹まで辿り着く。腹にはうっすらと産毛が生えていて、カフェオレ色の肌に白いペンキが鮮やかで、急に、奇妙な欲求に駆られてしまう——舌で舐めとってしまいたい。きっとバニラアイスみたいな味がするに違いない。舌で感じるアンジェロの肌は柔らかく、塩気まじりで最高の味わいだろう。俺は想像してみる——アンジェロの前で膝をつき、その肋骨に舌を這わせ、腰に腕を回して尻をつかむのだ。アンジェロは情熱的に顎を反らす——そう考えたら、俺のものがみるみる固くなった。

「ザック？」急にアンジェロの声がした。

あわてて胸のしずくから目を逸らし、そっと顔を上げる。まずい。めちゃくちゃ勃《た》ってるのに気づかれてしまったか？　アンジェロはいつものひねたような笑みを浮かべて、面白そうな顔をしていたけれど、不自然に膨らんだ俺の股間にはどうやら気づいていないようだ。けれどもジャレドはこっちを向いてにやにやしている。間違いない。気づかれている。

「なんだよ」思わず、身構えるような声が出てしまった。

「え？　聞いてもいなかったわけ？」とアンジェロ。

聞いたって何を？　そもそも、何か話しかけられていたのか？　覚えているのはただ、ペンキのしずくが腹まで伝っていったことだけだ。なんとか目を逸らしてはいるものの、くそ、もう一度あれが見たくてたまらない。

「ザック、いったいどうしたってんだよ？」アンジェロが冗談めかして言う。

ジャレドが喉を詰まらせるような音を立てた。おかしくて、笑わないように必死でこらえているのだ。このままではまずい。アンジェロにシャツを着せなくては。

「寒くないか？」俺は言った。

「いや」アンジェロはまたペンキをこぼし、拭き取ろうとこすった。おかげで腹じゅうべったりと白い染みになってしまう。まあ、これで少なくともアイスクリームには見えなくなった。

「なんで？」

「だって寒いじゃないか」一応、言い訳させてもらえるなら、気温はようやく三十度を下回ったところだった。

アンジェロは、気でも違ったのかとでも言いたげだ。

「じゃあ、なんでそんなに汗かいてるんだ？」

ジャレドはとうとう笑い出してしまった。アンジェロは彼のほうを振り向き、首をかしげている。俺はできうる限りの殺気を込めてジャレドを睨みつけた。ジャレドはぱっと口を閉じ、ペンキ塗りの作業に戻る。

「何がそんなにおかしいの？」アンジェロがジャレドに尋ねた。

「別に」明らかに、必死で笑いをこらえている口調だ。「でも、間違いなく、ここは暑いよね。うん、暑すぎる。このへんにしとこうか」

「もうやめちゃうわけ？」とアンジェロ。「なんでさ」

ジャレドがまた笑い出す。「だってマットに言いにいかないと。賭けはお前の勝ちだってね」

それからアンジェロのほうを向いた。「でもアン、俺は聞いていたよ。ザックはどうだか知らないけどさ。うん、すごくいいアイディアだと思う」

そう言われて、アンジェロはとてもうれしそうな顔をした。なんだか面白くない。ジャレドがアンジェロを喜ばせたせいだ。

「よかった」アンジェロがジャレドに言った。「夕飯は予定どおり？」

「もちろん。きみたちがもろもろ済ませたら来てよ」ジャレドはまだ笑っている。出ていくとき、ジャレドは俺のすぐ傍を通り過ぎながら囁いた。「そのぶんだと、鈍感野郎からは卒業したみたいだね」

自分でも、真っ赤になるのがわかった。

「じゃ、またあとで」


ジャレドが行ってしまい、俺はアンジェロのほうを見た。またペンキ作業に戻っていて、ドアの上部、わき柱のあたりをせっせと塗っている。引き締まった腕の筋肉の動きがよく見えた。頭を後ろに反らし、喉元の小さな窪みには汗がひとしずくきらめいている。

俺のものはまた固くなり始めた。

まずい、絶対にシャツを着せなくては。

「なあ、もうすぐ夕飯どきだ」俺は言った。「モーテルに戻って着替えよう。シャワーもしたいし」そうだ、めちゃくちゃ冷たいやつを浴びせないと。

アンジェロは肩をすくめる。「わかった」

その前に、刷毛《はけ》をきれいにしないといけない。夕飯後に作業を再開するとき、このままでは使い物にならなくなってしまう。掃除用具部屋に入ると二人してシンクに並び、刷毛とローラー、容器を水ですすいだ。場所が狭いせいで、アンジェロの腕が当たってくる。シャツを着てくれているのがせめてもの救いだ。でも、アンジェロの匂いがする——汗とシャンプーと、ペンキの混じった匂い。死ぬほどセクシーだった。ただこうしているだけで、またも激しく勃ってしまう。なぜだ？　アンジェロのやつ、今朝から特別なフェロモンを出しまくっているのか？

隣でアンジェロが何かまた話しているが、集中するのは至難の業だった。

「だから『風と共に去りぬ』でどうしてもわかんないのはさ、なんでスカーレットがアシュレイなんかにあんなに惚れちまうのかってこと。レットがそばにいるのに、アシュレイのことしか頭にないんだから。あんな腰抜けの、へなちょこ野郎なのに」

「観たことないな」そう言いながら、俺はアンジェロの手を見ていた。せっせと刷毛を洗っている。長くてしなやかな指が毛の部分で動いている。俺はつい想像してしまう――この指で俺の毛をまさぐられたら、どんな感じだろう。その間、俺はアンジェロの腹についたペンキを舐めとるのだ。

まずい、このままではますますおかしくなりそうだ。

アンジェロがぱっとこちらを向いた。

「観たことないの？『風と共に去りぬ』だぜ」

魅惑的な指先からやっとのことで目を逸らし、俺はアンジェロを見た。

「女向けのくだらない映画かと思ってたんだよ」気楽な感じで話せてるといいんだが。というのも実のところ、気楽になど全然なれない状況だったからだ。

アンジェロがいつものひねた笑みを浮かべ、その瞬間、俺の胸の中で何かがひっくり返った。

「あれは名作だってば。ほんと信じられないね。映画の店をやってるくせに名作を何ひとつ観ちゃいなんだから」

今、何の話をしているんだっけ？　俺はいつからアンジェロと単純な会話すらできなくなってしまったんだ？　アンジェロが髪を耳の後ろにかき上げた。柔らかそうな首筋が露《あら》わになる。

ああ、唇で触れてみたい。

「確か——南北戦争の話だったよね。なのに戦闘シーンが一度も出てこないって、何かで読んだからさ、見る気がしなかったんだ」どうにか俺は言った。

「時代設定は南北戦争だけど、南北戦争についての話じゃない。愛についての話なんだってば」

アンジェロが頭を振る。「ほんと、ロマンがないんだな」

ロマンについてはどうだか知らないが、今、俺の胸の中では確かに何ともいえない感情が膨れ上がっていた。天啓、といってもいいかもしれない。今、ようやく理解した。急に、すべてがはっきりと見えはじめたのだ。

これまでずっと、アンジェロの気持ちに気づかなかった。だが、今わかった——俺は、自分の気持ちにすら、ずっと気づいていなかったんだ。毎晩のようにアンジェロを誘ったのは俺のほうじゃなかったか？　フォーク・フェスに一緒に行ってほしいと言い出したのは誰だ？　どこへ行くにも、アンジェロが一緒だって考えてたのはどこのどいつだ？　アンジェロなしでコーダに移ってくるなんて想像もつかなかったのは、俺じゃないか。お前なしじゃ生きられない、なんていうとあまりにもメロドラマチックだから、そのときはそんなふうに考えないようにしたけれど。

俺はまだじっとアンジェロを見つめていた。少年みたいで、おまけに野生の獣みたいで、美しかった——まるでこの世のものじゃないみたいだ。なんでそんなお前が、俺みたいな男を望む？

「じゃあ、スカーレットはレットを愛していないのかい？」俺は尋ねた。本当はどうでもよかった。ただ、アンジェロに話し続けてほしかった。そうすればずっとこうして見ていられる。

「まあ、最初はね。レットと結婚してからも、まだアシュレイを求めてた。最後にようやくレットのことを愛してるって気づくんだけど」そこで言葉を切ると、アンジェロは横目でちらっと俺を見た。「そのときにはもう、遅すぎたんだ」

俺はもう、遅すぎたのか？

そう考えるだけで心臓が止まりそうだ。

「アン」

アンジェロがこちらを向き、長い前髪越しに見上げてきた。ああ、触らずにいられるわけがない。俺は手を伸ばし、髪をそっとかき上げた。アンジェロの目——なんて長い睫毛だろう。こんなの、見たことがない。アンジェロは動かなかった。瞬きすらしない。ただ、じっと俺を見上げている。

「アンジェロ、もっと前に聞いておくべきだった。ああ、そうだ、俺が間抜けだった。もっと早く気づいていればよかったんだ」

「何のことだかわかんないな」

「どうして俺はこうなんだろう。何も見えてない。っていうか馬鹿だ。いや、たぶんその両方だ。たぶん。きっと。よくわからないけど」

「だから、何の話だか意味不明なんだけど」そう言ったアンジェロの声は、少しだけ震えていた。

「お前と離れるなんて耐えられないよ、アン。お前が一緒にコーダに来てくれないなんて、耐えられない」

しばらくの間、アンジェロは黙ったままだった。ようやく、囁く声がする。「なぜだよ？ザック」

「なぜって――」今ならはっきりとわかる。自分の言うべきことが。「なぜって、お前にめちゃくちゃ惚れてるからだよ。アン」

アンジェロはまるで殴られでもしたかのように息を呑み、目を閉じた――身を震わせて。

「一緒にコーダに来てほしい。それ以上の望みはない。そう気づくまでこんなに時間がかかってしまって本当に悪かった。でも、今ははっきりわかる。俺はお前と一緒にいたいんだ」

アンジェロのジーンズのベルト通しに指を引っかけ、その体をぐいと引き寄せた。

「頼む、俺と一緒にいるって言ってくれ、アンジェロ。お前が俺の望むすべてだ。こんなに何かを望んだのは、これまで生きてきて初めてなんだ」

アンジェロが目を開けた。その瞳は希望でいっぱいに輝いていて、俺は息もできない。

「あんたがそう気づくまで、俺がじっと待ってるとでも思ってたのか？　ザック」

「いや」

急にアンジェロが微笑んだ。「そうだよ」

俺が言い返すより早く、唇を重ねてくる。

温かくて柔らかな唇だった。ドクター・ペッパーの味がする。アンジェロの腕が俺の首に絡んできた。俺は腰に腕を回す。アンジェロのほっそりした体は震えていた。洗い晒しのシャツを通して肋骨が当たってくる。

ただこうして体じゅうでアンジェロを感じるだけで、信じられないほどの気分だ。こうなるのが当たり前みたいで――まるで、運命みたいで。

ああ、もっとアンジェロに触りたい。気が変になりそうだ。服など脱ぎ捨て、裸の肌に触れ、キスの雨を降らしたい。俺はアンジェロのシャツをたくし上げ、背骨のラインを撫でた。アンジェロがまた体を震わせる。この瞬間、アンジェロがほしくてたまらなくなる。モーテルに戻るまで待てそうにない。

急に、アンジェロが体を離した。その瞳は輝き、唇は瑞々しく、顔には笑みが浮かんでいる。

「ずっと、こうしたいと思ってた」

「願いがかなえられてよかったよ」アンジェロを抱き寄せようとしたが、するりと逃げられてしまう。

アンジェロは首を横に振った。でもまだ笑っている。少し震えてもいる。「マットたちが待ってる」

俺は呻いた。「生殺しにするつもりか？　今日一日、どんな気持ちでお前のそばにいたと思う？」

アンジェロの笑みがさらに広がる。「さあね」それからすたすたと戸口へ向かった。「ほら、早く」


モーテルに戻り、シャワーを浴びた。一緒に浴びたかったのに別々だった。がっかりだ。俺は外出などしたくなかった。今すぐアンジェロに触れ、その体を味わい、愛し合いたかった。だが当の本人は気のないそぶりだ。まるで何もなかったかのように振る舞っている。もしかして、店での出来事は俺の妄想だったのか——そう考えたくなってくる。

車でジャレドたちの家に向かった。マットはシャワー中で、ジャレドが戸口で出迎えてくれた。

「何か飲むかい？」カウチに腰を下ろすと、ジャレドが聞いてくる。

「ワインがあればうれしいな」

ジャレドは笑った。「いや、もっと正確に言うべきだったな。ビールかドクター・ペッパーはどう？　今、それしかないんだ」

俺は首を横に振ったが、アンジェロが言う。「ビールをもらおうかな」そしてジャレドと一緒にキッチンへ向かった。といっても、オープンフロア・タイプの家なので、仕切りがあるわけではなく、部屋の一角がキッチンスペースになっている。ジャレドが冷蔵庫からビールを取り出す。するとアンジェロが彼の肩に手を回し、二人して頭をつき合わせ、何やら話しはじめた。しばらくそうしていたかと思うと、ジャレドが急に笑い、アンジェロにビールを手渡した。こちらには戻らずに、二人で廊下を歩いていく。ちょうどそのときマットがシャワーを終えて出てきた。腰に一枚タオルを巻いただけの姿で、惚れ惚れするような眺めだ。二人はマットの前を通り過ぎ、寝室へと消えた。マットが眉を上げ、こちらを見たので、俺は肩をすくめた。だが、二人はすぐに出てきて、アンジェロはマットが着替える間にビールを飲みほし、それから皆で夕飯に出かけた。

二人が連れていってくれたのは、ピザ屋だった。テーブルにつくと、男が傍を通り過ぎ、聞こえよがしにつぶやいた。「かま野郎」

「あいつのことは気にしなくていいよ」ジャレドが言った。「ほとんど例外的存在だから。あいつ——ゲリがくそ野郎ってだけのこと」

「おい、ラム、このカフェテリアっておかま出入り禁止だったよな？」いきなりアンジェロが言った。

驚いたことに、マットがすぐに応じる。「それにしちゃ尻穴《くそ》野郎がのさばってるみたいだな」

二人は顔を見合わせ、チェシャ猫みたいに笑った。ジャレドはぽかんとしている。

うん、俺以外で会話についていけないやつを見るのも、なかなか悪くない。

「そうだ、もうザックには話したの？」注文したピザが運ばれてくると、ジャレドがアンジェロに尋ねた。

アンジェロは首を横に振る。

「何のことだい？」と俺。

アンジェロはなぜか赤くなった。

「ほら、言ってしまえよ。すごくいいアイディアじゃないか」とジャレド。

アンジェロはこちらを向き、深く息を吸うと、一気に話し出した。

「思ったんだけど、この町、レンタルビデオ店だけじゃなくて映画館もないんだよね。店にはスペースがいっぱいあるだろ。正面の部屋ではレンタル店をやってさ、裏手の部屋は映画館みたいにしたらどうだろうって。

ちゃんとしたやつじゃなくていいんだ。そうじゃなくてほら、最近よくあるだろ？　カフェっぽくテーブル席があって、ワインとかそういうのが飲めて、映画が観られるっていう店。名画も上映できる。デート・ナイト・デーとか作ればさ、あんたの大好きな、ジョン・ヒューズの映画なんかも上映できる。ケータリング業者に頼めば、夕飯も出せるよ。それからティーンズ向けの日も作って、古いホラー映画を上映するとか。『エルム街の悪夢』とかね。プロムの二次会でフロアを貸し切りにしてもいい。『キャリー』なんか上映してさ。

それからこれはジャレドから聞いたんだけど、学校で、英語の先生が生徒に映画リストを配ることがあるんだって。それを観てレポートを書くと、生徒は課外単位がもらえるらしいよ。なら、そのリストの映画を上映したっていい。まあ、公共の場で映画を上映するには、許可をとらないとまずいだろうけど。食い物や酒を出すにも許可は必要だよね。でも、レンタルとシアターの両方をやるほうが、きっと今より稼げるよ。このへんのティーンズは結構ヒマしてるはず。絶対観にくるって」

アンジェロはちょっとひと息ついた。彼が俺の前で、こんなにたくさんのことを一度に話すのは初めてだった。頬を赤く染め、でもまっすぐ俺を見つめてくる。

「どう思う？」

アンジェロの話はわかりやすくて、ビジョンを見るみたいに目に浮かんだ。

「おいおい、すごいアイディアじゃないか！　どうして言ってくれなかったんだ？」

「さっき言っただろ！」

「俺だって知ってたくらいだぜ」とマットが口をはさむ。「ザック、頭が留守にでもなってたか？」

思い出した。そのとき俺は、アンジェロの肌に流れる白いペンキに見とれていたんだった。

「ええと、多分そんなところだ」

夕食を終えると、家に寄っていくようマットとジャレドに勧められたが、アンジェロが断ったのでほっとした。モーテルへ帰る道すがら、アンジェロはずっと映画カフェについて話し続けていた。「家族デーも作るといいよ」俺が部屋の鍵を開けたときもまだ、しゃべっていた。「裏庭にもスペースがあっただろ？　あそこに遊具を置いて遊び場にしてさ、保育士とか雇えば、大人が映画を観ている間、子どもの面倒を見てやれる」

部屋に入るとアンジェロはベッドに腰を下ろし、ブーツと靴下を脱ぎはじめる。「法律のことはよくわかんないけど、ほら、訴訟とか、そういう万一に備えておいたほうがいいよね。なんていうんだっけ？　法律用語で――」

「ライアビリティ――責任？」

「そう、それ。免責とかそういうやつが必要なんじゃないかな」アンジェロが立ち上がり、シャツを脱ぐ。「ああ、でも面倒だな。子どもなんか、すぐ転んだり落ちたりするし。やっぱりやめよう。遊び場のことは忘れてよ」と笑う。

俺はまだ戸口に立って、ただアンジェロを見ていた。彼が近づいてきて、長い前髪越しに俺を見上げる。俺は手を伸ばし、アンジェロの髪をかき上げると、唇を指でなぞった。

「もう俺のこと、怒っていないか？　アン」

アンジェロが笑みを浮かべる。「うん、もう忘れた」そう言いながらジーンズのポケットに手を入れ、何か取り出したかと思うと俺の手に押し付ける。携帯サイズのマッサージオイルのボトルだった。

「さっき手に入れた」

驚いてアンジェロを見る。「これ、ずっと持ち歩いてたのか？」

「どこで？」

「ジャレドから」

そうか。さっきジャレドの家で二人して寝室に行ったのは、このためか――。そう考えたとたん、恥ずかしさで思わず呻いた。

「えええっ、嘘だろ？　つまり、ジャレドにこれをくれって頼んだのか？」

「うん。それが？」

「そんなの、気まずいじゃないか」

アンジェロはやってられないとばかりに頭を振り、笑った。

「初めて会ったとき、あんたのこと、堅っ苦しそうなお坊ちゃんだなと思ったよ」

「で、今は？」

「今？　そうだな、思ったとおり、堅っ苦しいお坊ちゃんだってわかった」アンジェロがもっと近づいてくる。「キュートだけど」

「俺はお前のこと、生意気なクソガキだと思ってた」

「で、今は？」

「お前に――夢中だよ」

「ザック」

「ん？」

「黙ってキスしろよ」

店で感じていたような逸《はや》る思いはすでに消え、もっと穏やかでやさしい気持ちになっていた。あのときアンジェロが少し距離をおいてくれてよかった。そっと唇を重ねる。アンジェロの唇が開き、誘うように求めてくるその感触が、たまらなかった。

時間をかけて服を脱ぎながら、キスをし、互いの体に触れる。ようやくアンジェロが俺の手をとり、ベッドへと向かった。俺はもう、ただただ、アンジェロのすべてに触れたかった。アンジェロは俺にぎゅっと腕を回し、急かすように体を合わせ、俺を中へと導いた。こんなふうに感じるのは――初めてだ。荒々しく性急なのに、とろけるように甘い。

アンジェロがあまりにも痩せているから、今にも壊してしまいそうで怖かった。でもその体はすごく強靭でもあった。俺の腰に絡みついた両脚はぐっと力強く、細いながらも筋肉質の腕が、ロープみたいに巻きついてくる。頭を後ろに反らし、長く伸びた首は優雅で、キスをしてくれとばかりに誘ってくる。こうして見下ろすアンジェロの体は、あばらや腰骨がはっきりと浮き、腹は見事なまでに平らだ。でも、その感触は決して骨ばって硬いわけじゃない。しなやかで力にあふれている。

アンジェロは獰猛で、情熱的で、ほとんど野獣に近かった。エネルギーの塊をそのまま抱いているみたいな、どうにも押さえきれない激しさがあった。そのうえ、なぜか完璧なまでに無言だった——俺が中に入ったときでさえ。トムのことを思い出さずにはいられない。安っぽいポルノみたいな戯言《たわごと》ばかり吐き散らしていたっけ。アンジェロがそういうタイプでないのは確かだ。呼吸を荒げるほかにはほとんど音を立てない。かすかな喘ぎや呻きくらいはあっても、それだけだ。けれども快楽を感じているのは伝わってくる——体をのけ反らせ、ぎゅっと俺をつかんでくるその強さから。

体に触れても、触れても、まだ足りないくらいだった。アンジェロの肋骨を指で撫でるその感触、背中に腕を回したときの肩甲骨の膨らみ、舌を這わせたときに激しく脈打つ首筋——なんて、いとおしいんだろう。アンジェロは俺の人生に偶然飛び込んできた、未知の世界の生き物だった。このままずっと、どこにも飛び立たないでくれ——心の底から俺は願った。

ことが済み、アンジェロは俺の腕の中でぐったりとまどろんだ。瞳は半ば閉じ、頬は上気し、唇は赤くふっくらとしている。息をのむほど美しい眺めだった。こうして見つめているだけで、心臓が破裂しそうだ。

「アン。どこにも行かないって言ってくれ」

「どこに行くっていうんだよ。こんな夜中にさ」

「そういう意味じゃない。わかってるだろ」

「いいや」

「いいや——って、わかってないってことか？」

「違うってば」アンジェロが微笑む。「どこにも行かないよ」

ぎゅっとアンジェロを抱きしめた——そのまま腕の中で眠りに落ちるまで。俺はふと考える。

これが、愛っていう感情なんだろうか。

アンジェロ

朝早く目が覚めた。夜中にお互い離れて眠っていたらしい。といっても狭いシングルベッドから落ちない範囲でってことだけど。どうやらザックも、誰かと同じベッドに寝るのに慣れてないみたいだ。

俺も、誰かと同じベッドで目を覚ますのは四年ぶりかそれ以上だ。そのときだって、死ぬほど疲れていて家に帰れなかったたっていうだけ。自分の意思で、誰かと同じベッドで朝を迎えるのなんてこれが初めてだ。あんまり神経質にならないようにしないと。

昨夜のせいで、少しひりひりする。中に入れられたのは、やっぱり四年ぶりかそれ以上だったから、翌日どんな感じがするかなんてすっかり忘れてた。微かな痛み――昨夜やったことを一日じゅう忘れられない、そんな緩い痛み。ま、後悔なんかしないけど。

昨夜のことは、今まで経験したどんなやつとも違っていた。だいたい相手にやらせるときは後ろからだけど、そのときと比べても、ザックが入ってきたときの感じは全然違った。まるで、お互いの心がじかに触れたみたいだった――うっとりするくらい圧倒的で、同時にものすごく怖かった。ザックとは、いつもあんなふうに感じるようになるんだろうか。

ザックは、俺のことを愛してるって思ってる。たぶん、じきにそう言ってくるだろう。そのとき俺はちゃんと言葉を返せるだろうか。正直、全然言える気がしない。どうにかクールに受け止められるといいんだけど。びびって、わけのわかんないことを口走らないようにしなくちゃ。

これまで誰かに愛されたことなんてなかった。まあ、母親には少しくらい愛されたって思いたいよな。ずっと傍《そば》にいてくれるほどじゃなかったとしても。里親にもやさしい人たちはそれなりにいた。俺のことを「愛してる」って言ってくれたこともあった。でも、ずっと暮らそうって話にはならなかったし、別の家に預けられたらそれきりだ。ベッドをともにするような相手も何人かはいた。でもザックとは全然違う。これまでは、関係が深くなりそうな気配がしたら俺のほうからさっさと別れたから。ザックを思うみたいに誰かを思ったことなんて、これまで一度もなかった。

それでも、今こうしている瞬間、俺の中で小さな声が囁いてくる——ほら、ザックが目を覚ます前に逃げちまえよって。ザックに心を許せば許すほど、つらい別れが待ってるんだぞって。耳を塞ぎたくなる。だって、ずっとザックとこうなることを望んできたんだ。それがこうして実現したんだ。今、ちゃんと向き合わないと、きっと後悔する。

それでも、心の中の声を完璧に追い払うことはできなかった。

背後でザックが寝返りをうったみたいだ。振り向いてザックの顔を見る勇気が出ない。彼が近づいてきて、俺の体にそっと腕を回してくる。首筋に、唇を感じた。「おい、大丈夫か?」ザックの声は穏やかだ。

その声を聞くだけで顔がほころんでしまう。

「うん」さっきまで俺、何をぐずぐず考えてたんだろ?

「よかった」振り向かなくたって、ザックも笑顔だってわかる。その手が俺の脇から腹のほうへと降りてくる。ザックはもう固くなっていた。俺のもだ。「今日はずっとこうしていられるかな？」

　俺は笑った。「こっちが知りたいよ」

　ザックが呻いた。「たぶん無理だな」

「なら、そのへんでやめておかないとな」からかうようにそう言うと、ザックも笑った。

「言えてる」ザックはもう一度首筋にキスすると起き上がった。「さて、シャワーでもしてくるか……」あとを濁すような言い方でわかる。俺を誘ってるのだ。

「先に浴びてくれれば」

「わかった」がっかりしただろうか。その顔からはよくわからない。

　ザックが浴室に入ると、俺は大きく伸びをして、ベッドを占領した。そのまままうとうとしてしまったらしい。

　腰に触れる手、そして腹に押し当てられた唇の感触で目が覚めた。ザックの髪はまだ濡れていて、冷たい滴がぽたりと肌に落ちてくる。ザックは俺の両脚の間に身をかがめ、腹の周りのタトゥーに舌を這わせている。俺はすぐさま固く、痛いほどに反応した。

「やっと起きたかい」静かにそう言うと、ザックは下のほうへと動いていく。息が止まりそうだった。思わず体を反らせてしまう。気づいたときには、興奮で体が火照っていた。俺の先端を舌でくるりと舐められ、ザックの唇に向かって腰を突き上げる。

髪をつかんだのは、まったくの無意識からだった。でもすぐに気づいて、ザックに悪いと思った。俺がこんなふうにやられたら間違いなく怒る。

「こうしてもいい？」息の乱れを抑え、俺はどうにかそう言った。

ザックの動きが止まり、驚いた顔でこっちを見る。ああ、話しかけるんじゃなかった。ザックの顔に笑みが浮かぶ。「もちろん」その舌が、俺の根元からゆっくりと上に向かって這っていく。「こうしてもいい？」動きがまた止まる。

信じられない、ザックが俺を焦らしている。思わず髪をぎゅっとつかむ。「ザック……」

「なんだ？」

ザックの頭をぐいと引き寄せる。力がこもってしまう。ああ、まずい、抑えないと。でもほんの少しだけ――。

「ザック、もっと」

ザックが微笑んだ。「お前が望むなら」その唇がまた近づいてきた。

こんなふうにすごく感じてしまうのは、相手がザックだからだ。髪からしたたり落ちてくる滴は冷たくて、鳥肌が立つくらいだったけど、ザックの口ときたらものすごく温かかった。円を描くようにゆっくりと先端に舌を這わせては、割れ目の下の敏感な部分を刺激してくる。興奮はどんどん高まり、耐えきれなくなって腰を突き上げようとするけれど、ザックにしっかりと押さえられているせいで身動きできない。ザックの頭を押しのけたくても、許してくれない。

そうやって先端だけ、何度も何度も舐め回され——ああ——もう——我慢できない。

「……ザック！」

ザックがにっこりしたのがわかった。押さえつけられていた体が急に軽くなる。俺は腰を突き上げ、ザックの頭を腰にぐっと押しつける。そのとき、俺全体が温かなものに包まれた。快感が一気に押し寄せてくる。ああ、気が——変になりそうだ。絶頂感がすごすぎて、大声で叫びそうになる。必死で唇を噛んだ。血の味がした。髪をつかんだ手にもっと力が入る。根こそぎ引っこ抜いてしまいそうだ。ザックは深く俺を含んだまま、しっかりと俺の腰をつかんでいる。そのまま、逃がしてくれない。恍惚とするくらい激しい苦悶が俺を引き裂き、俺から噴き出し、ザックの中へ押し寄せていく。ザックはずっと俺を抱き続け、波が引いて、あとには震えだけが残り、俺はなんとか息を深く吸い込んだ。

目を開けると、ザックが微笑んで見下ろしていた。キスをすると、俺の腫れた唇をそっと舐める。

「いつだって好きなように髪をつかんでくれたらいいよ、アン」

ザックが体を起こしたので、俺は腕をつかんだ。「ザック、今度は俺がしなくちゃ——」

「しなくちゃ、なんて言わないでいいから」ザックはにっこりして俺から離れると、バッグから服を取り出しはじめた。「続きはまたあとでな。ほら、行かないと。もうすでに遅刻だよ」

行為の代償はすぐに払わせる、今までそんなやつらしか見てこなかった。そのせいもあって、ザックに何かしてあげたいという気持ちはもっと強くなる。でもザックの言うとおりだ。マットは俺たちが来るのを待ってるだろう。俺はベッドに腰かけ、ザックが服を着るのを眺めた。

「今日の予定は？」

「まずはペンキ塗りを終わらせる。そうしたら住む場所を探さないと」

突然、恐怖に襲われた。

胸の中で激しい感情が暴れ出す——鳥が自由になろうともがいているみたいに。

「住む場所？」馬鹿みたいに俺は聞き返した。

「このモーテルで一生暮らすわけにはいかないだろ？　マットたちの近所に貸家があるらしい。リジーの家の近所にも。まあ、ちょっと家賃が高そうだけどね。それからジャレドが、少し山を上がっていったところにアパートがあるって言ってたな。でなけりゃ、ここの通りの向かいのアパートでもいい。ただ、かなり狭そうなんだよね」

ザックは、俺と一緒に暮らすつもりなのか？

さあ、今すぐ逃げろ——心の中で、急にそんな声が響いてくる。胸の中の鳥が狂ったように暴れまくっている。あんまり急激にパニックになったせいで、窒息しそうだった。呼吸がうまくできない。

「アン？」ザックの声で目を開けた。首をかしげてこちらを見ている。「一緒に行かないのか？　もう、出かけないと」

「わかった」俺は深く息を吸い、どうにか気持ちをおさめた。服を着終えたころには、今起きたことなど、ほとんど忘れてしまった。
ほとんど——だ。全部じゃなかった。

ザック

モーテルを出るとき、アンジェロの様子がおかしかった。店まで車で向かう途中、俺は尋ねた。「どうかしたか？　アン」

「別に」だが、俺を目を合わせようとしない。

「構わないから言ってみろよ」

「何のことだかわかんないな」

「そうか」ここは引いておくことにする。でも、ぎこちなく肩をいからせているし、まだ目を合わせない。やはり何か気になっていることがあるのだ。もしかしたら、昨夜のことをもう後悔しはじめているんだろうか。

店に着き、残りのペンキ作業を始めると、アンジェロはまたリラックスしたムードに戻った。

でも、それはマットがいたからだ。俺とは全然話をしようとしない。時間が過ぎていくにつれ、ますます不安になった。二時間後、事務室の壁を一人で塗り終えたとき、アンジェロが入ってきた。

「あっちはもう終わったよ。マットにはもう帰ってもらうことにした」

「よかった。じゃあ、昼飯を食ったら家探しを始めよう」

アンジェロはやはり俺を見ようとしなかった。沈黙がしばらく続く。俺の視線に気づいているはずだが、決してこちらを見ない。俺はそっと近づいた。

「アン?」

「なに?」

「どうしたんだ? ちゃんと話してくれよ」

「なんでもないって」

「そんなはずないだろ」アンジェロは肩をすくめただけだ。俺はため息をついた。「アンジェロ、こっちを見るんだ!」ようやく目が合う。だが、用心深い眼差しだ。「話してくれよ」

アンジェロは少し身をすくませた。「あんたのことじゃないよ、ザック」

「そうかな。俺のことみたいに思えるけど」

「違う!」アンジェロがむきになって言い返す。それを聞いて少しだけほっとする。

ゆっくりとアンジェロに近づき、ボトムスのベルト通しに指を引っかけると、その体を抱き寄せる。アンジェロは嫌がりはしなかった。両手でその頬に触れ、瞳にかかった髪を後ろにかき上げ、瞳をじっと覗き込む。

「昨日の晩のこと、後悔してるのか？」

「そうじゃない！」アンジェロは両腕をさっと伸ばして俺の頭を引き寄せると、激しく唇を重ねてくる。それから顔を離し、俺をきっと見つめた。たじろぎもせずに。

「俺はなんにも後悔しちゃいない」

「本当に？」

アンジェロの顔がほころび、すぐにいつものひねた笑みに変わった。

「なんならモーテルに戻ろうぜ。どれだけ後悔してないか、見せてやるよ」

こんな、そそられる挑戦を受けて断る馬鹿がいるだろうか？　俺の顔も笑みでほころぶ。

「望むところだ」

アンジェロ

俺たちはモーテルに戻った。互いに服を引き脱がせ、ベッドに戻ると子どもみたいにふざけ合った。ザックを見てると、まるでこの世に俺たちしかいないみたいだ。

たぶん、ほんとにそうなんだ。

これまでいろんなやつとやったけど、こんなの初めてだった。いつだって、相手はその場しのぎで選んできた。後腐れなし。深く知り合うこともない。それが俺のやり方だった。ザックはそういう相手とはまったく違った。ザックはがっつかない。一刻も早く欲求を満たしてやろうとか、そういう焦ったところがない。今だって俺の体に触れ、キスをし、二人のものがお互いの間で擦れ合っている——そういうのを楽しんでるみたいだ。もっと求めてほしいのに、それ以上踏み込んでこない。もしかして、あんまり乗り気じゃないんだろうか？

「俺のこと、ほしくないの？」俺は尋ねた。

ザックは少し笑うとぎゅっと俺の体を抱き、固くなったそれを押し付けてくる。「おいおい」と囁く。「いったい全体、どうしたらそんなこと言える？　俺がお前をほしくないって？」

確かに、ザックはずっと固くなりっぱなしだった。その口調からもすごく楽しんでるってわかる。

「これだけで充分なの？」と俺。

「そうさ」ザックが首筋に唇を這わせ、両手で俺の体を撫でる——そこいらじゅう。ああ、なんて気分なんだろう。こんなふうに触れられる喜びを、俺は今まで全然知らなかった。

「お前の望むことはなんでもするよ、アン。ほしいものがあれば、なんでもあげる。でも俺は

――」ザックは言葉を切った。その腕が、俺の体をぐっと抱く。「俺はお前さえいれば、ほかに何もいらない。ほしいのはお前だけだ」

　俺がどれだけザックを愛してるか、このときほど伝えたいと思ったことはなかった。心を開いて、ザックに見せてやりたい。でも、どうやればいいのかわからなかった。だから代わりに両腕を巻きつけ、体を全部預けた。この体すべてをザックにあげたかった。ザックにすべてを委ねよう――自然とそんな気持ちになった。自分でも驚きだ。これまでの経験じゃ、主導権はいつだって俺にあったから。でもザックに対しては違う。なぜって、ザックを心から信じているから。こんな気持ちは初めてだ。それって――うん、全然悪くない。

　ザックが、俺の体じゅうにキスの雨を降らせる。うつぶせになった肩から背中、腰へと動いていく。膝の裏にまでキスされた。それから仰向けにされると、ザックがゆっくりと戻ってくる。太腿、腰、そして毛の繁ったあたり。その気持ちよさといったら信じられないくらいだ。体の底から興奮がどんどん高まってくる。

「お前の肌、本当に好きだ」そう囁きながら、ザックが俺の腹に唇を這わせる。思わず笑ってしまう。

「そんなこと言われたの、初めてだな」

「いい色をしてるし、すごく柔らかい。味も好きだ」

「塩っぽいとか？」俺はまだ笑っていた。

「いや」ザックが顔を上げて微笑む。「どっちかっていうと甘い」

ザックは両腕で俺の体を抱いた。手首の内側に唇を押し当て、手のひらへと這わせていく。指を軽く吸われ、激しく反応してしまう。ほんの小さな刺激なのに、どうしてこんなに快感なんだろう。わからない。俺でさえ知らない秘密の場所を探られてるみたいだ。ザックだけがその扉を開くことができるのだ。俺は目を閉じ、すべてをザックに預け、その感覚を味わった。ザックの口が、手が、こんなに俺を愛してくれる。脚を絡め合い、互いのものを擦り合わせながら。そのリズムはだんだん速まり、凄まじくなっていく。達したときの解放感は、ゆるやかでけだるくて——同時にすごく激しかった。

「なんだ？　そんな驚いたような顔をして」ザックが言った。

うん、たぶん驚いたんだろう、俺。「こんなの初めてだったから」

そのときザックの顔に浮かんだ表情は——どう言ったらいいんだろうか。俺が親に捨てられたって聞いたとき、相手が見せる表情と似ていた。ショックと悲しみだ。でも、別の感情もあった。やさしさだ。いつもなら絶対いやな気分になるはずなのに、今はなぜかそれほどじゃなかった。ザックの腕が伸びてきて、俺の体をしっかと抱きしめた。

＊

幸せな瞬間っていうのは、永遠には続かないものだ。まだこうしていたかったけど、ザックが服を着はじめた。不動産会社のスタッフと待ち合わせて、物件を見せてもらうんだという。ザックと一緒に住んだって問題ない、俺は自分にそう言い聞かせようとした。だって、一緒にいてこんなに心地いいじゃないか。一緒に住んで、何が困るっていうんだ？　金の節約にもなる。理にかなってるし。だろ？

それでも、ザックと一緒に家を見てまわるなんて考えられなかった。なんだか結婚でもするみたいだ。それに不動産会社のやつと一緒だって？　俺たちを見て不快感を隠しきれなくて、気まずそうな顔をするに決まってる。だから、ザックには一人で行ってきてほしいと頼んだ。俺が行かなくても大丈夫だ、信頼してるからって。

ザックが出かけてしまうと、俺は部屋中をうろうろ歩きまわった。これじゃ、ただの馬鹿だ。モーテルを出て、自分用に六本パックのビールを買った。それからザック用にワインも一本。ザックが赤ワイン好きなのは知っていたけど、ワインについてはよくわからない。まあ、気に入ってくれることを祈ろう。それから部屋に戻り、ピザを頼んだ。配達人が来て精算していると、ザックが階段を昇ってくる音がした。ザックが部屋に入ってきたとき、俺は壁にもたれて窓から外を眺めていた。一緒に住んでも問題ない、そうまたしつこく自分に言い聞かせながら。

「晩飯を注文しておいてくれたのかい？　よかった、もう腹ぺこだったんだ」

「ワインも買っておいたよ。気に入るといいけど」

「うれしいよ、アン。コルク抜きも買ってくれた?」くそ。忘れてた。そうか、そういうのが必要だったのか。ザックは俺の顔を見て察したのか、ちょっと笑った。「問題ない。フロントで借りてくれればいいんだから」

俺はすうっと息を吸い、勇気を出して尋ねた。「いいところ、見つかった?」

「候補を二つに絞ってきたよ。お前に決めてもらおうと思ってさ」

「どこでもいいよ」

「そんなこと言うなって。まず第一候補だけど、寝室が一つなんだ。でも安い。第二候補は寝室が二つで、いい感じの部屋だった」

「そうか」胸の奥で、例の鳥がばたばた暴れはじめる。俺はなんとか無視しようとした。

「決め手は、お前が自分用の寝室がほしいかどうかってところだな」

俺用の寝室? 急に返事ができなくなった。くそいまいましい鳥が、外に出たがって大暴れしているせいで、胸が苦しい。ほら息を吐け。そしたら吸え。吐け。吸え。ザックに向かって、どうにか頷いてみせる。

「寝室は別々にしたいか? お前が決めてくれ。俺はどっちでもいいから」

吸って、吐く。そうだ、呼吸に集中しろ。簡単なことだろ。生きてるやつはみんなしてる。毎日、無意識に。なのになぜこんなに難しいんだ?

ザックはこっちを見ていない。ダッフルバッグの中身をごそごそかき回している。「でも、寝室二つの物件のほうがいい感じなんだよね。キッチンも広いしさ。あれなら料理してもいいかなって思えてくるよ」ようやく顔を上げ、ザックがこっちを見る。「お前は料理したりする？」

俺の中の鳥がパニック寸前になる。胸が裂けそうに苦しい。このまま胸を突き破って出てくるんじゃないだろうか、映画のエイリアンみたいに。目の前がちかちかしてくる。

「アン？」ザックが不安げに声をかけてくる。静まれ、落ち着くんだ。前にもこういう発作は何度かあった。どうすればいいのかわかってる。呼吸だ。ほら吸え。吐け。くそ、どうしてこんな簡単なことができない？

ザックが俺を抱き、傍のベッドに座らせた。首の後ろにそっと手のひらが当たる。ゆっくりと頭を下げさせられる――膝の間にくるまで。そうだ、こうするんだった。なんで忘れてたんだろう。ザックの手が、ゆっくりと俺の背骨をさすってくれる。その温かさに俺は集中した。ザックの手に合わせて呼吸する。首から下がっていくときに息を吸い、上がっていくのと同時に吐く。そう、その調子だ。吸って、吐く。吸って、吐く。ああ、だいぶ楽になってきた。

ようやく落ち着いてきたところで俺は言った。「もう、大丈夫」

背中をさすっていた動きが止まる。ザックは俺の前で膝をついた。両手で俺の頬を包み、顔を自分のほうに向けさせる。

「ちゃんと話せよ、アン！」

俺は目を閉じ、首を横に振った。でもザックは諦めない。

「こんなの、もうなしだ！　何でもないふりなんてするな」

俺はそっと目を開けた。ザックの切ない顔――見てるだけで胸がつぶれそうだ。

「話してくれ。お願いだから」

深く息を吸い、胸の中の鳥をなだめた。「俺には無理だよ、ザック」

ザックの顔に恐怖が浮かぶ。「何が無理だって？　店のことか？　俺たちのことか？　俺とはもういられないってことか？」

「違う！」俺はザックの手を押しのけた。両手で顔をごしごしと拭う。それからゆっくりとまた息を吸い、言った。「一緒には住めない」

ザックは怒るだろう――そう思っていた。でなければ失望するか。でも、ザックの顔に表れたのは安堵感だった。ぎゅっと抱きしめられる。腕の中で、ザックの鼓動が聞こえてくる。

「ああ、そうか――よかった。それだけかい？　アン。そうならなぜそうと言ってくれない？」

正直、こんな反応が返ってくるとは想像していなかった。あんなに悩んでいたことなのに。

「だって、がっかりさせたくなかったから」

ザックはちょっと笑った。泣き笑いみたいにも見えた。「俺をがっかりさせる心配より、死ぬほど怖がらせるほうの心配をしてくれよ、まったく。お前を早く病院に運ばなきゃって思ったんだぞ。おまけにその病院がどこにあるのか、わからないときてるんだから！」

なんて馬鹿なんだろう、俺。

自分でもあきれてしまう。話せばわかってくれるのに。俺はザックに両腕を回す。

「ごめん」

「しぃぃぃ」ザックはまだ俺をしっかり抱いている。体を少し揺らし、なだめてくれている。もしかしたら、そうやって自分のことも落ち着かせようとしてるのかもしれない。

「謝るのは俺のほうだよ、アン。早く考えつくべきだった。お前にちゃんと聞けばよかった」

ザックはすぐ自分を責めようとするから困る。俺は顔を上げて言った。

「俺たち二人とも、まだこういうことには慣れてないんだよ」

「そうかもな」

「怒ってる？」

「いや、でもちゃんと言ってくれたらよかったな」

「なんとかなるかと思ってたんだ」

ザックは頭を振ってこっちを見る。どうやら俺の答えが間違っていたようだ。

「アン。俺には正直でいてくれ。たとえ俺のことをくそ野郎だと思ったとしても、そのときは正直にそう言ってほしい。一緒に住むことだって、まだそこまで考えられないから話し合う時間がほしい、そう言えばいいんだ。お前がパニック状態になっても何が悪いのかわからない、そんなのはもうこりごりだ」

そう諭《さと》されてみると、まったくそのとおりだ。自分がくそみたいに思えてくる。

「本当にごめん」

ザックが顔をくいと引き寄せ、キスしてくる。「もう謝らないこと。いいね？」

「わかった」

ザックが舌で俺の唇をなぞる。その腕がぎゅっと俺を抱きしめる。「寝室が二つあるほうを借りることにするよ。お前は好きなようにすればいいから」

「わかった」

ザックの手がシャツの中に潜り込んでくる。こうして触られるだけで、信じられないくらい気持ちがいい。心臓が高鳴り、俺はすぐに固くなる。ザックのボトムスのボタンを外そうとするけど気が急《せ》いてなかなか外せない。

「俺はいつだって待ってる。お前の気持ちしだいだ」

俺が返事をする間もなく、唇で口を塞がれる。そのままゆっくりベッドに押し倒され、あとは会話なんか必要なかった。

ザック

寝室が二つあるほうの家を、一年契約で借りることにした。自分だけの部屋が持てるという選択肢があれば、いずれアンジェロも同居を決意しやすいのではないかと思ったのだ。アンジェロはモーテルの向かいの小さなアパートメントを借りた。あとでわかったことだが、マットはジャレドと同居するまで、このアパートメントに住んでいたらしい。

俺たちはアーバダに戻った。ルビーの店はすでに空っぽだった。ちゃんと別れが言えなかったことが残念だった。俺の店のドアに、ルビーからの伝言が貼ってあった。

『ビジョンを見たわ。パンくずを使いなさい』

「いったい何のこと？」とアンジェロ。俺は肩をすくめるしかなかった。

店の最終日、常連客たちがみんな顔を出してくれた。ミスターDは、これからもお薦め映画をメールしてほしいと、アンジェロにメールアドレスを書いて寄こした。ジャスティンは、アンジェロから店の『ヘビー・メタル』を譲られ、大げさなくらい何度も礼を言った。キャリーはアンジェロにさよならのハグをしようとし、アンジェロは逃げ切れずにとうとう捕まっていた。

最後に店を閉めるとき、なんともいえない感情がよぎった。

俺の十年間が、この鍵ひとひねりで終わってしまう――。

初めてこの『ＡｔｏＺレンタルビデオ店』に足を踏み入れたとき、俺はジョナサンと一緒だった。土曜の晩だった。ジョナサンが映画を観たがったのだ。店の窓に、バイト募集の張り紙があった。俺はその場で簡単な履歴書を書いた。ちゃんとした仕事と巡り合えるまで、少しでも収入があれば助かる。それくらいの軽い気持ちだった。ジョナサンは反対した。「ちゃんとした仕事」っていうのは巡り合うものじゃない、努力して見つけるものなんだと、しつこいくらい言い張った。たぶんジョナサンのほうが正しかったのだろうが、そのときの俺にはどうでもいいことだった。挙句《あげく》の果てに大喧嘩だ。俺はぷいと出ていって酒をしこたま飲み、ジョナサンはひとりで映画を観た。

それからは、破綻に向かってまっしぐらだ。仕事は楽だった。酔っていようがハイになっていようが関係ない。いったんそういう生活が身についてしまえば、「ちゃんとした仕事」なんか見つける気も失せる。ジョナサンは猛烈に怒った。しまいには俺も意地になって一歩も譲らず、それどころか腹いせに、絶対バイトは辞めないとまで言ってやった。互いに腹を立てて眠る、そんな日が続いた。俺がひと晩じゅう遊んで帰らないこともあった。一度きりじゃない。そういう日がだんだん増えはじめた。

あとは推《お》して知るべし。俺たちの関係はひたすら悪化した。

思い返してみれば、バイトに応募したあの瞬間――あれがドミノ倒しの最初の一手だったんだろう。続く俺の人生は、連鎖反応みたいなものだ。仕事を見つけ、ジョナサンが出ていき、店を買い、からっぽでぼんやりした生活を送り、トムみたいなやつにつけ込まれた。でも、真っ暗なトンネルの先にまばゆい光が見えた――そう、アンジェロに出会ったのだ。

そう考えていたら急にアンジェロが目の前に立ち、ドアに寄りかかって俺を見上げた。いつものひねた笑みを浮かべて。

「いいんだよ、これで。だろ？」

アンジェロを見つめる。そうだ、そのとおりだった。「わかってる」

俺たちはジェレミーに鍵を託し、彼とセンセイにさよならを言った。アンジェロはジェレミーに、自由党に入党すると約束さえした。

「いつお前のところに行こうか？」ジェレミーの店を出ると俺は尋ねた。

「どういう意味？」話が見えていないのか、アンジェロが困惑して聞き返す。珍しいことだ。

「アパートだよ」そう言いながらアンジェロを見て驚いた。目を見開き、チャンスがあれば今にも逃げ出したいといわんばかりだったからだ。

「おいおい、荷造りだってば。手伝いが必要だろ？」

「ああ」アンジェロは目を逸らした。「ひとりでできる」

「ひとりで？」思わず疑いの声を上げてしまう。

「まあね」

俺は待った。でもそれ以上答えが返ってこない。おまけにまだ目を逸らしている。しびれを切らして俺は口を開いた。「アンジェロ、つまり、部屋の家具を全部ひとりで運び出して、ひとりでトラックに積もうっていうのか？」皮肉っぽく聞こえないように気をつけたつもりだが、正直、自信がない。

アンジェロは頬を赤らめ、下を向く。それから気まずそうにこちらを見上げた。

「無理かな」

「何かまずいことでもあるのかな？　アン」俺は軽い調子で聞いた。「部屋にボーイフレンドがいて、俺に会わせたくないとか」

アンジェロが少し笑い、張り詰めていた空気がゆるんだ。

「いや、そういうんじゃない」

「じゃ、何なんだい？」俺はやさしく尋ねた。

だがアンジェロは肩をすくめ、また目を逸らしてしまう。なんと言えばいいのか答えを探しているみたいに。ようやく目を合わせる。「部屋には誰も入れないことにしてるんだ」

「そうか」アンジェロの言葉を頭の中でしばらく転がす。どういう意味なんだろう？　部屋には誰も連れていったことがないということか？

「一度もないのかい？」

「ああ、一度も」その声には確固としたものがあって、本当なんだと伝わってくる。

「わかった」俺は気持ちを抑えて言った。いらいらしても仕方がないからだ。「でもさ、アン。押し付けるわけじゃないけど、今回だけは例外ってことにしないか？」アンジェロが疑い深い目つきをする。「だってほら、別に部屋に上がり込むわけじゃないだろ？　お前が出ていくのを手伝いにいくだけだから」

アンジェロはため息をついた。髪をかき上げそっぽを向く。やがて肩を落とし、口を開いた。

「わかってるよ、ザック」

「それに、コーダに着いてからだって困るだろ？」

アンジェロが俺を見た。頰が徐々に赤く染まる。「どういう意味？」

言わなくても、アンジェロはとっくにわかっているような気がしたけれど、とりあえず俺は言った。「お前のアパートに荷物を運び入れる人間が必要だってこと」

なぜかアンジェロの頰はますます赤くなっている。でも、目を逸らしはしなかった。

「いや」アンジェロはきっぱり言った。「それはマットに頼んだから」

「え？　マットにもう話したのか？」俺は驚いた。

「うん」

「なんで？」

「あんたに来てほしくなかったから」

こんなとき、なんて言えばいいんだ？

「ああ」――それしか言葉が出てこない。たとえ今、アンジェロに一発殴られたとしても、こんなにひどい打撃は受けなかっただろう。俺は湧き上がる感情をどうにか隠した。

「わかった。お前がそう望むなら」

「望むね」

アンジェロはコーダへ移ると決めてくれた。俺のためにだ。でも同時に、二人の間に境界線を引こうとしている――自分だけの居場所を守るために。それを今こうして突きつけられて、正直、どう反応すればいいっていうんだ？

黙って頷くと俺は背を向け、車に向かった。

「ザック」アンジェロに腕をつかまれた。俺はゆっくり振り返る。アンジェロが見上げてくる。その瞳には切実な光が浮かんでいる。どうしても理解してほしい――瞳はそう無言で告げてくる。

「俺には、俺だけの場所が必要なんだ。それだけだよ。あんたのせいじゃない」アンジェロが体を預けてくる。それから長い前髪越しに俺を見上げる。

「怒らないで、ザック」

「怒ってないよ」それは本当だった。傷ついたかといわれたら、イエスだ。でも怒ってはいない。「引っ越しの手伝いは？　ここのアパートのほうだけど」

アンジェロは少しためらったものの、頷いた。「頼む」

「いつ？」

その顔に笑みが浮かぶ。「今から、とか？」

なんとなく、アンジェロがやけになってそう言っている気もしたが――もう後には引けないぞ、みたいな――まあ、気にしないことにしよう。

「オーケイ」俺は借りてあったトラックのキーをアンジェロに渡した。「じゃ、今から行こう。運転はお前がしてくれよ。どこに住んでるのかも知らないんだから」


アンジェロのアパートメントは四つの住居に分かれていて、二階の一つが彼の住まいだった。トラックから空の段ボール箱を運び入れる。階段を上る途中、階下の部屋のドアが開き、少年が顔を覗かせた。十三歳くらいだろう。にきび面で、ブロンドの髪はわざとぼさぼさに見えるよう念入りに整えてある。

「よお、アンジェロ」

「よお、ジョッシュ」

「女の人があんたに会いたいって探してたよ。あんたが出かけてから百回は来たかな。マジで会いたいみたいだ」

「え？　ホントに俺か？　フレッドじゃなくて？」

フレッドが何者なのか知らないが、たぶんここの住人なのだろう。

ジョッシュは頷いた。「ああ。確かにアンジェロ・グリーンだって言ってた」そしてにやっと笑う。「あんただろ？　え？」

アンジェロは眉をひそめた。「まあ、そうだけど——でも、女だって？」

ジョッシュは肩をすくめる。「まあね。ただ女っていっても、その、若いやつじゃなくって、歳くってる感じ？　あんたがいつ帰ってくるのか聞いてたよ。一応、今日また来ればって言っといた」

アンジェロはまだ腑に落ちないようだったが、ともかく言った。「ありがとうな、ジョッシュ」ジョッシュは部屋に戻った。

「なんだ？　女に追いかけられてるのか？」アンジェロのあとについて階段を上りながら、俺は冗談めかして言った。「まだ俺に隠してることがあるんじゃないのかい？」

「あれ、知らなかったとか？」アンジェロが肩越しに振り返る。「俺、無類の女好きなんだけど」

「そうか」俺は笑った。「でも相手はおばさんっぽいじゃないか」

「ジョッシュからすりゃ二十歳を超えたらみんな、おっさん・おばさんなんだよ。この間なんか、俺が子どものころテレビはもうあったのか、なんて聞かれたし」

アンジェロの部屋に着いた。ダンボールを床に置き、部屋の鍵を開けるときになって、アンジェロはこちらを向き、おずおずと言った。「そのへんをつつき回したりするなよ、いいな？」

「わかったよ」アンジェロがあんまり真剣なので、笑わないようにこらえる。だが、こう言わずにはいられなかった。「ちょっとくらいはいいだろ？」

もちろん冗談半分だった。でもアンジェロは笑わなかった。眉をしかめ、いかめしい顔つきになる。最近よく見慣れてきた顔つきだ。

「冗談で言ってるんじゃない。ここは俺の場所だ。たとえあと二、三日だとしても、最後までずっと俺の場所として守っておかなきゃだめなんだ」

「わかった、つつき回したりしないって！」アンジェロがじろっと俺を見る。信用してもいいものか考えているみたいだ。それからため息をつくと髪をかき上げ、ドアの鍵を開けた。

室内は一見、簡素だった。七十年代そのものみたいなカウチ——かなり年季が入っているのが見てとれる——、DMらしき手紙類でいっぱいのダイニングテーブル。キッチンは一度も料理したことがないみたいだ。

「こんなひどいカウチ、初めて見たよ」俺が言うとアンジェロは笑った。

「だよな？　部屋にもともとあったんだ。テーブルも」

「じゃあ、トラックには何を積む？」

「ベッド。たんす。それから、あれ」アンジェロは俺の背後を指さした。

俺は振り返り——驚いて顎が外れそうになった。壁いっぱいに巨大なプラズマテレビが置いてあったのだ。スピーカーにも気づいた。「もしかしてサラウンド方式？」こうなると驚愕のレベルだ。

「当たり前だろ？　だいたいさ、今どきサラウンドじゃないのはあんたの家くらいだよ」

テレビの下のラックには、ビデオデッキ、ＤＶＤプレーヤー、そしてブルーレイプレイヤーが並んでいる。

「ブルーレイまであるのかい？」

「まあね。これからは店でもブルーレイ用ソフトを扱わないとな。持ってるやつが増えたから」

「ニューテクノロジーのせいで、俺はいずれ破滅だろうな」いたって真面目に言ったのだが、アンジェロにはウケたようだ。くつくつ笑っている。

「機器が全部揃ってるのはわかった。でも肝心の映画ソフトはどこだい？」

アンジェロがいつものひねくれた笑みになる。「レンタルだよ。いつも借りてたじゃないか、あんたの店で」

俺は笑うしかなかった。「そうだった。でもこんなに大きなテレビ、今度の住まいに収まるのかな？」

「いいや」そう言うと、アンジェロが急に自信なさげな顔になる。「これ、あんたの家に持っていきたいんだけど」

そう聞いたとたん、俺はうれしくて舞い上がった。プラズマテレビがほしかったからじゃない。アンジェロがいずれは俺のところに移ってこようと考えている——そうわかったからだ。

「ああ、いいね」

「代わりにあんたの小さなテレビをもらってもいいかな？」

「もちろん。お前の望みのままに」

そのときアンジェロが見せた微笑み、それだけで、さっきまで頭の中に渦巻いていた疑念がすっかり吹き飛んでしまう。アンジェロが俺に近寄り、さっとキスしてくる。

「ありがとう——ザック」

それから俺に背を向け、空の段ボール箱を抱えて寝室らしき部屋へと向かった。

「すぐ戻る」そう言うとアンジェロは振り返り、俺を見た。「あんたは来ないで」

「行かないよ」

「本気で言ってるんだからな」

「わかってる」俺は両手を上げて降参した。「約束するって」

アンジェロはしばらく黙って俺を見ていたが、やがてため息をついた。「いやなやつみたいに聞こえるかもれない。でも、俺——」

「アンジェロ」俺はそれを遮った。「大丈夫だから。本当に」と笑ってみせる。ほっとしたことにアンジェロもすぐ笑みを返してくる。「ほら、荷造りしてこいよ。俺はここにいるから」

「わかった」

二十分ほどで、キッチンまわりのものを箱に詰め終えた。俺はテーブルの上の手紙類に目をやった。必要なものとそうでないものを分類してやってもいいものだろうか？　ほとんどが不要そうだった——チラシにピザ店のクーポン、クレジットカードの勧誘ＤＭ。ポルノ雑誌も一冊ある。しばらくの間ぱらぱらとめくってみたが、このへんでやめておいたほうがよさそうだ。なんだかむらむらした気分になってきたし（まさに雑誌の狙いどおりだ）、アンジェロがあれほど真剣に「つつき回すな」と言っていたじゃないか。約束は守らないと。雑誌をそっと戻し、テレビまわりの作業をすることにした。ステレオ装置を外していると、誰かがドアをノックした。

「ザック？」寝室からアンジェロの声がする。

「ああ、俺が出る」

ドアを開けると、女性が立ってこちらを見ていた。小柄で、たぶん百六十センチくらいだろう。濃いめの色をした肌に、黒髪。年齢はよくわからない。三十五と言われたらそう見えるし、五十と言われたらそんな気もしてくる。瞳は深い茶色。なぜか、死ぬほど怯えているようだった。

「アンジェロ・グリーンを探しているんですが」その声は震えている。

即座に、何かよくない雲行きになりそうだと感じた。ここは嘘をついておいたほうがいい気がする。アンジェロはまだ帰っていない、と。でも少し遅かった。

「誰？」アンジェロが寝室から出てきた。その視線が彼女をとらえる。

その瞬間、アンジェロが凍りついた。身じろぎもしない。緊張した空気が漂い、みるみる強まっていく。まるで嵐の前の静けさみたいだ。稲光が遠くに見え、じきに雷が襲ってくるとわかる――そんな感じだった。

アンジェロはつかつかと戸口まで歩いてくると、彼女の目の前でぴしゃりと閉めた。

「アンジェロ」と俺。「あの人って――」

「アンジェロ」ドア越しに、彼女が俺の言葉を遮った。「中に入れてちょうだい」

アンジェロはドアに背を向けると寄りかかった。あたかも、彼女がドアを押し破って入ってくるのを防ぐみたいに。「くたばりやがれ！」と怒鳴り返す。

「ずいぶん経ってしまったけど、でも――」

「ずいぶん？」アンジェロが言い返す。「なんだ、そんな程度で済まそうってのか？　ずいぶんだと？　近所のやつに俺を預けたまま消えちまってさ。二十年たって現れて言うのがそれかよ。はっ！　『ずいぶん経った』とはね」

沈黙。返事はない。もしかして帰ってしまったのかも――そう思ったとき、彼女の声がした。

「アンジェロ、お願い。中に入れてちょうだい。あなたの顔が見たいの」静かな声だった。

アンジェロは両手で顔を覆う。だが、動こうとはしない。

永遠とも思える時間が過ぎたが、実のところは、ほんの数秒だったのかもしれない。何かアンジェロに助け舟を出してやりたかったけれど、何も思いつかなかった。俺はそっと声をかけた。

「アンジェロ?」

俺を見上げたアンジェロの瞳は、激しい苦痛と怒り、そして混乱でないまぜになっている。見ているだけで胸がつぶれそうだ。ゆっくりと近づき、アンジェロを腕に抱いた。抵抗されるかと思ったが、アンジェロが体を預けてくる。自分の足では立っていられないみたいに。そして、震えていた。俺はぎゅっと抱きしめる。

「ザック」アンジェロの声は小さかった。「どうしたらいい?」

「アンジェロ?」ドア越しに、不安そうな声が響いてくる。

「ちょっと待って」俺は叫び返した。それからアンジェロに言う。やさしく。「ゆっくり考えよう。待たせておけばいいから」

「なぜだよ、ザック」アンジェロが囁いた。「なんで今ごろになって、あいつ、戻ってきたりするんだ」

俺が答えられることではなかった。もちろんアンジェロも、答えを望んでいたわけではなかった。

アンジェロは徐々に落ち着き、呼吸もゆっくりしてきた。震えは止まったが、今度は俺の腕の中で身を固くする。

「どうしたらいい？」アンジェロはまた言った。今度ははっきりとした口調だ。

「お前が決めることだよ、アン。でもまあ、あの人の言い分も聞いてやってもいいんじゃないかな」

アンジェロは俺の胸で頷くと、深く息を吸い、そっと俺を押しやった。

「俺も一緒にいようか？」

アンジェロは俺を見た。その顔つきから、本当は帰ってほしいと思っていたのだとわかる。だがきっぱりと言った。「うん」

「わかった」

アンジェロは髪をかき上げ、ぴんと背筋を伸ばした。それからカウチを挟んで反対側まで歩いていく。彼女と対面したとき、ちょうどカウチが間に入って距離が保てるように。それから俺に言った。「たぶん、心の準備はできた」

ドアを開けると、彼女が困惑気味に俺を見上げた。頬に涙が光っている。

「どうぞ」そう言って脇によけ、彼女を通してやる。

中に入ると、彼女は立ち止まった。俺がドアを閉める間、その場に突っ立ったまま緊張した面持ちであたりを見回していたが、アンジェロのことだけは見ないようにしていた。二人とも、どう切り出せばいいのかわからないのだろう。そこで俺は彼女に手を差し出した。「アンジェロのお母さんですよね？」

「ええ」握手をした彼女の手は小さく、握ってくる力も弱い。「ニータです」

「ザックです。アンジェロの友だちの」

「友だち以上だってば。ザックは俺の――」アンジェロと目が合う。言うつもりのないことまで言いそうになったのか、アンジェロはそこで黙った。本当のことを告げるか迷っているのだろう。結局こう続けた。「俺のボスだ」

「そうなの」ニータはおどおどしている。「お会いできてうれしいです」

「こちらこそ」

俺はアンジェロを振り返った。アンジェロが「すまない」というような視線を投げてきたので、にっこり笑って見せた。それで安心したのか、アンジェロは少し肩の力を抜いた。

「座りませんか？」俺は言った。だが、リビングにはカウチがひとつあるきりだ。アンジェロもニータも、それを見て落ち着かない様子だ。「こっちに」と俺はダイニングテーブルを指さした。二人とも見るからにほっとして頷く。

俺が先に立って移動した。テーブルに散らかっていた手紙類をさっとまとめる。例の雑誌は手紙の山でうまく隠した。アンジェロが俺たちの関係を言いたくないのなら、この雑誌も見せないほうがよさそうだ。ひと目で好みがばれてしまう。

「悪いな、ザック」アンジェロの声は落ち着いていた。振り向くと、こっちを見てにやりとしている。いつものあのひねた笑みだ。よかった、もう普段どおりに戻ったらしい。

俺たちは腰を下ろした。小さなテーブルを挟んでこちら側にアンジェロと俺、向かいにニータが腰かけた。

「それじゃあ」ニータが口を開く。「まだデンバーに住んでるのね」

「まあな」アンジェロはそっけない。

ニータは唇をなめ、咳払いすると気を取り直して続けた。

「働いてるの？」

「ザックと」

ニータはアンジェロがもっと話してくれると期待したのだろう。それ以上何も言ってくれないとわかり、少しうなだれた。

「すっかり見違えたわ。あなたのお父さんみたい」

「知らねえよ」

ニータが虚《うつ》ろに頷く。それから周りに視線を泳がせた――その辺に適当な話題が転がっていないかとばかりに。もちろんそんなものはなかった。ニータは意を決してアンジェロのほうを向いた。

「教えてくれる……？　どうしていたの？　私がその……」あとは言葉を濁してしまう。

「あんたが俺を置き去りにしてからか？」アンジェロが怒って言い返す。テーブルの下でアンジェロの膝にそっと手を置いたが、突っぱねられた。

「どうしてたと思う？　え？　社会福祉局のやつに連れていかれたよ。十年で十三の里親をたらい回しだ」

ニータが目を閉じ、息をぐっとこらえる。だが、アンジェロはやめなかった。

「最初の何軒かは、まるまる一年とか二年、置いてくれた。でも歳が上がるとだめだった。最後の何軒かなんて、荷解《にほど》きする前に追い出されたよ」椅子に背中を預け、腕を組んでニータを睨みつける。「誰のせいでそうなったと思ってんだ？　聞いてくれてありがたいね」

ニータは黙ってアンジェロの怒りを受け入れている。それから息を深く吸うと、不安げに息子を見上げた。「私に聞きたいことはないの？」

「なんで置き去りにしやがったのか、とか？　このくそ二十年どこにいやがったのか、とか？　なんでもっと早く俺を探そうとしなかったか、とか？」

アンジェロは言葉を切った。ニータは俯き、膝元に視線を落としている。それからアンジェロが笑い声を立てた。怒りに満ちた辛辣な笑いだ。

「ふざけんな。あんたに聞きたいことなんか何もない」

ニータは頷いた。その目から涙がこぼれる。それを見てもアンジェロは平気な顔だ。何も言わず、ただ彼女を睨みつけている。

「ニータ」俺は少し身を乗り出した。「ほかにお子さんは？　アンジェロには兄弟がいるんですか？」

ニータは首を横に振る。「娘がいたんですけど……」そこから先が続かない。

「そいつも置き去りにしたんだろ？」アンジェロにそう言われ、ニータは怯んだ。

「違うわ」静かな声だった。「死んだの。まだ小さいうちに。突然死で」震えながら大きく息をする。「もうずいぶん前のことだけど」

アンジェロは黙って睨んでいるだけだ。だから俺が代わりに言った。「それは、お悔やみ申し上げます」

ニータはアンジェロを見つめた。あまりにも悲しげなので、気の毒に思えてしまうほどだ。

「アンジェロ」ニータがテーブル越しに手を伸ばしてくる。アンジェロはまるで蛇が這ってくるのを見たかのように、さっと体を後ろに引いた。反動で椅子が不快な音を立てる。ニータはあわてて手を引っ込めた。

「アンジェロ、ごめんなさい。私が悪かったわ。私――」

「詫びなんかいらねえよ」アンジェロがその言葉を遮る。「言い訳もな」

「わかったわ」ニータは小さく頷く。「そうね、そんな資格はないわね」だが、まだそわそわしている。「アンジェロ。こんなこと、お願いできる立場じゃないのはわかってる。でも……」

アンジェロが不愉快そうに鼻を鳴らしたので、ニータはこれだけは最後まで言おうと思ったのか、一気に話した。「あなたをもっとよく知るチャンスがほしいの」

「勝手に言ってろ」

ニータは瞬きした。今の返事はイエスなのかノーなのか、よくわからなかったみたいだ。でもそれ以上言葉が返ってこないので、再び口を開いた。「お父さんとは、あれから会った？」

「いや」

ニータは息をついた。「私もよ。ずっと探してたんだけど……」と肩をすくめる。「うちの両親はもう死んでしまったから、あなたに祖父母がいるとすれば、父方のほうだけってことになるかしら」

アンジェロはただニータを見ているだけだ。無表情に。

ニータはようやく諦めたらしく、今度は俺に話しかけてきた。

「アンジェロはお宅で働いているんですか？」

「ええ」俺は微笑んだ。「誰よりも頼りにしてます」

俺のひと言は効果があったらしい。こちらを向いたアンジェロの能面みたいな顔がほんの少し崩れ、その瞳に微かな——本当に微かな笑みが浮かんだ。

「それはよかった」ニータは室内を見回し、キッチンの隅に置いてある段ボール箱に目を留めた。「引っ越してきたばかりなの？　それとも引っ越すところ？」

アンジェロは何も言わずにこちらを見る。俺に答えてほしいと思っているのだ。俺は黙って笑みを返す。根負けして、アンジェロはしぶしぶ口を開いた。

「引っ越すんだよ」

「どこへ」

「コーダ。山ん中」

ニータが落ち着かなさげに微笑んだ。「それはいいわね」

「もう二、三日で出ていくから、俺たち」

アンジェロは無意識に「俺たち」と言ったのかもしれない。だがニータはその言葉に反応し、目を少し見開く。これは微妙な展開になりそうだ。

「あなた、結婚してるの？」ニータの声が明るくなる。

「それに近い」

「まあ、よかった！」ニータは微笑んでいる。「子どもは？」

「いるかよそんなの」

辛辣で敵意に満ちた物言いに、ニータの笑みはしぼんでしまう。

「そう」彼女は膝元の手に視線を落とし、しばらく何やら考えていたようだが、意を決して顔を上げた。神経質そうな笑みを浮かべている。「相手のかたにお会いしたいわ」

一瞬、沈黙が降りた。アンジェロが冷たく言い捨てる。

「もう会ってるだろ」

ニータは混乱しているようだ。アンジェロは面白がってそのさまを見ている。

「まだ、誰にも会ってないけれど」

「会ってる」アンジェロはこともなげに言ってのけた。「ザックだよ」

「ああ」ニータは首をかしげて俺を見た。「そうね、でもザックはお友だちでしょう？　私が言ってるのはそういう意味じゃないの」

「わかってるさ、そんなこと」とアンジェロ。

ニータの頬が赤くなる。「男性のお友だちじゃなくて、ほら、ガールフレンド——それとも奥さん？」

「だからそんなことわかってるって言ってんだろ！」アンジェロの声が荒くなった。

「でも——」ニータは言いかけてやめた。ようやく理解したのか、目を大きく見開く。

アンジェロは俺に体を寄せると、ニータをきっと見据えた。

「だからザックなんだよ！」

ニータは激しく動揺している。目を見開き、顔を紅潮させ、両手をせわしなく動かして——その手はまるで、捕獲されて暴れているへんてこな蝶みたいだ。

「まさか。だって、それは——」

アンジェロが立ち上がった。俺の髪をぐいとつかむと、いきなりキスしてくる——熱烈に。それほど長いキスではなかったけれど、ニータに見せつけるには充分だった。まさかこんなこ

かる。

アンジェロはすぐに俺を解放すると、両手を激しくテーブルに叩きつけ、ニータにくってかかる。

「これでよくわかっただろう？　それともここでケツ出して、目の前でやれってのか？」

ニータが驚愕の表情を浮かべる。俺は席を立ち、アンジェロの肩にそっと触れた。

「アン――」

「止《と》めんなよ、ザック！　俺のことが知りたいだと？　笑わせるね！」

「でもアンジェロ」ニータの声は小さかった。「それは罪よ。自然なことじゃない」涙が頬を伝っていく。それを拭って彼女は続けた。「間違ってるわ。神もおっしゃってる――」

「くそくらえだ！　お前も、お前のくそ神もな！」アンジェロがぴしゃりと言い返す。「これまで何か俺にしてくれたか？　お前も神も」

ニータはしばらく黙って俯いていたが、震えるように息を吸い込んだ。

「そろそろ行くわ」

アンジェロは胸を反らし、蔑《さげす》んだ顔でニータを見下ろす。

「行けよ」その声は氷のように冷たかった。「出ていけよ。もう、一度な。お前がいちばん得意なことだろ？」

平手打ちでもされたかのようにニータは目をぎゅっとつむり、息を震わせた。アンジェロは壁にもたれ、そんなニータを睨みつけている。ニータはどうにか気持ちを落ち着かせ、バッグからペンを取り出した。そして手近にあった封筒をひとつ取り、電話番号と住所を書きはじめる。アルバカーキに住んでいるらしい。書き終えると立ち上がり、アンジェロに封筒を差し出した。

「これ——いつか必要になるときが来るかもしれないから」

「いや、来ないね」

「お願いよ。アンジェロ」ニータは今度こそ本当に泣き出してしまいそうだった。「持っていてちょうだい。もしものときのために」

アンジェロは腕を組んだまま、瞳を怒りでたぎらせている。封筒を受け取る気はないようだった。ニータがさらにぐいと差し出すが、アンジェロは動かない。ニータはしゃくり上げながらも封筒を差し出し続ける。それでもアンジェロは動かなかった。

仕方がないので、俺が代わりに手を出した。ニータは怯んだようにこちらを見上げ——明らかに疑わしげだったが——、俺に封筒を預けた。

玄関口までニータを見送った。一歩外に出たところで彼女は立ち止まり、こちらを振り返る。

「あなたがどう思ってるかはよくわかる」ニータが静かに言った。「でも、私はあの子を愛してるの」

「俺もです」そう言うと、俺はドアを閉めた。

部屋に戻ると、アンジェロは腰を下ろし、両手に顔を埋めていた。

「大丈夫かい？」そっと話しかける。

俺を見上げるアンジェロの瞳は怒りに燃えていた。

「間違いなんかじゃない！　だろ？」その声も怒りに震えている。「絶対違う！　俺たちは全然間違ってなんかない！」

俺はアンジェロの手をとり、両手で包んだ。「もちろんだよ、アンジェロ。俺たちの間には何ひとつおかしいところなんてない」

アンジェロは頷き、俺たちの手を見つめた。深く息を震わせると、そっと俺から離れる。

「家に帰れよ、ザック」その声にはもう怒りはなかった。ただ、打ちのめされている——そんな響きだった。

こんな形でアンジェロをひとりにしておきたくはない。このまま出ていってはいけない気がする。

「本気かい？　アン。俺が——」

「大丈夫」俺の言葉はアンジェロに遮られる。こちらを見上げる瞳は悲しげで、疲れ果てていた。「ひとりになりたいんだ」

俺はがらんとしたアパートに戻り、荷造りをすることにした。ピザを注文した。ハーフ&

ハーフで、片方にはハラペーニョもトッピングしてもらった。アンジェロが食べに来てくれたらと思ったのだが、夕食時にも現れなかった。結局、ひとりでベッドに潜り込み、眠った。念のために、玄関の鍵は開けたままで。

アンジェロの気配がして目が覚めた。時計を見る。午前三時だ。そっと部屋に入ってくる。アンジェロは何も言わなかった。俺もだった。話しかけたらさっと逃げていってしまいそうで、怖かったからだ。暗がりでアンジェロが服を脱ぐのがおぼろげに見えた。それからベッドに入り、温かくてしなやかな体を押し付けてくる。

抱きしめると、アンジェロが囁く。

「助けてよ、ザック。俺たちは正しいって感じさせてくれよ」

始まりはやさしく、ゆっくりだった。だが、しだいに獰猛で熱情的なアンジェロへと変わっていき、俺はすべてを委ねた。アンジェロが体をぶつけてくる。俺にまたがり、激しく俺にぶつかってくる。まるで何かを証明したいかのように。

たぶん、証明したいのだろう。

ことが済むとアンジェロは俺から離れ、ベッドの端に転がった。けれどもまだ、俺の手を握っている。

「ザック——あいつの電話番号、まだ持ってるの？」

「うん」

「それ、どうするつもり？」

「お前の望みどおりにするよ。捨ててほしければ、捨てる」

しばらく沈黙が流れた。暗闇の中、アンジェロの息遣いだけが静かに聞こえてくる。もしかしたらもう眠ってしまったのかもしれない。そう思ったとき、小さな声が聞こえた。

「持っていてよ。そんなのいらないけどさ――少なくとも今は。いや、この先もずっと」アンジェロは少し黙った。息を深く吸い、ため息をつく。「でも、どうしてかわかんないけど、あんたが持っていてくれるって思うと、ちょっと安心する」

「何でもお前の望みのままだ、アン」

アンジェロが俺の手をぎゅっと握り返してくる。そしてそのまま、眠りについた。

＊

それからは、何も起こらなかったかのように時間が過ぎた。アンジェロはすべてすっかり忘れたような顔をしている。もちろんそんなはずはなかったが、すぐに立ち直ってくれてほっとした。アンジェロは決してニータの話をしようとしなかったし、俺もしなかった。

町を発つ朝、俺は三時間ゲイシャを追いかけ回したが、やつは近寄ってこようとはしなかった。くそ、昔の男の不機嫌な猫なんか、もうこの際どうでもいいか。

「このまま置いていこう」俺はアンジェロに言った。

「ええっ？」驚くほど猛烈にアンジェロが怒り出す。「馬鹿言うなよな、ザック！　絶対連れていく！」

もちろん、アンジェロの手にかかればゲイシャなんか、ほんの十分で陥落だ。ゲイシャをケージに入れ、俺たちはアーバダをあとにした。借りているトラックを俺が運転し、アンジェロはゲイシャを助手席に乗せ、マスタングで後ろに続いた。


初めてコーダを訪ねた日から四週間足らずで、住人になってしまった。そして二週間後、店も開店した。まずはレンタル店のほう、『ＡｔｏＺビデオ』からだ。

「後ろの部屋はどうする？」開店から数日経ったころ、アンジェロが言った。「テーブルやら椅子やら調達しないとな。それにライセンスについても調べないと」

「そんなにすぐ取りかからなくてもいいんじゃないかな」

「あのアイディア、気に入ってくれたと思ってたけど？」

「もちろん気に入ってる。ただ、今すぐには難しいと思う。だってほら、いろいろと設備投資が必要だろう？　ホームシアター用のプロジェクターとか、サラウンドの音響システムとか。

そんなの買うお金はないよ」

「俺はある」

　驚いて聞き返す。「あるの？　どうして？」

「どうしてって、ずっとバイトを二つ掛け持ちしてたから。家賃を払って、食い物を買って、あとは映画を借りるくらいだったからな」

　アンジェロはこちらに近寄ってくると、俺に体を預け、長い前髪越しに見上げてきた。

「それに何ヵ月か前、キュートなお坊ちゃんと出会ってさ。そいつが俺にただで映画を貸してくれるようになったんだよね」

　俺は笑った。「きっとそいつ、お前に下心があるんだよ」

　アンジェロも笑みを浮かべる。「かもな」

「投資してくれるっていうなら、俺たち、共同経営者ってことにしないか」

　アンジェロの笑みが消える。「いや、いい。遠慮しとく」

「どうして？」

「どうしても」

　一緒に住むことについて話し合ったときと同じ眼差しだった。アンジェロにとって、心の準備が必要な出来事がこれでまたひとつ増えたというわけだ。

「じゃあ、別の方法で支払うよ」

アンジェロが腰に腕を絡めてくる。「前から言おうと思ってたんだけどさ、ザック。もうちょっと俺を喜ばせてくれないかな——って言っても、あっち方面のことじゃない。金銭的にってこと。つまり、昇給」

「よし、考えておこう」

アンジェロの唇が俺の唇にそっと触れる。「嘘だよ」

「昇給は必要ないってことかい？」

「違う、あっち方面も、ってこと」

「ああ、ほんと愛してるよ」

その言葉は無意識にこぼれ出たものだった。俺はすぐさま後悔した。一緒に住むと聞いただけであれほど大パニックを起こしたのだ。「愛」なんて聞いたらどんな反応を起こすか、想像するだけで怖い。

案の定、アンジェロは身をこわばらせ、俺は最悪の事態を覚悟した。だが、意外にも、微笑んでこう返してきただけだった。「知ってる」

*

十月も半ばにさしかかったある日、マットとジャレドが店に立ち寄った。閉店間際だったので、一緒に夕飯でもどうかという話になる。アンジェロはハロウィーン用のディスプレイを作っているところだった。ホラー映画を四種類に分けて展示するのだ――『血みどろ』、『お化け』、『定番』、『激こわ』という感じで。

「ねえ、『エクソシスト』は『お化け』？　それとも『激こわ』？」アンジェロが聞いてくる。

「激こわ！」とジャレド。

「定番！」とマット。

「ほんとに？」ジャレドとアンジェロが声を揃えて聞き返した。二人ともびっくりしてマットを見ている。

マットは肩をすくめた。「あれのどこが怖いのか、まったくわからないね」

アンジェロがこちらを振り返る。「どう思う？　ザック」

「ええと――」

「観たことない、か」アンジェロがにやりとする。「聞くだけ無駄だったな。じゃあ、『お化け』にしとこう」

「いいや。今までで、最高に、怖い！」ジャレドがきっぱりと断言する。

「馬鹿言え」マットが笑う。

「ザック、今まで観た映画で何がいちばん怖かった？」アンジェロが聞いてくる。

ホラー映画？　今まで観たのは何本だろう？　指折り数えてもきっと片手で足りる。

「『シャイニング』かな」

アンジェロが笑う。「うん、それなら納得だ」

「お前はどうなんだ？」と俺。

「たぶん『チェンジリング』かな」

「え？　アンジェリーナ・ジョリーのか？」マットが異論ありとばかりに聞き返す。

「違うって。ジョージ・C・スコットのだよ。観たことない？」

俺たちはみな首を横に振る。

「たいていみんな観たことないって言うんだよね」アンジェロがマットに言った。「あんたは？　何がいちばん怖かった？」

「『ジーザス・キャンプ』」

珍しく、アンジェロが首をかしげた。「聞いたことないけど。それってホラー？」

「ドキュメンタリーだ」俺たちはみな笑ったが、マットはいたって真面目だ。「本当なんだって。あれが怖くないっていうんなら、恐怖映画なんかこの世に存在しないね」

ジャレドが驚いて聞き返す。「でも、宗教についてのドキュメンタリーだよね？」

「宗教についてじゃない。狂信者についてのドキュメンタリーだよ。混同しちゃだめだ」

アンジェロは何やら思案深げだ。きっと月末まではうちの店に『ジーザス・キャンプ』が入荷されていることだろう。

俺たちは食事をしに出かけ、それから皆でうちに来て映画を観た。アンジェロはいつだって映画を観るのが好きなのに、今夜はなぜか気もそぞろだった。カウチで隣に腰かけていたのだが、その手がゆっくり俺の腿を這い登ってくる。

二人が帰るや、アンジェロは俺の手をつかみ、寝室へと引っ張っていった。

俺はアンジェロが服を脱ぐのを見ていた。ただ、見ているだけでうっとりしてしまう——なんでこんなに野生的で、エキゾチックなんだろう。最高に美しくて繊細なくせに、臆面もなく大胆な行動に出たりする。神々しいと同時に、あり得ないほど小悪魔的だったりする。そして官能的なオーラを生々しいまでに漂わせている。こんなすばらしい存在が近くにいて、どうしてこれまで気づかなかったんだ？　本当に何も見えていなかったのだ。

「どうしたんだよ？」ふいにアンジェロが話しかけてくる。いつもの生意気な口調だ。

「お前に見惚れてた」

いつものひねた笑みが浮かぶ。「見惚れてるだけで、脱ぐ気はないんだ？」

俺は苦笑した。「忘れてたよ」すぐさま服を脱ぐ。

アンジェロは引き出しからルーベを出すと、俺の腕をとり、自分のほうへ引き寄せた。俺のものはすでに固くなっている。アンジェロに口づけながら、彼のものに手を伸ばし、擦り始めた。アンジェロの手が俺に触れる。ルーベで濡れていた。それから耳元で囁かれる。「やってくれよ、ザック」

その言葉だけで、もう限界に達しそうだ。俺のものからアンジェロの手をそっと離し、高まりをなんとか抑える。もっとこうしていたいから——もっとアンジェロを味わい、感じ、二人で一体になりたいから。

アンジェロをベッドに座らせ、その前で膝をつく。アンジェロは俺にキスをし、指で俺の髪を梳《す》く。その手が頭にそっとのせられ、なんだか祝福を受けているような気分だ。

アンジェロのもう一方の手をとり、手のひらを上にして、手首にキスをする。その柔らかな肉をやさしく吸う。唇で、アンジェロの脈を感じた。信じられないほど興奮してしまう。そのまま手のひらまで唇を這わせ、舌先で小さな円を描いた。アンジェロが息をのむ。いつだって、全然音を立てようとしない。感じているのか、もっとしてほしいのか、時々わからないくらいだ。だから、はっきりした反応が返ってくるとすごくうれしくなる——こうやって髪をぎゅっとつかまれたり、息をひくつかせるのがわずかに聞こえたりすると。

そのままアンジェロをベッドに押し倒し、乳首を吸った。俺の髪をつかむ手に力がこもり、アンジェロが頭をのけぞらせる。もう一方の乳首も口に含み、舌で弄んだ。アンジェロの興奮が高まり、息が荒くなり、体を反らして腰を突き上げてくる。俺はアンジェロの脇に指を滑らせ、円を描くようにして徐々にそれへと近づけていく——決して触らずに。

「ザック……」小さな囁きだったけれど、欲望が膨れ上がっているのがわかる。

「うつ伏せになって」アンジェロは従った。俺は両脚の間を目指す。それにしても、なんてしなやかで美しい肢体だろう。アンジェロは深みのある肌色をしているが、睾丸の後ろの柔らかな部分はとりわけ色味が濃くて、それが割れ目のほうまでずっと続いている。その艶やかな道を舌で辿った。アンジェロが息を殺し、さらに両脚を広げる。穴の縁をぐるりと舐めた。何度も、何度も。アンジェロを焦らし、俺自身も焦らしながら。アンジェロの息遣いが不規則になる。ほとんどすすり泣いてるみたいに。尻をぐっと俺のほうに突き出してくる。舌を中に差し入れると、微かに息が震えた。それを聞くだけで俺までどうにかなりそうになる。両尻をつかんでぐっと開き、もっと舌を深く差し入れる。アンジェロは自分のものに手を伸ばそうとしたが、俺がさせなかった。激しく勃ったそれをベッドに押し付けようとしたが、俺が尻をつかんで止めた。できるだけ深く、深く舌を差し入れる。アンジェロの興奮がさらに高まり、必死でベッドにそれを押し付けようとする。興奮を少し静めるために。

俺は舌を抜き、口で穴を塞ぐとそっと吸った。小さな喘ぎが漏れ、俺はまた舌を差し入れる。アンジェロの手がさまよい出し、興奮した自分のそれをつかもうとする。俺は制し、両脚の間から手を滑らせた。手の中に収まるが早いか、アンジェロのそれは一気に興奮が高まっていく。じきに、達しそうだ。

「ザック……お願いだ」

俺もあまり保《も》ちそうになかった。すばやく体勢を立て直す。アンジェロに覆い被さり、ゆっくりと彼の中に押し入る。

まるで、楽園のようだった。懐かしい場所に帰ってきたような気がする。こんなにアンジェロを身近に深く感じたのは初めてだ。こうやってずっと、ずっとアンジェロの中に浸っていたい。アンジェロと熱く溶け合い、二人が一つになってしまうまで。一つの体、一つの魂――そして激しく打ち響く、二つの心臓。アンジェロの熱く燃えたそれを握りながら、自分のそれを深く突き入れる。アンジェロはシーツをぎゅっと握っている。微かに喘ぎながら、体を俺に向かって反らしてくる。俺の中で興奮がさらに高まり、広がり、あまりの激しさに、この身が裂けてしまいそうだ。アンジェロが息をのみ、そのままぐっとこらえた。達するとき、いつもそうやって息をつめるのだ。俺はアンジェロの髪に顔を埋めた。俺の下でアンジェロの体が震え、引き攣っている。俺の中の高まりは、激しく燃え、脈打ちながら、ついに爆発した。激しい勢いで俺の中を駆け抜け、俺を引き裂き、俺のすべてを根こそぎ奪っていった。もう、俺は存在すらしていなかった――たった一つ、アンジェロとつながっている美しく清らかな場所を除いて。

彼を握っていた俺の手が、放出物であふれる。アンジェロがようやく息をついた。呼吸が荒い。まるで何キロも走ってきたみたいだ。そして手を伸ばし、俺のもう一方の手を固く握ってくる。呼吸が落ち着くまで、俺たちはしばらくそのままでいた。それからアンジェロが静かに言う。

「あんたが相手だと、何もかもが死ぬほど気持ちいい。ザック、あんたもそうなの？」

「うん」

「どうして？」

もちろん答えはわかってる。でも、言うのをためらった。アンジェロの脇に手を滑らせ、肋骨が指に当たるのを感じる。それからうなじにキスをして、俺は囁いた。

「どうしてって、俺たちが愛し合ってるからだよ」

俺の手の中で、アンジェロが指をこわばらせる。でもすぐに力を抜くと、眠たげに言った。

「そうに違いないや」

それは、アンジェロが自ら、「愛」という言葉にいちばん近づいた瞬間だった。急に喉元に何かがこみ上げてきて、俺はぐっと息をのむとアンジェロを固く抱きしめた。

俺たちは絡まり合って眠った。でも数時間して目を覚ますと、アンジェロが服を着ているところだった。

「どこへ行くんだい？　真夜中だっていうのに」

アンジェロは体をこわばらせ、俺のほうを見ようとしなかった。「帰る」

「ここにいてくれたらいいのに」

アンジェロは何も言わなかった。ただ、俺に背を向け、出ていった。

そう、たいしたことじゃない――俺は自分に言い聞かせた。でも、ぽっかりと空いたベッドの半分が気になって、それ以上眠ることができなかった。

アンジェロ

コーダに来てもう二カ月になる。ザックと付き合っている——っていうことに、まだ慣れない。胸の中の鳥も、まだおとなしくできない。

ザックは俺のことを愛してるって言う。いつも、いつも。なのに言葉を返せない。俺だって、ザックと同じように思ってるのに。言葉にしようとすると——できないのだ。まあ、ザックは気にしてないみたいだけど。

仕事が終わると、ほとんど毎晩ザックの家に行く。ときどきザックは料理もするようになった。たいていは二人で映画を観るか、パズルをするか、でなきゃマットとジャレドと出かける。二人きりでずっと話をすることもある。ひと晩じゅうずっと、いちゃいちゃしたりセックスしたりすることもある。ザックと一緒にいたかった。ザックが相手だと、なんであんなに気持ちいいんだろう。愛があるとセックスもあんなに感じるなんて、全然知らなかった。

でも、毎晩、あの瞬間がやってくる。そのままザックのところに泊まるか、部屋に帰るか決めなきゃいけない瞬間だ。時々、あんまりつらくていやになる。ザックは泊まっていけばいいって何度も言ってくる。そうすると、俺の中のいまいましい鳥がばたつき出す。言われれば言われるほど、その場にいられなくなる。俺がどんなに頑張っても、ザックはもっと求めてくる——そんな感じだ。俺がザックにあげられるものなんて、これ以上何もないのに。

マットとジャレドとはよく一緒に過ごすから、二人のこともこっそり観察している。間違いなく、お互いぞっこんだ。でも面白いなと思うのは、二人とも「愛し方」が違うってこと。どっちが劣ってるってことじゃない。ただ、「愛」の種類が違うんだ。

ジャレドのは、腹いっぱい満たされて満足しきった「愛」だ。ほしいものは全部手に入れてしまったから、今はゆったりくつろいで二人の関係を楽しんでる感じ。よく恋人のことを、割れたハートの片割れみたいにたとえるけど、正直、そういう戯言はこれまで信じていなかった——ジャレドに会うまで。マットは本当にジャレドの半身だった。マットがどこにいて何をしているのか、いつだってわかってる。ずっと見張ってるからじゃない。無意識みたいだ。ただ、わかるっていうんだろうか。二人が一緒に料理しているところを見たことがある。キッチンのあっちとこっちで背中合わせに作業をしてるとき、マットが振り向いて何か手渡そうとすると、ジャレドはちゃんとわかってて、先に手を出していたりする。二人が知り合ってまだ一年半だって聞いているけど、マットがそばにいないジャレドなんて、想像がつかなかった。マットは間違いなく、ジャレドのハートの片割れだ。

マットがジャレドに抱いてる「愛」は、これとはまったく別ものだ。ジャレドみたいなどっしり構えた愛っていうよりは、一緒に過ごしながら驚いたり、気づいたりして育てていく感じ。マットのほうだけ見てたら、たぶんみんな二人が恋人だとは思わないはずだ。気の合う親友と一緒に過ごしてる、そんなふうに見えるから。でも時々、はっとジャレドを見つめ、隣にいるのはただの「親友」じゃないって気づく。ずっと探してた答えが急に見つかったみたいに。そんなとき、マットの顔は純粋な驚きでいっぱいになる。次の瞬間、磁石に引き寄せられるみたいに、ジャレドに手が伸びる。触らずにはいられなくなるのだ。本当にそこにジャレドがいるって確かめたいみたいに。

ザックが俺に感じてる「愛」は、マットがジャレドに感じてるのと近い。まあ、まったく同じってわけじゃないけどな。マットは、ジャレドが目の前からいなくなるかもなんて心配はしていないけど、ザックはいつだって俺がいなくなるんじゃないかと心配してる。ザックは馬鹿じゃない。きっとうすうす感じてるのだ。俺の中にまだ隠れてる、底知れない恐怖を。さっさとここから逃げるんだ、でないとあいつに傷つけられるぞ——って、しつこいくらい心の中でこだましてる小さな囁きを。

もちろん、そんな囁きには耳を貸さないようにしている。ザックはあんなに俺を崇めてるじゃないか。そういう意味ではザックの「愛」はなんていうか、宗教っぽい。俺のためだったら何でもするだろう。それなのに、心の囁きは時々、しようもないほど大きくなってしまうのだ。

二週間くらい前、俺はもう一つ別の仕事を見つけた。食料品店の荷入れ作業で、週三回の夜勤だ。ザックが嫌がってるのはわかってる。顔に出さないようにはしてるけど。俺が自分の居場所を作ることにザックは賛成してくれている。でも、そのせいで週三日も、夜一緒に過ごす時間を奪われた、とも思ってる。

ザックがそう考えるのももっともだ。

でも、週三日の夜勤のおかげで、俺の中のうるさい鳥はおとなしくなる。夜勤は楽というか、仕事がそんなにない晩もあって、今夜なんか、「もう帰っていいよ」と言われた。夜中の一時にだ。どうしよう、どこへ帰ろうか——。俺のベッドへ？　誰もいない場所へ？　まあ、ゲイシャはいるけど。

帰りたいのはそこじゃなかった。ザックの家に着いたとき、二時になろうとしていた。もちろん合鍵はもらっている。家に入り、寝室に向かった——ザックの眠る場所に。

服を脱ぎ、ベッドにそっと腰を下ろしたとき、ザックが言った。「おかえり」

「いいかな？」

「もちろん。来てくれてうれしいよ。毎晩だってこうしてほしいくらいだ」

またた。いつでも俺に「もっと」、「もっと」って求めてくる。急にムカついてきて、服を脱がなけりゃよかったと心底思った。そうしたら、今すぐここから出ていけたのに。

でも俺、どっちのことを怒ってるんだ？　いつも求めてくるザックのこと？　それとも、いつまでも怯えてる自分のふがいなさをか？

ザックに背を向け、ベッドに座ったまま俺は頭を抱える。なんて言えばいいんだ？

「どうかしたのか？」ザックの声は静かだったけれど、心配が滲んでいる。

急に例の鳥が暴れ出し、俺は膝の間深くまで頭を下げる。ほら息を吸え、吐け。

ザックのため息が聞こえる。二人の関係に嫌気がさしたんだろうか？　俺が嫌いになった？

ザックはベッドから出ると俺の前で膝をついた。体を起こすと、ザックがこちらを見上げていた。

「お前がここにいてくれたらいいのにって、それさえ言っちゃだめなのか？」

「ああ、不満だらけだよな」俺は苦々しく吐き捨てた。「こんな俺じゃ、満足できないだろうよ」

「そういう意味で言ったんじゃない」

「そういう意味だろうが」

「違う」ザックはどうにか冷静になろうと努めている。「そうじゃない」

「あんたの望むようにはなれないよ、俺」

ザックは首を横に振った。「お前そのものが、俺の望みなんだよ、アン」

「そうは思えないけど」

「くそっ！　よく聞けって！　だいたいお前のほうだろう？　俺が、お前の嫌がるものをほしがってるって考えてるのは」

　ザックはすごく怒っていたけど、怒鳴りはしなかった。相変わらず俺の前で膝をついたままだ。それもトランクス一枚の格好で。

「もうやめるんだ、アン。俺の言ったことを必要以上に勘ぐるのはやめろ。俺が『そばにいてほしい』って言ったら、それは本当にそう思ってるからだ。暗にお前がそばにいないことを責めてるんじゃない」

　そう言われて、ぽんと頭を叩かれたみたいだった。怒りがあっという間に消えていく。そんなふうに考えたことはなかったのだ。ザックに「そばにいてほしい」と言われるたび、ザックは怒っていると思っていた。ザックが、俺にはお構いなしで無理やり要求を通そうとしていると思っていた。でも、もしかしたら違うのかも。単純に、言葉どおりなのかも。ザックが俺に「愛してる」って言うときと同じみたいに。

「アンジェロ、これじゃあまるで、俺は卵の殻でできた山を登ってるみたいだよ。お前を目指してね。一緒に夜を過ごしたいと願っちゃいけない、お前の部屋には行っちゃいけない、お前がいなくて淋しい、それさえ言ってはいけないなんて。お前を苦しめないように、今にも壊れそうな道をなんとか登ろうと頑張ってる。でも、ちっともうまくいってないんじゃないかって思う」

そんなつもりじゃなかった。そんなふうに感じてたのか——ザックは。ちっとも気づかなかった。

「なんで、そんなの我慢できるんだよ、ザック」

「お前に心底惚れてるからだろ。でも、自分のせいでお前を失うのが怖いんだ。俺が一つでもミスをしたら、お前がどこかへ消えていっちゃうんじゃないかって気がして。まるでお前が、きれいだけど気まぐれな鳥か何かで、飛んで逃げていったらもう二度と会えない気がして」

俺は思わず苦笑した。「俺が鳥だって？」ザックときたら、俺の胸の中の鳥のことを知ってるみたいじゃないか。ずっと見ていたみたいだ。

ザックの顔にも微かな笑みが浮かぶ。でも悲しげな笑みだ。俺の手をとり、両手で包む。

「だって俺が近づけばお前はさっと逃げるだろう？　かといって鳥かごに閉じ込めたら、外に出たくて死ぬまで暴れてるだろ？」

「あんたにはロマンのかけらもないって思ってたけどな」

「死ぬほど愛してる、アン。お前は聞くのもいやだろうけど、でも——」

「違う」ザックの唇に指を当てて黙らせた。「聞くのがいやだなんて思ってない」本当だ。ザックにそう言われるのはうれしい。俺だってそう言いたい。でも、俺の中の鳥がめちゃくちゃに暴れ出してしまうのだ。

「ただ、俺——」言葉が続かない。なんて言えばいいんだろう。

でも、言葉は必要なかった。

ザックの両手が伸びてきて、頬をそっと包んだ。じっと瞳を覗き込まれる。

「いいんだよ」

「あんたが怒ってるって思うと耐えられないよ」

「わからないのか？　アン。そこが間違いなんだって。困ったな。だって、それで怒ったことなんか、一度だってないんだから」

「ほんとに？」

「本当に。お前を信じて、お前のペースに合わせようって思ってるから。ただお前も俺のことを信じてくれたら、とは思うよ。自分の気持ちを口にするたびに、お前が追い詰められてるんじゃないか、なんて考えるのはいやだからね」

ザックの言うとおりだ。俺はいつだって自分のことしか考えていなかった。ザックが必要以上に近づいてくると怖くて逃げ回っていた。

「ごめん」

「謝るなよ、アン。それから俺のことをそんなふうに怖がらないでくれ。いいね？」

「そうしようとしてる。これでも死ぬほど努力してるんだ」ちくしょう、涙が出そうだ。なんとか堪《こら》えないと。ザックの前で泣きたくなんかない。

「わかってる」

「だけど、あんなふうにはまだなれないよ」何のことを言っているのか、ザックは聞いてこなかった。たぶんわかってるんだ。俺がマットたちのことを言ってるのが。「でも、ああいうふうになりたいと思ってる――いつか。ほんとにそうなりたい」

「わかった」

「それまで待てる？」

「いつまででもね」

「俺に嫌気がさしたりしない？」

「まさか」

「あれ、また言ってくれる？」

「めちゃくちゃ愛してる」

「ザック」

「ん？」

「黙ってキスしてよ」

もちろんしてくれた。やさしくて、うんと甘いやつを。俺をそっとベッドに押し倒す――ただ、口づけを交わすためだけに。温かなザックの手が、やさしく俺のすべてに触れる。何も求めてこない。ただ、俺にこうして与えてくれるだけだ。もう一度、耳元でザックが囁く。「愛してる」って。そのとき突然、俺の中に聳え立っていた壁が――粉々に崩れた。気づいたときには、涙を流して泣いていた。泣きたくなかったけど、次から次へと涙がこぼれて止まらなかった。こんなに激しい感情が俺の中に眠っていたなんて、初めて知った。

ずっと思ってたのだ。ザックが本気で俺のことを愛してるはずがないって。

勝手に俺に理想を押し付けて、それを愛してるだけじゃないかって。

不安や恐怖、怒り、そういった感情が一気に噴き出して、俺はただザックにしがみつくしかなかった。ザックはそんな俺にキスし、俺をしっかりと抱き、涙が乾くまでそうしていてくれた。激しい感情はほとんど消え去り、あとにはたったひとつだけが残った。欲望だ。

俺はザックのトランクスを脱がせ、俺のも脱いだ。体を転がし、ザックの上に乗る。引き出しからルーベを取ると、ザックのものに塗った。

「お前は鳥なんかじゃない」急にザックが言った。

思わず顔がほろこぶ。「ああ、まったくな」

「お前はエンジェルだよ。きっとお母さんは知ってたに違いない。だからアンジェロって名前をつけたんだ」

「エンジェルがこんなことするかな？」言いながら、ザックを深く俺の中に沈める。ゆっくりと、ザックが俺を満たしてくれるのを感じながら。俺は身をかがめ、ザックにキスをする。が、ザックは少し顔を離した。

「アン、どこにも飛んでいったりしないよな？」

こんなふうにザックが俺の中にいるとき、胸の鳥は全然存在しなくなる。

ああ、俺も死ぬほどザックを愛してる。「もう一度言ってよ」

「愛してる」

「いや」

「いや、って何が？」

「いいや、俺はどこにも飛んでったりしないよ」

ザック

あの夜以来、二人の間にあったわだかまりはずいぶん消えた。アンジェロはびくつくような態度をあまり見せなくなった。毎晩うちに来ては、たまにそのまま泊まっていくようにもなった。ゲイシャまで俺の家に居つくようになってしまった。相変わらず俺を傍に寄せつけようとはしなかったが。

それでもまだ、週に一度か二度——ときにはそれより多く——アンジェロは逃げ出したいという発作に襲われた。俺は決して不満は言わなかった。ただ、戻ってきたとき、どれだけ会いたかったかと伝えるだけだ。すると決まってアンジェロは俺にキスをし、こう言うのだ。

「わかってる」

ＡｔｏＺのレンタル店のほうも順調だった。映画の在庫をもっと増やそうと、アンジェロは夢中になって、ネットでありとあらゆるジャンルを買い集めた。それから、シアターのほうも徐々に準備を始めた。プロジェクターを購入して設置した。店のレイアウトについては、ゆったりと座り心地のいいホームシアター風の座席を入れるか、カフェのようなテーブルと椅子を入れるか、一週間かけて話し合った。で、結局、両方採用することにした。正面にシアター風の座席を二列入れ、その後ろにちょっと高台を設えてカフェフロアにするのだ。食事を担当してくれるケータリング業者も見つけた。食べ物と酒類についての許可証は申請中で、まだ返事がきていなかったが、オープンは感謝祭の日と決めた。


そんなある水曜日、ひとりで店じまいをしていると、アンジェロから電話がかかってきた。

「今、マットのとこにいるんだけど、帰りに迎えに寄ってもらえない？」

月曜から木曜までは交代で店じまいをすることになっていて、その日、アンジェロは二時に店を出たのだった。

マットたちの家に着くと、ドアを開けたのはジャレドだった。

「二人とも、奥にいるよ」ジャレドが廊下の先を指さす。そっちの方向から、何やら奇妙な電動音が聞こえてくる。俺は廊下を歩いていった。

「いいか、気をしっかり持てよ」ジャレドが冗談めかして言ってくる。いったいどういう意味だ？　そう思ったのはほんの一瞬で、答えはすぐにわかった。

マットとアンジェロは浴室にいた。ドアは開いていて、アンがシンクに寄りかかっている。電動音の正体は、電気バリカンだった。今まさに、マットがアンジェロの髪を切り終えたところだ。長さを調節できるらしく、アンジェロの髪は、マットほど短くは刈り込まれていない。とはいえ、あの長い豊かな髪が浴室の床に無残に落ちているのを見るのは、かなりのショックだった。

「ほうきを取ってこよう」マットが俺の脇を通り過ぎる。おれは馬鹿みたいに戸口に突っ立って、アンジェロを見ていた。

アンジェロの髪はどこもかしこも、長さが三センチもないくらいで、パンクみたいに突っ立っている。

「ヘイ、ザック」アンジェロはうれしそうな笑みを浮かべている。「どう？」

俺も笑みを返した――だいぶ苦笑に近かったが。手を伸ばし、髪に触れる。これだけ短いと、前より髪が多くふさふさして見える。

「どうして切ったんだい？」

アンジェロは肩をすくめたが、まだ笑っている。

「いいじゃないか、ずっと長いこと切ってなかったし」

髪を切ったせいで、ますます若く見える。瞳の大きさが前よりずっと目立つし。黒くて長い睫毛に縁どられ、茶色い瞳がぐっと深みを増している。

「なんだ、気に入らないの？」それは気軽な質問で、見てくれを気にしての言葉じゃなかった。たとえ俺が「イエス」と言ったとしても、アンジェロは気にもしないだろう。

「いいや」

今すぐ頬に触れ、キスをして、瞳の奥を永遠に覗き込んでいたい。ああ、ここがマットたちの浴室なんかじゃなく、俺たちの家で二人きりだったらいいのに。

「気に入ったよ。これでお前の顔がいつもよく見える」

アンジェロが笑い出した。

マットがほうきを持って戻ってくる。俺は邪魔にならないよう少し外に出た。ジャレドも覗きにきた。ふさふさとしたブロンドの髪が顔のまわりで揺れている。

「いけてるじゃないか」ジャレドがアンジェロに言った。

アンジェロはジャレドにバリカンを差し出した。「はい、今度はあんたの番」

その瞬間のマットの素早さときたら——魔法でも使ったのかと思ったくらいだ。アンジェロの手からバリカンをひったくると、あっという間にプラグを抜いてしまう。

「髪を切ろうなんて、考えるのもなしだ」とマットが吠え、ジャレドは笑った。

帰るころになって、マットが思い出したように言った。「アンジェロ、ちょっと待て！」そのままいったん奥に姿を消し、しばらくして本を一冊持って戻ってくると、アンジェロに手渡す。「これが、前に話していた本だ。きっと気に入る。間違いないね」

アンジェロはあまりうれしそうではなかった。それどころか少し青ざめて見える。だが、マットは気づかないようだ。「返すのはいつでもいいから」

「ありがとう」そうは言ったものの、アンジェロの本心から出た言葉ではなかった。

家に帰る間も黙りこくり、マットが貸してくれた本をじっと睨みつけている。まるでそれが蛇か何かで、今にも牙をむくのではないか、とばかりに。

文字が読めないまま高校まで卒業してしまう子がいる、というのはよく聞く話だが、アンジェロがそうじゃないことはよくわかっている。確かに、十六歳で高校を退学したかもしれない。でも、だからといって、読み書きができないわけではない。DVDケースの裏に書いてある宣伝文句を読んでいるのを何度も見ているし、在庫表の記録や、俺あてのメモも普通に書いている。まあ、スペルミスはあるし、アポストロフィーの使い方なんか、なってないけれど。だからといって、文字が読めないわけではないのだ。

「話す気になったかい？」俺は聞いた。

「何を？」

「本のことだよ」

「話すことなんて何もないけど」

「わかった」

アンジェロがまだ悩んでいるのは確かだが、自分から話したくなるまで待つしかない。俺の家に二人で戻ると、俺はキッチンで夕食のラザニアを作りはじめた。週に何度か、こうして家で食事を作るようになった。ちゃんとしたキッチンのついた、ちゃんとした家がある——それだけでこんなに気持ちが上がるなんて、信じられないくらいだ。おまけに今夜はそばにアンジェロもいる。いい気分でワインを開け、グラスに注いでいると、アンジェロが入ってきた。

しばらくアンジェロは俺が料理をするのを見ていた。俺も何も言わなかった。パスタを湯から引き上げ、ソーセージを炒める。それでも何も言わなかった。とうとうアンジェロが口を開いた。

「俺、読めないんだ」

「そんなことないだろ？」

アンジェロが両手をカウンターに叩きつける。すごく子どもっぽくて、がっくり肩まで落としている。ここは笑うべきなのか？　それともそっと抱いてやるべきなのか？

「ほんとに読めないんだって」

俺は何も言わずに待った。だが、アンジェロはそれきり黙ってしまう。俺はすり下ろしていたチーズを置き、振り返るとまっすぐアンジェロを見つめ、カウンターに寄りかかった。

「借りてきた本を読みたくないのなら、読まなければいい。でも、勝手に読めないって思っているせいで読もうとしないのなら、そいつはどうかと思うよ」

アンジェロは眉をひそめてこっちを見ている。

そうだよな、わかりにくいよな。もっと働け、俺の脳。

ワインをぐいと飲み、どうにか昔の記憶を引っ張り起こす。

「ほら、ルーク・スカイウォーカーが初めてライトセーバーの扱い方を学んだときと同じだよ。ベンがルークにヘルメットをかぶせただろ？　目が見えないように、バイザーでしっかり覆ってさ。ルークが、『こんなの無理だ』とか何とか言うんだよね。でも、ベンを信じるって決めてやってみたら、うまくいったじゃないか」

ほらどうだ、とばかりに笑ってみせると、アンジェロもしぶしぶ笑みを浮かべる。

「ちょっとばかり映画の話ができたからって、鼻高々になってんだろ？　今」

俺は笑った。「ああ、そうさ。そのとおりさ」

だが、笑ったと思ったアンジェロの顔はすぐにまたしかめ面に戻る。

「マットに知られたくない。本が読めないってこと」

「どうしてそんなふうに考えるのかな？　よくわからないよ」

アンジェロはため息をつくと歩いてきて、俺に体を預けてくる。それから俺を見上げた。なんだか不思議な感覚だ。髪を切ったせいで、アンジェロの顔がよく見える。

「頭がよくないと、本なんか読めないよ」

「自分のこと、頭がいいとは思わないのか？」

アンジェロは首を横に振る。「だって、高校中退だし」

ようやく現実的な問題にたどり着いたか。アンジェロが本気でそう信じているとわかり、俺は胸がひどく痛んだ。

いつもだったら前髪をかき上げるところだが、その必要はもうなかった。俺はじっとアンジェロの瞳を覗き込む。

「どうやって話したらいいかな。ええと、まず第一に、本を読むのに頭のよしあしは関係ない。信じてくれ、本が読めるからって、必ずしも考える能力が高いわけじゃないんだ。第二に、頭のよさっていうのは、高校を出たとか出ないとか、大卒なのかとか、そういうのとはまったく関係ない。確かにアン、お前は高校中退かもしれない。でも、馬鹿なんかじゃない。むしろ、こういうのって――お前が得意なことに入るんじゃないかな」

「え？　本を読むのが？」アンジェロは混乱ぎみだ。

「本を読むのに限らない。物事を理解するってこと――それの深い意味について考えることがだ」

アンジェロは頭を振り、素直に言った。「言ってることがわかんないよ」

「オーケイ。具体的に話そう。この間一緒に観た映画、何だったっけ？　ほら、メル・ギブソンの」

「『サイン』？」

「そう。あれは何についての話だった？　っていうのも正直、俺にはよくわからなかったんだ。なんだか奇妙な話だなとは思ったけど」

「信じる心についてだよ」この世でこれほどはっきりしていることはない、といわんばかりの口調だ。

「え、本当に？」

「そうだってば」俺がなぜその映画について話し出したのか、よくわかっていないようだけれども、アンジェロは続けた。「ほら、主人公の奥さんがひどい事故で死んじゃうだろ？　でも、彼になんとかメッセージを残すことはできた。事故のせいで彼は信じる心をなくしちゃうけど、結局、そのメッセージのおかげで彼も家族も救われたわけ。ってことは、あれはひどい事故なんかじゃなかったのかも。だろ？　あれは起きるべくして起きたのかも。あのちっちゃい娘が、水の入ったコップでおかしなことをするじゃないか。でも、みんなが助かったのはその水のおかげでもある。そういう小さなことが、結局、みんなを救ったんだ。主人公の弟も言ってただろ？――それを偶然だと思うのは自由だ。でも、意味があると考えることもできるってね。で、主人公は最後に、信じる心を取り戻すんだ」

「アン。俺があの映画をどう思ったか、正直に言おうか？」

「うん」

「エイリアンの話だ」

アンジェロが吹き出す。「ええと、まあ、それもある——かなあ」

「ほら、つまりこういうことなんだよ。俺は高校でも英語の成績はよかったし、大学で文学の講義も受けてた。なのに、作品のテーマとか、象徴的意味とか、そういうごちゃごちゃしたことは全然理解できなかった。そんなのくだらない戯言だって思ってた。でも、お前はちゃんとわかってる」

アンジェロは俺の言葉を頭の中で転がしている。瞳の奥で、脳みそがフル活動を始めたのがわかる。

「大学を出てから俺が読んだ本なんて、たぶん片手で数えるほどだ。だから、お前が本なんか読む気がしないって思ったとしても、それで馬鹿にしたりなんか絶対しない。でも、読んでみればいいのにって思うよ。きっと読書が好きになる。新しい視野を広げてくれるんじゃないかな」

どうやらアンジェロを説得できたようだ。俺の言葉を信じる気になっている。

「第一章だけでも試しに読んでみなよ。気が乗らなけりゃやめればいいんだからさ。それで失うものなんかないだろ？　アン」

アンジェロの顔に笑みが浮かんだ。本物の笑顔だ。疑いの目つきはどこかに消え、見ていてうっとりするような笑顔だった。

「ザック……」

アンジェロが首に腕を絡め、俺の目を覗き込む。なんて言いたいのか、俺にはよくわかった。口が開き、今まさに言葉が出そうになったものの、喉にひっかかって出てこない、そんな感じだ。

俺はアンジェロに腕を回しキスをした。「うん。わかってる」

アンジェロが俺の胸に顔を埋める。お互い、しばらくそのまま何も言わなかった。それからふいにアンジェロは顔を上げて微笑むと、俺のボトムスを脱がせにかかった。すぐさま反応して俺は固くなる。アンジェロにキスしようとするが、さっとよけ、俺の前で膝をついた。そしてボトムスと下着を一気に下げたと思うと、次の瞬間、アンジェロの口がもう俺を包んでいた。

アンジェロほど口技に長けたやつはこの世にいないんじゃないだろうか——快感で目がくらみそうだ。俺にはこんなに深く、全部を口に入れることはできないが、アンジェロにはできた。おまけにずっと俺を吸い続けている。まっすぐ立っていられず、俺はカウンターの縁をぐっと握りしめて耐えた。こんなに深くまですっぽり口に入れていて、鼻なんか俺の毛に触れそうだっていうのに、アンジェロの舌は俺の先端の敏感な部分を執拗に弄んでいる。どうしてこんな離れ業ができるんだ？　片手をカウンターから泳がせたが、この手をどうしたものか迷った。

アンジェロに触れたい。でも、頭はダメだ。だからシャツをつかんだ。アンジェロの手は絶え間なく動いている。俺の腿を撫で上げ、尻へと滑り、腹を伝ってきてまた戻る――もう、どうにかなってしまいそうだ。アンジェロの温かな口、生き物みたいに動き回る舌――興奮がどんどん高まり、今にも達しそうになる。そう合図を送りたかったものの、呼吸が震え、それでもどうにかアンジェロの名を絞り出しながら俺は達した。

あまりの衝撃でしばらく何も考えられなかった。われに返ると、アンジェロが目の前に立ち、半ば俺の体を支えていた。いつの間にかシャツは脱がされ、アンジェロは俺の胸に唇を這わせている。片手でアンジェロを抱きながら、もう一方を彼のボトムスへと伸ばす。

「どうしてほしい？　アン。なんでも望みどおりにするよ」

そのときアンジェロが俺を見上げた。言葉でなんと言おうと言うまいと、そんなことはもうどうでもよかった――その瞳が全部、語ってくれたからだ。アンジェロはそっと俺の手を押し戻す。

「もう、してくれたよ」

ようやくラザニアが完成し、飲みかけのワイングラスとともに居間へ運んだ。アンジェロはカウチに座っていた。そして、本を読んでいた。

アンジェロ

日曜の朝早く、ザックのベッドで目が覚めた。眠っている間にお互い、端と端に移動していた。いつもみたいに。

毎晩ここに泊まっているわけじゃない。時々、自分の部屋に帰る必要があった。ここでの夜はひどくやっかいだ。ばたばたと騒ぎ立てる胸の中の鳥をどうにか鎮めて、ようやく眠る。でも朝は気楽でいい。目が覚めて、ザックの寝息をこうして聞くのがすごく好きだ。

ザックの寝顔をしばらく見ていた。目尻のあたりに、小さなしわができ始めている。この間、白髪を見つけたって言ってたっけ。笑ってたけど、少し気にしているようだった。

ザックのお父さんの写真を見たことがある。ザックと同じで髪は深い茶色だったけど、両サイドは白髪混じりだった。ザックもあんな感じになるんだろう。それでも今と同じくらいキュートに違いない。いや、かえって大人の魅力が増すかも。そうなったら死ぬほどセクシーだろうな。もちろん隣には俺がいるんだ。

体を近づけ、ザックをちょっとつついた。寝ぼけながらもザックの腕が俺に巻きつき、ぎゅっと抱き寄せられる。スプーニングってやつだ。スプーンをしまうときにみたいに、体をくっつける。なんて馬鹿らしい言葉だろう。口が裂けても言いたくない。でも、今の俺たちはまさしくそれで、正直、こうして過ごす朝の時間がすごく好きだった。ザックと俺がぴったり重なる感触がいい。ザックの穏やかな息が首筋にかかる感触がいい。でもってザックがようやく目覚めて、固くなったあれが当たってくる感触が、すごくいい。

ザックがまたリラックスするまで少し待った。呼吸がだんだん落ち着いてくる。それから、ほんのちょっとだけ尻をザックに押し付けた。

ザックが息を洩らす——最高にセクシーなやつだ。ため息と呻きが交じり合ったような響き。ザックの腕が俺の腰に絡まり、そっと押し返してくる。

「起こしたくなかったんだけど」俺は笑う。

ザックも笑っている。「嘘つきめ。起こしたかったんだろ?」もちろん、そのとおりだ。

俺はまた、尻をザックに押し付けた。ザックが反応し、本物の呻きを上げる。

「ま、このへんにしといてやろうかな。まだ眠いんだろ? 寝かせてやるよ」

ときどきこうしてふざけ合ったりする。互いに触れ合い、つつき合ってるうちに、そのままうとうとしてしまうこともある。でも今朝は違った。ザックはくっくっと笑う。

「そうはいかないね、エンジェル」ときどき、ザックは俺をそう呼ぶようになった。馬鹿みたいだ。でもそう呼ばれるたびに、なぜだか顔がほころんでしまう。

俺たちはしばらくそうして睦《むつ》み合っていた。それからザックの手が伸び、俺のトランクスを脱がせにかかる。自分のも。ゆっくりと体を転がされ、俺は腹ばいになった。背中じゅうでザックの重みを感じる。最高だ。

「アン」ザックの声は穏やかだった。「こうしてもいいか？」

ザックはいつでも聞いてくる。正直おかしかったけど、うれしくもあった。「うん」

引き出しからザックがルーベを取った。俺の背に体を乗せ、うなじに唇を這わせてくる。ザックの指が一本、俺の中に入ってきた。思わず息を止める。ザックが反応して呻いた。時々ザックはこうやって指だけで俺を弄ぶ。いちばん感じるところを執拗に攻められ、俺は自分のものをベッドに擦り付けながら達してしまう。でも、今朝は違った。

指が抜かれ、ザックのものが押し当てられ、入ってくる。ゆっくり――信じられないほどゆっくりだ。激しい突きは、なし。やさしく押し入られる。一度に少しだけつつく、そんな感じ。ザックがうなじに唇を這わせ、「愛してる」と囁く。わずかに、ほんのわずかにそれを押し入れながら。こんなの、拷問だ。俺のほうから突き上げて誘いたくなるのを必死でこらえた。そうしたときの快感を思うだけで、少し喘いでしまう。

「いいね。今のお前、すごくいい」ザックが言い、また少しだけ押し込む。

まだ途中までしか入ってきていないのに、俺はもう限界ぎりぎりだ。体が、薄っぺらになるまでぎゅっと引き伸ばされているような気がする。息もできない。最高に気持ちよくて、でもどうにかなってしまいそうで怖い。もっとやって、とザックに乞いたい気持ちと、激しく突かれてすぐにでも達したいという気持ちの間で乱れた。

「ザック」俺は囁いた。

「しぃぃぃ」またもゆっくりと押し込まれる。「こんなふうに」ザックの手がするりと滑り、俺の腹から股間へと向かう。「こんなふうに、お前をいかせてもいいか？」ザックが俺を握り、その手をほんの少しだけ動かす。「こうやるだけで」

「いい！」俺の声は激しく震えた。

「よかった」ザックが言う。「俺ももう限界だよ。アン」ザックの手が動き出す。そう、この感覚、この動き――どうすれば俺がいちばん気持ちがいいか、ザックはよくわかってる。そのときザックがまた少しだけ、中に押し入れた。それが限界だった。信じられないほど急激で――圧倒されるほどの解放感だ。俺はぐっと息をこらえた。あまりこらえすぎて、目がちかちかしてくる。体がザックのほうにのけ反り、ザックもまたこの瞬間に達した。

ようやく息ができるようになった。ザックはまだ俺の上で、うなじから肩へと唇を押し当てている。

「明日は、ちゃんと寝かせてやるよ」俺が言うとザックは笑った。

「それはいやだな」

ザックがごろりと体を転がしたので、俺はベッドから出た。ザックはまだそのままだ。あと一時間くらいしたら、起きて走りにいくだろう。でも今は、上掛けを頭の上まで引っ張り上げ、もうひと眠りするのだ。いつもそう。ザックのこういうところも俺は好きでたまらない。

それからしばらく、スウェット着のままカウチでごろごろしていたら、マットがドアを叩いた。音だけでわかる。絶対マットだ。ほかのやつはみんなドアベルを鳴らすから。いつも、ものすごい勢いで叩く。まるでドアに気に入らないところがあって、力任せに矯正してやろうとでもいうみたいだ。警察学校で習った裏技なのかもしれない。

ドアを開けると、やっぱりマットだ。わき柱に寄りかかっている。そばにはジャレドの姿もある。

「なんか文句でもあるわけ？」俺がそう言うと、ジャレドは少し驚いたみたいだ。でもマットは涼しげに眉を上げただけ。ちぇっ、俺のお遊びには全然のってこないんだよな。

「ほら、服を着替えて」マットは言い、俺を退けるようにして入ってくる。「暖かい格好がいいな」

「何だよ？　どこかに行くの？」

「教会だよ！」そう返してきたジャレドの口調は、大げさなくらい熱っぽかった。ジャレドが神とか信じていないのはよく知っているから、変な感じだ。「ほら、これを着てよ」そう差し出されたのは、デンバー・ブロンコスのＴシャツだ。

「え、どういうこと？」

「試合のチケットがあと一枚あるんだ」マットが言った。「ほら、早く。でないとキックオフを見逃しちまう」

寝室に入ると、ザックは目を覚ましていた。たぶん、あの「超・健康優良児」がドアをどんどん叩いたせいだろう。

「いったいマットは、こんな朝っぱらから何しに来たんだい？」

俺はベッドに上がるとザックの上に腹ばいになり、その目を覗き込んだ。

「今日、休みをもらってもいいかな？」そう言うと、ザックが笑い出す。俺が恋人じゃなくて、部下みたいに振る舞うのがおかしいのだ。もちろんザックはボスでもある。どっちの面も尊重してくれるのがうれしかった。

「まじめに聞いてよ。マットたちが一緒にフットボールの試合を観にいこうっていうんだけど、俺、今日シフトでしょ」

ザックは俺に腕を回し、首元に鼻をすり寄せた。「お前なしでも一日くらい生きていけるよ」

ザックの手が俺の背中を滑り、スウェット着のウエストゴムを通ってさらに潜っていく。俺たちの間にあるのは薄いブランケット一枚だ。ザックが少しばかり腰を押し付けてくる。ほんのついさっき二人でいったばかりなのに、ザックはもう復活している。完璧に。

「ほんとにいいの？」俺は言った。正直、今から試合に行くよりもっといいことがしたくなる。

「ああ、いいよ」ザックが囁く。俺をぎゅっと抱きしめるとまた少し腰を押し付け、いたずらっぽく笑う。「でも、この埋め合わせはあとでたっぷりしてもらうからな」

「うん、約束する」俺は微笑んでザックをじっと見つめた。マットが叫ぶ声が聞こえる。「おいおい、そのへんにしとけよ！　アン、もう行かないと。すぐにだ！」

ザックは笑い、俺を解放した。俺は着替え、もう一度だけザックにキスすると家を出た。ジャレドの車の後部席に乗り込み、デンバーへと出発する。

「急な話でごめんよ」とジャレド。「ブライアンと一緒に行くはずだったんだけど、風邪ひいちゃってね。それで、もしよかったらと思ってさ」

「それに」とマットが助手席から振り返る。「ブライアンときたらブロンコスがコルツにこてんぱんにやられると、すぐテレビのチャンネルを替えたがるようなヤツだからな」

ジャレドがマットを睨みつけたので、俺は苦笑した。

　会場から少し離れたところで車を停め、そこからスタジアムまでバスで出かけた。ジャレドが言うには、街なかに駐車しておくよりこのほうがいいんだそうだ。会場に着いて、俺は驚いた。インベスコ・スタジアムを見るのは初めてじゃなかったけど、こんなに近くまで来たことはなかったのだ。思っていた以上にでかかった。それに、スタジアムの周りがえらいお祭り騒ぎなのにもびっくりだ。

マットとジャレドは、ペイトン・マニングやらパス・ラッシュやら特別チームやら、ずっと話し続けているけど、俺にはちんぷんかんぷんだった。でも、どうでもいい。どのみちろくに話なんか聞いてなかったから。周りの連中を見ているのが面白かったのだ。そこらじゅう青とオレンジにあふれていて、なんだかサーカス会場みたいだ。スタジアム周辺一帯が不思議な力を秘めてるみたいで、歩いているだけで興奮してくる。

でも、会場に入って階段を上って、上って、上って、上るうち――気持ちが萎えてくる。えと――まだ上るわけ？　エスカレーターもあったけど、死ぬほど長い行列ができていて、マットもジャレドも見向きもしない。すたすたと階段を上っていくものだから、俺はついていくしかなかった。上へ、上へ、上へ。

「いったいどこに席があるんだよ」とうとう音を上げて俺は言った。

「五階だよ」とジャレド。「北側の真ん中だ。コーチズフィルム※はだいたいあそこから撮ってる。ものすごくいい席なんだ」〔※訳注：チームの首脳陣が試合を分析するためにカメラを据えて撮影したもの〕

「それに」マットが少し息を弾ませて付け加える。「安いしな」

ジャレドが笑う。「確かにね」

ようやく席にたどり着くと、手を上げ、ビールの売り子を呼び止めた。試合前のセレモニーも最高にクールだった。選手が出てきて、悩殺ボイスの女歌手かなんかが国家を歌った。

ジェット機が空中を舞う。南のほうから飛んできて、俺たちの真上を通り過ぎる。ものすごい低飛行で、風が起きるほどだ。轟音とともにスタジアム全体が揺れる。観衆が大きく吠える。それだけでもう、鳥肌が立ってしまう。

　ついに試合が始まった。フットボールにはそんなに詳しくないから、目の前で何か起きているのかよく理解できなかった。誰かが教えてくれたらいいんだけど、誰にも話しかけられない。俺とマットの間にはジャレドが座っていたけれど、ものすごく試合に熱中していて、むやみに話しかけないほうがよさそうだ。じゃあ、反対側に座っているいかれたおばさんに聞くか？まさか、勘弁だよな。顔じゅうオレンジと青でペイントしていて、プレーを見ながらずっと叫びまくってる。正直ちょっと怖い。マットが隣だったらよかったのに。マットもフットボールファンだけど、今日は彼のチームは出ていない。マットなら、ゲームの状況を少しくらいは教えてくれるはずだ。

　ハーフタイムになった。「ずいぶん苦戦してるな！」マットがうれしそうにジャレドをつつく。芝居がかった不敵な笑みを浮かべて。「お前のおごりになりそうだ」

　ジャレドは呻いたが、双眼鏡をマットに預けるとビールを買いに立った。見ると、マットは望遠鏡でフィールドのあたりを覗いている。

「なに見てんの？」と俺。

「チアリーダーだよ」双眼鏡から目も離さずにマットが答える。「ほかに何を見ろっていうんだ？」

まったくだ。見下ろすと、フィールドのエンドゾーンでチアリーダーたちが踊りまくっている。

「それ、まじめな話？」俺は尋ねた。

今度はマットは双眼鏡を下ろし、こっちを見た。まるで俺がすごく馬鹿な質問をしたみたいな顔だ。たとえば、「お化けってほんとに『ばあ～』って言うの？」とか。

「そうさ。どうして？」

「つまり、女の子たちを見てたってこと？」

マットの頬が少しばかり赤くなるが、返事はなかった。ジャレドと付き合うようになるまで、マットがストレートだったことは知っている。でも、ジャレドと一緒にいるって決めた時点で、マットは俺たちみたいに――つまりクィアになったんだと思ってた。これから先、もしかしたらマットがまた女を好きになる可能性があるなんて、考えもしなかった。

「男のことは、そういうふうに見たりしないわけ？」俺は聞いた。

マットは席に寄りかかり、首を横に振る。「見ないな」

「ジャレドはどうなのさ」と俺。

「どういうことだ？」

「ジャレドのことは見てるじゃないか」

マットは肩をすくめる。「それとは別だ」

「どう違うの？」

「つまり、だ」マットがビールびんのラベルを剝がしはじめる。気持ちが落ち着かないとき、マットはいつもこうするのだ。「俺はあいつと付き合っている。それに、あいつは特別だから」

「ジャレドに魅力を感じてるんだろ？」

マットがじろりと横目で見てくる。怒ったみたいだ。それからまたラベル剝がしに戻る。

「そんなこと、知ってるだろうが」

「ジャレドを見るのも好きでしょ？」

「もちろんだ」マットの声が剣呑《けんのん》になってくる。このへんでやめておこうか？　いや、もうひと押しだ。

「ジャレドってそそられるもんね」

マットがさっとこちらを向く。ものすごい速さだ。むち打ちになるんじゃないだろうか。

「なんだと？」

「ジャレドがセクシーだってこと。わかってるだろ？　サーファーみたいにかっこいいしさ。自転車のおかげでものすごくいい体してるし。それにあの笑顔。そばかすもたまんないね」

俺が話せば離すほど、マットが落ち着きをなくしていくのがわかる。それどころか、めらめらと怒りを募らせてもいる。いつもクールなマットがこんなふうになるなんて、初めてだ。これ以上はまずい、と思いつつも、初めてマットの弱点を見つけた気がして、もう少しつついてみずにはいられなかった。

「ねえ、ジャレドって体じゅうにそばかすがあるわけ？　ジャレドってお尻もキュートじゃん？　背中にもそばかすがあるんだとしたらきっと――」

「なんだと？　おい！」マットが俺を遮った。怒鳴っていないけれど、顔を赤らめている。間違いなく怒っている。「あいつのことを、そんなふうに言うのはやめろ」

「そんなふうにって、どんなふうに？」俺はしれっと聞き返す。

マットは少し言葉に詰まった。どう言ったらいいのか困ったみたいだ。ようやく言い返してくる。

「あいつのこと、よく見てるんだな」

俺は苦笑した。「もちろんだよ。それが？」

「それが――ってなんだ？　おい――あいつに手を出すな」

「ただ見てるだけじゃないか」

「ええと、じゃあ、見るな！」

「まさか、俺がジャレドを横取りするかもって思ってるわけ？」

マットはぷいとフィールドに視線を戻し、座席に体を深く沈める。それきり何も言わない。おかしくて笑いたくなるのを必死でこらえた。そこへジャレドが戻ってくる。俺たち二人を交互に見て、マットが今にも耳から湯気を噴きそうになっているのに気づいたんだろう、「どうかしたの？」と聞いてくる。

「別に、ただマットに言っただけ――」

「なんでもない！」マットがぴしゃりと言う。

ジャレドがこっちを見てくるので、俺はにやっとした。「うん、なんでもない」

ジャレドはなんだか面白そうな顔で俺たちにビールを差し出すと、真ん中の席に座ろうとした。そのとたん、びっくり箱みたいにマットが飛び上がる。「だめだ！」

ジャレドの動きがぴたっと止まる。半分座りかけた状態で。我慢できなくて、俺は笑い出した。

「何なんだよ？」とジャレド。

マットは急に取り乱したことを後悔しているみたいだったけど、気を取り直して続けた。

「こっちに座ってくれ」とジャレドに自分の席をさす。「俺がアンジェロの横に座る」

ジャレドはなんだかわけがわからないという顔をした。まあ、それもそのはずか。マットが俺に腹を立てているのは明らかなのに、俺の隣に座るなんて言い出すんだから。でもジャレドは何も聞かず、席を交換した。

真ん中の席に腰かけながら、マットが睨みつけてくる。俺とは口を聞きたくないようだったから、俺も話しかけなかった。ビールを飲みながら、黙ってマットの様子をうかがった。

変化はすぐに現れた。マットがちらりと横目でジャレドを見ている。ちょうど選手たちが戻ってきたところだったから、ジャレドの目はフィールドに釘付けで、全然気づいていなかった。でも、俺は気づいた――マットが驚いたような、すごいものでも見つけたような顔をしたことに。そう、いつものあの顔つきだ。どれだけ自分がジャレドを愛しているか、今さらながらに思い知った――そんな顔。マットの手が伸び、ジャレドの髪をそっとつかむ。耳元で何か囁いた。ジャレドが笑みを浮かべ、顔を赤らめる。ジャレドってば、なんていうか、正直いって――ほんとにめちゃくちゃキュートだ。マットが手を離し、座席に深く収まる。

それからちょっとため息をつくと、しかめ面で俺を見た。

「この、くそ野郎が」

でもその言い方は冗談っぽくも聞こえた。いつものクールさが戻ってきたみたいだ。

「わかってる」

俺はしばらく何も言わなかった。マットがもう少し機嫌を直してくれるまで、待った。それから聞いた。「からかっただけだってば。だろ?」

ため息。マットが観念して言った。「わかってる」

「それにしても、まんまと餌に引っかかったよね」

マットがぐるりと目を回す。「ああ、そのとおりだな」

「でもさ、ジャレドはあんたに死ぬほど夢中で、ほかの男なんか目もくれやしない。だろ?」

マットの顔に少しだけ笑みが浮かぶ。「ああ」

「もし俺がジャレドにちょっかいなんかかけたら、たぶん俺のこと、本気でぶちのめすよな。その重量級の体でさ」

ようやくマットがこっちを見て笑う。『たぶん』は不要だ」

俺も笑った。「じゃ、これで仲直りってことで」

マットが動揺するところを見たいと思ったのは本当だけど、正直、マットにはもう怒ってほしくなかった。

「ああ、そうだな」マットは試合に視線を戻しながら言った。「仲直りだ」

それきり黙ってフィールドを見ていた。ビールを飲みながら。ふいにマットが俺の肘をつつく。

「そうだ、アンジェロ」

「え？」

「そばかすはそんなにないぞ。でも、でっかいタトゥーを入れてる。肩甲骨の間にな。お前のよりでかいんじゃないか？」

「えっ？　ジャレドが？」信じられなくて聞き返す。

「ああ」

「どんなやつ？」

マットが悪ガキみたいに笑った。「ふん、教えるか」

俺は苦笑した。「でもホットだろうな。だろ?」

マットがウインクする。「教えてやるかってんだ!」

こうして後半戦が始まった。マットとも話せる。よかった——これでルールのこともいろいろ聞けるぞ。

＊

試合が終わり、帰りはマットが運転した。ジャレドは俺に助手席を譲ってくれた。試合中、いちばんビールを飲んだのがジャレドだった。後部席にどさっと収まると、デンバーを出るより早く眠ってしまった。

「感謝祭の日には、ザックと一緒にリジーの家に来るのか?」マットが聞いてくる。

コーダに越してきて以来、リジーの家には毎週のようにディナーに招《よ》ばれている。最初はいやだった。絵に描いたみたいに完璧な、ジャレドの家族と一緒に過ごさなきゃならないからだ。リジーにはいろいろ世話を焼かれるし、ジャレドのお袋さんもマットのお袋さんも、しつこいくらい話しかけてくる。最初は俺だけ行くのを断った。でも、そのせいでザックがどんなにがっかりしているかに気づいた。ザックはうまく隠そうとしたみたいだけど、そういう小細工ができないたちなのだ。だから今は一緒に行くようにしている。

　でも、ここ最近は、あまり悪くもないなと思うようになってきた。リジーと二人のうるさい、ママたちにも、やっと慣れてきたってことだろう。どうやって場に溶けこめばいいのかもわかってきた。でも、いちばんの理由は、ジャレドの家族が思ってたほど完璧じゃないってわかったせいだ。うまく説明できないけど、そんな単純な理由で、世界ががらりと変わったのだ。みんな、つまらないことで口喧嘩もするし、いやみを言い合ったりもする。この前なんか、マット・ママがずいぶんなことを言い出した――やっぱり自分の孫がほしい、とかなんとか。それを聞いてどれだけジャレドが傷つくか（だって責められてるみたいだよな？）わかってなかったんだと思う。ジャレドは席を立ってしまって、ジャレド・ママがマット・ママをたしなめた。マット・ママが泣き出したもんだから、リジーが間に入ってなだめた。ザックと俺だけ、大騒ぎの中にぽつんと取り残されたような気分だった。

　でも結局、ちゃんと騒ぎは収まるんだよな。リジーがデザートを出すころには、みんな笑顔が戻ってたっけ。

　つまり、そういうこと。

　何があっても、いつだって互いを許し合ってる。

　マットがまだこっちを見ていた。俺の返事を待っているのだ。俺は答えた。「うん。行こうと思ってる」

「よかった」マットがウインクしてくる。「お前がいれば楽しいからな」

俺を来させようと思ってそんなことを言ってるんだ。俺は返事をしなかった。

「お袋さんとはうまくいってるの？」代わりにそう尋ねた。

マットは驚いたようだ。いきなり話題を変えたからだろう。でも答えた。「まあ、そうだな。いつもってわけにはいかないが。まだ親父と別れていないしな。でも、前よりはましになった」

「過去にいろんなことがあったのに――まるでなかったことにしちゃうわけ？」

マットが肩をすくめる。「まあ、できるかぎりそうしたいと思うね。許して、忘れる。だって結局のところ、自分の母親なんだから」

「親父さんはどうなの？　確か、ずっと連絡してないんだよね？」

マットはなぜか少し面白そうな顔をしてこっちを見た。「そうだな、これからどうなるかは、向こうしだいだな」

「なんで？」

「理由はたくさんある。でも最大の理由はジャレドだ」

「親父さん、ジャレドのことが嫌いなわけ？」

「ジャレドと俺が恋人だってことが気に入らないんだ」

「じゃ、もし親父さんがそれを受け入れたら、許してあげるの？」

マットは今度は本当に不思議そうな顔をした。「何かあったのか？　アンジェロ」

俺は肩をすくめ、ぷいと横を向いた。デンバーを抜け、山道に入っていく。山の木々が窓の外を飛ぶように流れていく。

「お袋さんに連絡してみようと思ってるのか？」

俺は答えなかった。くやしいけど、マットは俺のことをよくわかってる。

「お袋さんは最初の一歩を踏み出した。言わせてもらえるなら、ずいぶん勇気がいったと思うね」

「そんなこと、言わせてやったつもりはないけど」

もちろんマットは俺の挑発になんかのらなかった。俺が何も言わなかったみたいに話し続ける。「まあ、なかなか癒えない傷っていうのは確かにあるさ、アンジェロ。お袋さんのことを今すぐ許す必要はない。でも、お前の母親なんだ」

返事をしないでいたら、急に腕を叩かれた。俺がちゃんと話を聞いているのか確かめたかったのだ。仲間うちで軽くつつき合う、本人はそんなつもりなんだろうけど――痛いってば！

絶対明日、痣になってるよ、これ。

俺はゆるゆるとマットを見た。目が合う。マットが言った。「もう一度、お袋さんにチャンスをくれてやったって、何も損はしないぞ。だろ？」

こういうのを、百万ドルの賞金に値するような難問っていうんだろう。

俺には答えられそうになかった。

「知ってた？　ジャレドって、マットの初めての男なんだってさ。それまではみんな女の子だったらしいよ」

俺たちはベッドに寝転んでいた。アンジェロは俺の胸に顎をちょこんとのせている。

そういえばアンジェロ、フォーク・フェスで言っていたっけ——マットは今まで会った中でいちばんストレートっぽいクィアだって。クィアという言葉、俺は自分では使ったことはなかったが、アンジェロの言いたいことはわかる。

「へえ。なんだか納得だ」

アンジェロはしばらく何やら考えていたが、ふいに尋ねてきた。

「女の子と付き合ったこと、ある？」

思わず驚く。「まあね。短い間だったけどさ。高校と大学のとき、何人かと寝たな」

「でも、やめたわけ？」

アンジェロがあまりにも真剣なので、笑いをこらえた。「うーん、そんなとこかな。男のほうがやっぱりよかったから。でもまあ、女の子も悪くはなかったよ」

　ますますアンジェロが思案深げになる。「お前は一度もないの？」と聞くと、首を横に振る。

「じゃあ、ずっとゲイだっていう確信があったんだな」

　アンジェロは肩をすくめた。「たぶんね」それきりしばらく黙ってしまう。「最初のやつと会うまで、そんなこと、考えてもみなかったっていうか。ほかにも考えなきゃならないことがあったしな。家から家へともらわれて、学校だって何度も変わった。せっかく慣れたと思ったら次の学校でさ。友だちなんかできなかった。クラスじゃいつもカス扱いだったしね。里子だってだけで教師なんか最初から偏見丸出しで。こっちがまともにやるチャンスもくれなかった。どこの学校でも、必ずマッチョな馬鹿が見せしめみたいに喧嘩をふっかけてきた。こっちはまだ喧嘩の仕方も知らなかったのに。いや、違うな――どうやって喧嘩を避けるかを知らなかったんだ。おまけに今より小さかった。そんなこんなで、俺は与えられた居場所で身を潜め、静かにしてるしかなかった。男とか女とか、そんなこと考えてる余裕なんかなかった。

　十六になったとき、また新しい家に世話になった。そこん家《ち》で、ボビーっていう新しい兄弟ができたんだけど、確か十七歳で、俺たちは一緒の部屋を使うことになった。ある朝目覚めたら、背中越しになんか聞こえてきてさ――隣のベッドでボビーが自分でやってたんだ、ほら、いいあれを。こっちもすごく興奮してきて、くるりと寝返り打ってじっと見てたんだよね。ボビーは俺が見てるのを見て、きっと俺が興奮してるのがわかったんだろうな。ブランケットをめくって全部見せてくれた。もう、めちゃくちゃ興奮したね。ボビーがいったとき、俺までいった。自分のに触ってもいないのに。

その日の夜、ベッドに入るとボビーがまたやり始めた。で、『お前もやれ』って言うんだ。俺たちは互いを見ながらやった。次の朝もだ。その次の夜も。でもそのとき、ボビーが俺のベッドに入ってきた。お互い抱き合ったりして、でも自分のものは自分でやってた。それでもじゅうぶん興奮したけど、突然ボビーが俺のを握ったんだ」

話しながら、アンジェロはだんだん紅潮してきた。固くなった彼のものが俺の脚に当たってくる。

「たぶん俺、触られてから二秒ももたなかったと思う」アンジェロは俺を見上げると、目を閉じた。俺の顔を見るのが恥ずかしいみたいに。「あれから十一年たったけど、初めて触られたときのあの感触は、今でも忘れられない」

「それって全然悪いことじゃないだろ？　アン」

アンジェロが目を開ける。「いや、あんたに悪い気がする。罪悪感っていうのかな。だって思い出すと今でもむらむらしてくるし。そんなのだめだよ、あんたと付き合ってるのに」

俺は微笑んだ。「馬鹿言うなって。俺だって話を聞いただけでむらむらしてくるよ。そこにいなかったのに」それを聞いて、アンジェロは少しほっとしたみたいだ。

「ボビーのこと、愛してたのかい？」

「まさか。友だちとかそういうんじゃなかったし。だいたい、ほとんどしゃべったこともなかったんだぜ。ただ、やり合うだけで」

「彼が最初の男？」

「最初のセックスってこと？　いいや、ボビーとはやらなかった。それ以外のことは全部やったけどな」

「で、どうなったの？」

「二週間くらいして、ボビーのお袋さんに見つかっちゃったんだ。そりゃあもうえらい剣幕で怒鳴られたよ。気色の悪い変態呼ばわりだ。朝いちばんで社会福祉局に電話をして、俺を追い出すって。正直、家を移るのはもうこりごりだった。それでさっさと荷物をまとめて家を出たんだ。あれきりボビーとは会ってない」

アンジェロがこうやって自分の過去を話してくれるたび、俺は——胸が詰まってしまう。これからもずっとそうだろう。なんでもないことみたいに話しているが、すごく傷ついているのがわかる。アンジェロの傍に立ち、味方してくれる人が誰もいなかったなんて——。

「アン。ほんとにつらかったな」

「まさか。どこが？」アンジェロは肩をすくめ、少しだけ笑ってみせる。「だって、俺なんか気楽なもんだぜ。ボビーはあのあと大変だったろうけどな。お袋さんになんて言い訳する？　家族にカミングアウトとか、そんな経験、俺はしないで済んだからさ。だいたい、自分がクィアかどうか悩む、みたいなアイデンティティの危機だって経験したことない。俺は俺なんだし、自分の好きなことはよくわかってる。そういうこと」

しばらくまたアンジェロは黙り込んだ。それからこちらを見る。

「ボビーのことを聞いて、いやな気分にならなかった？」

「いいや。ただ、それが最近のことだったら、ちょっと気になったかもな。でもずいぶん前の話じゃないか。それに会ったときからお互いヴァージンじゃないのはわかってた。だろ？　いろいろあって当然だよ」

アンジェロの顔が曇る。俺の体を這いのぼってきて、目と目を合わせた。

「あんたのは聞きたくない」

「わかった」

アンジェロが荒々しく唇を重ねてくる――これまで以上に激しく。それから、かすれた声で言った。「あんたはもう、俺のものだ」

「お前が思ってる以上にだ、アン。こんなに誰かを愛したことなんて今までにないよ」

アンジェロが返事に困って躊躇している間に、俺は固くそそり立つ彼のものに手を伸ばした。

「何が望みだい？　アン。お前のやりたいようにするよ」

アンジェロの瞳に欲望の炎がともった。いつもよりも野生味が増し、傲慢さが漂っている。声はもっとかすれ、ぐっと俺の瞳を覗き込んでくる。

「なんでも？」

もちろんだ。アンジェロに望まれてできないことなんて何もない。俺は躊躇なく頷いた。

アンジェロの中で、何かが弾け飛んだ。急にぐいと体を押され、うつぶせにされた。今までアンジェロがトップになったことはなかった。俺のほうはいつ代わってもよかったのだが、アンジェロがトップに興味を示したのはこれが初めてだ。がたがたとせわしげに引き出しを開ける音がする。ようやくルーベを見つけ、屹立する自分のものに塗る。俺は尻をつかまれ、四つんばいにさせられた。そして何の予告もなく、アンジェロが押し入ってきた――激しく、一気に。アンジェロは決して太いほうではなかったが、長かった。俺はなんとか力まないようにと努めた。

俺の中に深々と埋まったまま、アンジェロはしばらく動かなかった。俺の背中にのしかかり、獰猛に唸る。「あんたは俺のものだ、ザック」そして俺の肩にかぶりつき――首に近いところだ――勢いよく吸った。あまりの痛みに息が止まる。でも、それだけじゃない。まるで導火線に火を点けられたかのようだ。その火がじわじわと俺の中に潜り込み、体じゅうを炎で焼き尽くす。アンジェロはまだ深々と俺の中に自身を沈めている。俺は喘ぎ、自分のものへと手を伸ばすが、アンジェロに止められる。

「だめだ」

俺は呻いた。「アン……たのむ」

「だめだ」アンジェロの舌が背骨の一番上を舐める。その手は腹のほうへと下りてくるものの、ぱんぱんに膨れた俺のものには触れもしない。アンジェロの口がもう一方の肩へと移動し、また噛んだ。甘い激痛に身を貫かれる。俺は息も乱れ、もっと快感がほしくてアンジェロのほうへと腰を突き上げようとした。肩を噛まれた激しい痛み——それに見合うだけの快感がほしくて。だが、アンジェロはまだそのままだ。ようやく俺の肩を解放する。「言えよ、ザック」

「俺はお前のものだ」

ようやくアンジェロが体を浮かせた。アンジェロの指はまださっき塗ったルーベで濡れていて、俺のすぐそばまで滑るように辿ってくる。思わず、声を上げてしまう。アンジェロは俺に触れて何度か擦ると、すぐに手放し、腰を動かし始める。ゆっくり焦らすように。もう、自分の体を支えていられなかった。肘をつき、頭をベッドに押し付け、どうにかもちこたえようとした。アンジェロは奥まで突き入れるとほとんど全部抜き、またも激しく突き入れる——その勢いに合わせ、俺のものを手で刺激しながら。あれほどの苦痛と焦らしのあとでは、もうこれ以上もちこたえられそうになかった。アンジェロの拳は誘い水で濡れ、俺の中では激しいうねりが今にも暴発しそうになっている。

「ああ、アン——」

「まだだ、ザック」

俺はなんとか耐えようとして——思わず喘ぎ声をあげた。それが引き金になったみたいだっ

た。アンジェロが狂ったように突き入れてくる。俺はシーツをつかんだ。なんでもいい――しがみつくものがほしかった。だが、アンジェロは俺をベッドに押し付ける。何度も激しく突きながら。彼の手もまた激しさを増していき、再び肩に歯を立てられる。俺は叫んだ――もしかしたら心の中で、だったかもしれない。その瞬間、俺の中でアンジェロが激しく脈打つ。俺もまた――達した。目もくらむような快楽の波が押し寄せ、あまりのすごさに打ち倒される。目の前で、本当に星がチカチカと瞬いて見えた気がした。

俺はシーツを半分以上剥がしてしまっていた。剥き出しのマットレスに頭を沈める。自分の精液まみれになったまま、体を伸ばした。そんなのはどうでもよかった。動けない。何も考えられない。真っ白だ。このまま眠りに落ちてしまいそうだ。

アンジェロはまだ俺の上にいた。俺の肩に頭をのせ、そっと囁く。「俺のものだ」

「ああ」俺も囁き返す。

アンジェロが息を吐き、ほっと体の力を抜いたのがわかった。俺のうなじにキスをすると、穏やかに軽い調子で言った。「俺はあんたのものだ、ザック」

俺は「知ってる」というのが精一杯で――そのまま眠りに落ちた。

＊

翌朝、目覚めると、アンジェロはすでに起きていた。カウチに腰かけ、本を読んでいる。膝にゲイシャをのせて。俺を見るなり、案の定ゲイシャは膝から飛び降りて部屋から逃走した。俺はカウチによじ登ると空いたアンジェロの膝に頭をのせ、体を伸ばした。見上げると、アンジェロは目を閉じている。

「今日はシーツを洗濯しないとな」と俺。

アンジェロの顔に笑みらしきものが浮かぶ。目を開け、おずおずと俺を見た。

「怒ってる？」

「冗談だろ、アン。まったく逆だよ。まさか、ゆうべのことで悪く思ってるのか？」

「少しね」

「そんな必要ないよ。それより謝るのは俺のほうだ。終わったあとですぐ寝ちまうなんて、最低にもほどがあるからな。やさしく抱きしめたりとか、やっぱりそういうのが大事だろ？」

アンジェロがいつものひねた笑みを浮かべる。「俺は女じゃないぞ」

「ああ、ゆうべ俺の後ろで暴れまくってたのが女だとは絶対思えないね」

そう言うとようやくアンジェロが笑顔になった。

「今度は昔の男の話でもしてみるかな？　いちばん刺激的なやつをさ。そうしたらお前がまた嫉妬に狂って暴れてくれるかもしれないから」

アンジェロが頭を振る。「まだ、鏡見てないの？」

「うん」

「あんたが襟付きのシャツばっかり着ていてよかったよ」

俺は笑った。「お前が小《ち》っこくてほんとよかったよ」

アンジェロが俺を床に転げ落とした。笑いながら。

＊

翌日の午後、帰宅してみると留守番電話が点灯していた。誰かからメッセージが入っている。再生ボタンを押し——鍵を床に落とした。低くてセクシーで、聞き慣れた声が流れてくる。

『やあベイビー。ど田舎での生活はどうだい？　電話したのはお前に伝えたくてね——俺の気が変わったって。戻ってきてほしい。あの店に。家賃は今までどおりでいい。電話を待ってる。見返りは要求しない、約束する』

メッセージが終わっても、俺はそのまま石のように立ち尽くしていた。トムの言葉を頭の中で反芻しながら。

戻れるんだ。

俺のあの店に。古いアパートに。もとの暮らしに。

確かに、戻ることはできるだろう。

　でも、なぜ戻らなきゃいけない？

　あまりにもばかばかしくて、気づいたら大声で笑っていた。街での暮らしがどれほど惨めだったか、思い出したのだ。退屈で、ただ時間だけが無為に流れていく毎日。まったくの孤独。夢も将来の希望も何もない生活。店の景気が悪くなっても、どうにかしようとさえしなかった。しかもそうした生活を送る以外に選択肢はない、とまで思っていたのだ。

　ある意味では、今だって何も変わっちゃいない。新たに店を始めたとはいえ、永遠に続くものではないとわかっている。コーダに住むのはほんの数年かもしれない――もしかしたら三年もいないかもしれないし、十年近くになるかもしれないが――せいぜいそれくらいだろう。でもこれまでと違うのは、そういうことが気にならなくなったことだ。次に何をすべきか、必ずしもはっきりしているわけではないものの、知る必要もなくなった。

　わかっているのはこれだけ――俺にはアンジェロがいる。二人でどこへでも行けるし、何だってできる。

　これまでの人生は、救命ボートで波間を漂いながら、嵐が来て海の藻屑《もくず》となるのを虚しく待ってるみたいなものだった。でも、そうはならなかったのだ。俺はこうして助けを得たのだから。

　その瞬間、アンジェロが入ってきた。

「ねえ、ザック。今から――」

俺はまだ笑っていた。アンジェロは何か言いかけてやめ、にやりとする。

「どうしたんだよ?」

俺はアンジェロの体をつかみ、ぎゅっと抱きしめた。

「愛してる」アンジェロの短く突っ立った髪に顔を埋めて囁く。

アンジェロは笑ったけれど、ちょっとぎこちなかった。俺が頭のいかれたやつみたいになっているせいで、とまどっているんだろう。

「わかったよ」

俺は体を離してアンジェロの目を覗き込んだ。

「どこへ行こうか?　アン」

アンジェロは例のひねた笑みを返してくる。「いったい何の話だってば、ザック」

「どこへ行きたい?　世界中のどこでもいい」

笑みを浮かべたまま、アンジェロが考えはじめる。

「住むってこと?　それとも休暇?」

「うーん、そうだな、どっちでもいい」

アンジェロの顔から笑みが消えた。「それ、本気で言ってるわけ?」

「ああ、本気だよ。ほら言ってみて」

アンジェロは少しためらっていたが、静かに答えた。

「海が見たい」

思いがけない返事で、俺は驚いた。パリとかニューヨークとか、ローマなんていう答えが返ってくると思っていたのだ。でも、街ではなかった。

「海を見たことがないのか？」

アンジェロは頷いた。

海。

内陸部に住んでる者にとって、海はもう、驚異でしかない。初めて海を見たときの衝撃は今でも覚えている。十二歳だった。自分が心の中で考えていることが、えらくちっぽけに思えた。なんて美しくて、圧倒的なんだろう——そう思ったものだ。しかも、永遠にずっと存在するのだ。そうしてたくさんの命をはぐくんでいることに畏れを抱き、その力強さに驚嘆した。十二歳という幼さではあったけれど、俺にとって、人生を変える瞬間といってもよかった。

あの体験を——アンジェロにも贈ってやりたい。

「連れていくよ。アン。どこがいい？　カリフォルニア？　それともフロリダ？」

アンジェロは頬を染め、目を逸らした。「オレゴン」

「オーケイ」おいおい、オレゴンに何があるっていうんだ？「どうして？」

アンジェロがますます紅潮する。

「里親のおばさんの一人が、いつだったか話してくれたんだ。家族でオレゴンに行ったってね。

海で新鮮なカニを捕まえたんだって。それを持って帰って栈橋で料理して食べたって」

アンジェロの顔にかすかな笑みが浮かぶ。

「栈橋にも座ってみたいなって、いつも思ってた。冷たいビールに新鮮なカニ、目の前には海」

アンジェロが目を伏せる。少し決まり悪くなったのだ。それから目を上げ、俺を見た。

「ばかみたいだな、俺」

「そんなことない」俺はしっかりとアンジェロを抱いた。アンジェロの腕が俺の腰に絡まる。

「全然ばかじゃないさ。春になったら一緒に行こう、アン。約束だ」

「どうして?」見なくてもわかった。アンジェロが笑っている。

俺はただ肩をすくめてみせた。「どうしてって、そうしたいからだよ」

＊

ＡｔｏＺシアターのオープニング・デーがついにやってきた。上映する映画を決めたのは、もちろんアンジェロだ。感謝祭の前日だった。水曜で、ティーンエイジャー・デーにした。その日、ちょうど学校が休みだったからだ。ティーンズたちは腰を落ち着けて映画を観ていたわけじゃなかったけれど、満員御礼で、想像していた以上にソーダやらポップコーンやらキャンディやらに散財してくれた。感謝祭の晩には『ナイトメアー・ビフォア・クリスマス』を上映した。正直、妙ちくりんなストーリーだと思っていたが、アンジェロは家族向けに最高だと太鼓判を押した――ハロウィーンとクリスマスが同時に味わえるし。金曜のマチネにも同じものを上映した。金曜の夜はレディース・ナイトだ。『ショコラ』を上映した。女性客がしこたま飲むせいで、ワインは全部売り切れた。それから土曜は初めての「デート・ナイト」の予定だ。夕食もつく。

感謝祭の日以外のすべての席が売り切れだった。このぶんだと、誰かバイトを雇わなければならないかもしれない。

日曜の午後、ＡｔｏＺを閉めて帰宅したとき、俺はほっとしていた。この五日間というもの、食べる間も眠る間もないほどの忙しさだった。アンジェロもすぐ帰ってくるだろう。マットとジャレドもうちに来ると言っていた――名目上は、フットボールの試合を見に。アンジェロも俺もまだそこまでフットボールに魅力を感じてはいなかったが、二人と一緒に過ごすのは楽しかった。

ピザを電話で注文していると、ドアベルが鳴った。マットとジャレドだろう。アンジェロはベルなんか鳴らさない。ドアを開け――俺は目を疑った。トムが立っていたのだ。もう二度と会うことはないと思っていた。最初に頭をよぎったのは、トムはここでいったい何をしてるんだ？　という疑問だった。それからすぐに思った――アンジェロがいなくてよかった。きっと猛烈に怒るだろうから。

「やあベイビー。会いたかったよ」

いつもと同じ笑みだ。思わせぶりでセクシー。ジーンズにぴったりしたTシャツを合わせ、引き締まった体を見せつけている。確かにトムはゴージャスだ。だが、彼に対する見方はすっかり変わった。よく見れば、ブロンドの髪は染めたものだ。いい体をしているかもしれないが、不自然で無理に作っている感じに思える。マットのあの見事な体とは比べものにもならない。マットはウエイトトレーニングもしているけれど、腕立て伏せも毎日欠かさないし、週三回はランニングもして、おまけにマウンテンバイクでしょっちゅう山登りをしている。トムのほうは――賭けてもいい、ジムでのウエイトリフティングとステロイド剤だけだ。ぴったりした胸元なんか、見るからに嘘っぽい。こんがりした肌の色もきっとサロン焼けだろう。

「ここで何してるんだ？」俺は聞いた。

トムは少したじろいだが、すぐにまた笑みを浮かべる。「お前に会いにきたんじゃないか」

「そうか。ほら会えただろ。もう帰れよ」

ドアを閉めようとすると、トムが手をはさんで止める。

「ちょっと待てよ、ベイビー。俺に全然会いたくなかったわけじゃないだろ？」

「会いたいとも思わなかったね」

「信じないよ」

「知ったこっちゃないな」またドアを閉めようとする。だがトムが力任せにドアを押し開け、俺を突き飛ばすようにして入ってくる。

「はるばるお前に会いにきたんだ。せめて話くらいちゃんと聞けよ」

俺はため息をつくとドアを閉めた。居間に戻ると、カウチでうたた寝していたゲイシャがぱっと飛び上がる。背中を丸め、毛を逆立てるとトムに向かって鋭く威嚇の声を上げ、ドアのほうへと駆けていく。一緒に暮らして十年になるが、初めてゲイシャと気持ちが通じ合ったような気がした。

トムは期待に満ちたような顔でこっちを見ている。俺はカウチの背に寄りかかると、椅子を勧めもせずに言った。「早く話せば？」

トムがなんとかこの場の主導権を取りたがっているのがわかった。それに、はるばるここまで来たんだから、きっと俺が喜んで腕に飛び込んでくるとでも思っていたのだろう。とんだ思惑外れだったな、おい。よけい腹が立ってくる。

「ベイビー、その――」

「俺の名前はザックだ。それに間違ったってお前の『ベイビー』なんかじゃない」

「わかった」トムがあわてて言う。「ザック。つまりだ。お前が恋しいんだよ。この間はあんなふうになってしまって悪かったと思ってる。俺も怒っていたし、お前も怒ってた。でも、もう一度あそこからやり直せないかな。俺たち、いい関係だったじゃないか。そうだろう？　こんなところで独りきりで暮らしてるなんて、寂しすぎるよ」

「独りきりじゃない。付き合ってるやつがいるからね。早く出ていってほしいな」

「ベイビー、そんなこと言わないでくれ」

トムが近づいてきて、俺を抱き寄せようとした。俺はなんとか押しのける。そのとき、最悪の事態が起きた——ドアが開いたのだ。ジャレドが入ってくる。その後ろからアンジェロ。二人は冗談でも言い合っていたのか楽しげに笑い声を立てていた。が、トムを見た瞬間、笑い声は消えた。それから先の出来事は、本当にあっという間だった。

アンジェロの顔からさっと笑みが消え、みるみる怒りでいっぱいになる。次の瞬間、猛然とトムに向かった。トムはあわてて俺から手を離し、俺の後ろに隠れる。まるで俺を盾にするみたいに。幸い、アンジェロの前にジャレドが立っていた。即座に状況を理解し、アンジェロを止めに入る。だが、激しく暴れるせいで押さえきれない。俺がアンジェロのそばに行こうとしたとき、マットが入ってきた。マットは心底驚いたに違いない。あんなに楽しげだったジャレドとアンジェロが、なぜか急に拳で殴り合いをしている——そんなふうにも見えたからだ。

マットはアンジェロを羽交《はが》い絞《じ》めにし、その大きな腕でしっかり押さえ込んだ。これまでもアンジェロのことを野生的なやつだと思ってはいたが、そんなのはかわいいものだった。目の前で激高している姿は壮絶としか言いようがない。マットに怒鳴っている。

「くそ、離せ。離せってば！　あのくそ野郎を殺してやる！　なんであいつがうちにいるんだよ！」

　マットは明らかにアンジェロの力を過小評価していたようだ。アンジェロがマットの腕を押しのけようとする。ジャレドもマットに加勢してアンジェロを押さえ込んだ。しばらくの間、三人はもみ合っていて、腕と拳と、くしゃくしゃの髪しか見えなかった。どうにかこうにか、マットがアンジェロの首に腕を回し、壁に頭を押し付ける。マットの唇からは血が流れている。傍らでジャレドは体を二つに折り、膝と股間を押さえて口をぱくぱくさせている。ああ、男ならわかる、あの想像を絶する痛み――俺は心から同情した。

「アンジェロ！　くそっ！　やめるんだ」マットが唸った。

　アンジェロはもう暴れていなかったが、体じゅうからびりびりと電気を放っているみたいだ。マットが腕を離したらすぐに飛び出そうと思っているに違いない。

「離してくれよ、マット。あいつを叩きのめして、うちから追い出してやる」

　マットは怒って息を吐く。それから低い声で言った。「冷静になれ、アンジェロ。俺は警官だ。お前がもしあいつを襲ったら、お前を逮捕しなきゃならない。署に連行して調書を取ることにもなる。あいつはお前を告発するだろうしな。お前は友だちだ、アン。俺にそんなことをさせないでくれ」

　少しの間、アンジェロは考えていた。体の力がすっと抜ける。「離してくれよ」

「落ち着いたか？」

「ああ。離してくれ」

マットが手を離し、アンジェロは自由になった。邪魔だとばかりにマットを突き飛ばすと――マットが後ろによろめくほどの強さだ――そのまますたすた客用の寝室に入っていき、叩きつけるようにドアを閉めた。次の瞬間、何かが壁に激しくぶつかって壊れる音がする。

よかった。あのランプ、あんまり使っていなかったから。

アンジェロ

あのくそ野郎がいるのを見たとき、どれほど殺したくてたまらなかったか、言葉じゃ言えそうにない。コーダは聖域だと思ってた。二人にとって悪いことなんか何も起きやしないって。なのに、ドアを開けたらトムがいた。俺の家に。おまけにザックに触れていた。

よく「怒りで真っ赤になる」って言うけど、今日までどういうものかわかってなかった。マットに壁に押さえつけられるまでのことは、あんまり覚えていない。ただ、真っ赤に膨れた怒りだけ。客室に隠れたくなんかなかった。でも、その場にいたら何をするかわからなかった――あのくそ野郎のそばにいたら。だから、部屋に引っ込むしかなかった。ザックのランプも壊した。怒ってないといいけど。

　ザックに会うために、わざわざここまでトムが来たのも信じられない。来た理由はわかってる。ザックを取り戻したいのだ。あいつがよそで誰とやってようが知ったこっちゃないが、まさか、こうしてザックに会いにくるなんて。おれはザックを信じてる。たとえ俺と今一緒にいなくても、トムと付き合う気はもうないだろう。でも、トムがここにいることが許せなかった。ここは俺たちの家なんだ。俺とザックの。

　なのに……。

　なのにあいつ……。

　いや、違う。

　急にそのことに思い当たり、俺は愕然とした。あまりのショックでその場に座り込む。頬を涙が伝った。

　ここは俺の家なんかじゃない。

　そう気づいて俺はめちゃくちゃ落ち込んだ。ばかみたいだ。ここはザックの家だ。たとえザックがトムを家に入れたいと思ったとしても、俺には文句をいう権利はないってことだ。ザックが俺以上に、あいつを家に入れたくないってことはもちろんわかってる。大事なのはそこじゃない。ザックが今まであれほどまでに、ここは俺の家でもあるんだって、俺に認めさせようと頑張っていた——そっちのほうだ。そのたびに俺は、胸の中のくそ鳥野郎に負けていた。

ただ怖いっていうだけで、この世でいちばん傷つけたくないたったひとりの相手をずっと傷つけてきたんだ。自己嫌悪で死にたくなる。

ザックはあんなにも辛抱強かった。今だって俺のことを待ってくれてるし、いつでも俺を迎え入れようとしてくれる。まるで俺がそのへんをうろつく迷い猫かなんかで、ミルクの皿をそっと出してやるみたいに。で、たまに俺が泊まっていけるようにって思ってる。でなけりゃ俺はザックがいつも言ってるみたいに、鳥なのかも。ザックが蒔いたパンくずの道を目印に、のこのこ家までやってくる。毎回、毎回、これは何かの罠だって考えながら。たぶんある意味、罠だったんだろう。でもほかにもちゃんとした呼び名があった。

我が家《ホーム》。

俺のことを本当に求めてくれたのは、ザックが初めてだった。セックスのことじゃない。それなら多くのやつらが俺に求めてきた。ザックは違った。ただ、そばにいてほしい――そんなふうに誰かに望まれたのは、初めてだった。店で働いてほしい、仕事の後、一緒に過ごしてほしい、コーダに一緒に来てほしい。そして今、ザックが俺に本物の我が家をくれようとしてる。今まで一度も持ったことのない、我が家を。

だから、俺、こんなにもザックを愛してるんだ。

俺が知っている愛の形について、これまでいろいろ考えてきた――豊かさに恵まれたジャレドの愛。驚きと喜びに満ち溢れているマットの愛。そして俺を崇拝するみたいなザックの愛。

俺の愛も、どのうちのどれかだとずっと思ってた。でも、今——俺は自分の愛を見つけた。俺の愛は、俺ごと全部預ける愛だ。ザックと出会うまで、俺には身も心も預けられるような場所なんかなかった。でも今ならわかる。俺の居場所はザックの腕の中だ。

こんなに明快なことなんてない。

ザック

アンジェロが部屋にこもってしまうと、恐ろしいほどの沈黙が流れた。

マットがTシャツで口元の血を拭う。「くそ、参った」頭を振り振りつぶやく。「まったく、たいしたやつだよ」

マットが怒っているのか感心しているのか、口調からはわからなかった。ジャレドのほうを見ると、まだ苦しそうにうずくまっているが、どうやらちゃんと呼吸はできるようになったらしい。

「大丈夫か？」マットが言うと、ジャレドはそのままの体勢で頷いた。

俺の後ろで、トムが嘲るように笑った。俺たちはみんなトムを見た。トムは俺を見返す。

「ザック、俺と帰ろう。まあ、たまには馬鹿なことをしたくなる気持ちもわかる。だが、真面目な話、これでいいのか？」

激しい憎しみが込み上げてくる。見ると、隣でマットとジャレドも怒りを募らせていた。

「出ていけ！」

「おいおい、ベイビー。こんなのは馬鹿げている。まさかこんなままごと遊びをずっと続けていく気かい？　あのちびのごろつきと――」

もう、これ以上黙って聞いているつもりはなかった。「ああ、そうだね！」

トムの笑みがひきつり、消えていく。

「そうさ！　きさまのセックスフレンドなんかでいるより、俺はアンジェロとままごと遊びをしているほうがずっといい。俺の気持ちを変えようなんて、これっぽっちも思うなよ。なんでお前なんかと――俺は本当に馬鹿だ。さあ、今すぐ出ていけよ！」

トムが何を言おうと、もう興味はなかった。アンジェロのもとに急ごう。俺はマットに言った。

「二分以内にこいつが出ていかなかったら、逮捕してくれよ」

マットがにっこり微笑む。アンジェロにどんなひどい目に遭わされようと、やっぱりマットはあいつのことを弟みたいに愛している。

「喜んで」

客室に入るなり、アンジェロが腕に飛び込んできた。あんまり勢いよく抱きついてきたせいで、俺はよろめき、壁に背をついた――壁がなかったら、今ごろ床にノックダウンだろう。アンジェロは俺の首元に顔を埋め、両手をきつく回してくる。

「ごめん」アンジェロが囁いた。

「謝ることなんかない。何も怒ってないから。でも、マットとジャレドには謝ったほうがいいかもな。マットなんか血を流してたし、ジャレドときたらタマを蹴られて死にそうになってるよ」

アンジェロが泣き笑いみたいな音を立てた。「ランプも壊した」

「ガレージセールで買ったやつだし。たいしたことない」

「あいつを見たら、猛烈に頭にきちまったんだ」

俺は笑った。「へえ、そうだったのか？　全然気づかなかったな」

でもアンジェロはのってこなかった。

「何がいちばん情けないってさ、あいつ絶対殺してやるって思ってたんだ。俺の家まで来やがって、って。でもよく考えたら……」

アンジェロの声が途切れた。俺の腕の中で震えている。泣いているのだ。俺に涙を隠そうともしないで。

「考えたら、ここは俺の家じゃない。だよな？　ザック。なのに自分の家みたいに振る舞ってさ。実際、そう思ってたんだ。でもここは俺の家じゃない。あんたの家だ」

正直、何を言われても、ここまで驚くことはなかっただろう。まるで予想外の告白だった。だって、トムが急にまた現れたのだ、アンジェロが怒る理由はごまんとあるはずだ——この家が厳密には誰のものか、なんていうことじゃなくて。

アンジェロがそっと付け加える。「我が家みたいに思ってたから」

俺はただ——抱きしめた。ぎゅっと。強く。「そうだよ、アン。ここはお前の家だ。お前がそう願うならね」

アンジェロもまたぎゅっとしがみついてくる。今はそうしていたいのだ、たぶん。俺と目を合わせないで済む。だからそのままずっと抱きしめていた。

ようやくアンジェロが口を開いた。

「うん、そう願ってる」

もう泣いていなかった。声は穏やかだったが、きっぱりと決意に満ちていた。

うれしくて、雄たけびを上げそうになるのをどうにかこらえた。

待て、待つんだ。あんまり期待値を上げちゃだめだ——俺は必死で自分に言い聞かせる。それに、こういう状況でアンジェロに決断させるのはフェアじゃない気がする。

「本気か？　これほどうれしいことはないけどさ、心の準備ができていないなら、まだ先でもいいんだよ」

アンジェロは深く息を吸い、それから言った。

「心の準備はもうできてるよ。ここが俺の居場所だ。ザック。あんたと一緒にいる」


数日後、アンジェロが引っ越してきた。今度は、マットじゃなくて俺に引っ越しの手伝いまでさせてくれた。アンジェロは客室用にとっておいた二つめの寝室を自室にした。俺が入ってはいけない場所——アンジェロの聖域だ。聞かなくてもわかっている。でも、気にしなかった。一週間に何度か、アンジェロは俺の隣でなく、自分の部屋で眠ることを選びさえした。しかしそんなときでも、朝までにはいつも俺のベッドに潜り込んでくる。こんなに幸せなことはなかった。

だが、アンジェロの心にはまだ何か気になることがあるみたいだった。何度か聞いてみたが、そのたびにはぐらかされてしまう。あまりしつこくしないほうがよさそうだ。俺のことではないみたいだし。アンジェロが打ち明けてくれるまで俺は待った。

そして、そんなに長く待つ必要はなかった。あるとき仕事から戻ってみると、アンジェロがカウチに腰かけ、俺を待っていた。死ぬほど緊張していたものの、ためらいは見えなかった。俺を見てこう言った。「お袋の電話番号、教えてよ」

アンジェロ

マットとあの話をしてから、決断するのに数週間かかった。でもようやく腹が決まった。ザックが帰ってくるなり、お袋の連絡先を聞いた。ザックは顎が外れんばかりに驚いた。まったく、青天の霹靂《へきれき》ってやつだろう――ザックにとっては。でも俺は違う。お袋がいきなり訪ねてきたあの日からずっと、考えない日はなかったから。

あのときの俺は、心の準備もくそもあったもんじゃなかった。いきなりだったせいだ。完璧にふいをつかれた。お袋と話をしたら、あいつを許すことになってしまう――そんなふうに思ってもいた。それがいやだった。いいにしろ悪いにしろ、俺にはお袋を許す余裕なんかまだなかった。

でも、試合の帰りにマットと話してから気づいた。そういうことじゃないんだって。つまり、電話したからって、すべて許さなくてもいいんだって。いつか、許せるときがくるかもしれない、それでいいんだ。

ザックが引き出しから例の封筒を出してきて、俺に差し出した。

に。

「電話するのかい？」

「ほかに何するっていうんだよ？」俺はぴしゃりと言い返す。八つ当たりだ。緊張でおかしくなりそうだったから。ザックはわかってくれた。もちろん、わかってくれる。黙って俺を見つめている。そうやってじっと見ていたら、俺の頭の中まで覗けてよくわかると思ってるみたいに。

でも、そんなことしたって無駄だぜ、ザック。俺だってよくわかってないんだから。自分の頭ん中だっていうのに。でもザックなら、こんな頭でもしっかり整頓してくれるかも。ほかの誰にもできないことだけど。

「そばにいたほうがいいかな？」

そう聞かれてほっとした。出ていってほしいとこっちから言い出したら、気を悪くするんじゃないかと思っていたからだ。

「いや。ひとりでいたい」

「了解。好きにするといいよ、エンジェル」ザックが額にキスしてくる。「そうだ、買い物でもしてこようかな。コーヒーが切れてたしね」

ザックが出ていっても、しばらくカウチに座ったままでいた。電話番号をじっと睨みつけながら。電話をする、そう考えただけで息が苦しくなる。頭を下げて膝の間に潜り、呼吸をすることだけに集中する。

やっとのことで勇気を出し、電話をとった。番号を打つだけで、こんなに緊張するなんて、信じられないくらいだ。怖くて、途中でやめてしまった。三回目にようやく最後まで番号を入れると、呼び出し音が聞こえた。だめだ、切ろう——そう思ったとき相手が出た。

「もしもし？」

電話をかけることだけで頭がいっぱいだったから、お袋が出たらまずなんて声をかけようかなんて、考えていなかった。思わず言いかけた——「マム」って。でも言わなかった。というか、言葉が喉につかえてしまったのだ。ザックに「愛してる」って言えないときよりひどかった。でも、さすがに名前で呼びかけるわけにもいかない。どうしたらいい？　俺は黙り込んでしまった。

「もしもし？」お袋がまた言った。

心臓が飛び出そうだったけど、どうにか口を開いた。「アンジェロだけど」

今度はお袋のほうが、何も言えなくなってしまった。驚いて、息をのんだのがわかる。

「アンジェロ？　本当にアンジェロなの？」

馬鹿みたいな質問だ。ちゃんと名乗ってるのに、ほかの誰だと思うんだ？

「ああ。俺」

「まあ——アンジェロ」

お袋が電話口で泣きはじめた。俺は待った。しばらく泣き声しか聞こえなかったけど、ようやくお袋が言った。「電話してくれてうれしいわ！　アパートでのこと、本当に謝りたかったの。あんなつもりはなかったのよ」

「ふん、どうだかな」

「ずっとあなたのことを考えてたわ」

「なんで今ごろ？　何十年も放っておいて」

「アンジェロ、あなたのことを考えない日はなかった。信じてくれないだろうけど、誓って本当よ。あなたを置いていってからずっと、一日だってあなたを忘れたことはないわ」

そう言うと、お袋は言葉を切った。勇気を絞り出すかのように。それから続けた。ずっと落ち着いた声で。

「あなたは子どもがいないから、小さい子がどんなふうだかわからないでしょうけど、夜になると必死でママを呼んだりするのよ。出ていってからも、夜中に何度も目が覚めた。あなたが呼んでいるのが聞こえた気がして。何年もそれが続いたわ。毎晩じゃないけれど、ずっとね。そしてある晩、あなたが呼ぶ声がして、気づいたの――」

それ以上、言えなくなってしまった。お袋は激しく泣いている。ちくしょう、こっちまで泣きたくなってしまうじゃないか。

「そう、気づいたの――もう六年も経ってるんだって。あなたはもう十二歳で、こんなふうに私を呼んだりする歳じゃないんだって」

怒りがふつふつと沸いてくる。でも、なんとかこらえた。

「やめろ」

「アンジェロ。なぜ私が出ていったかっていうと――」

「やめろって！」

「私が間違ってた――」

「もう黙れって言ってるだろ？」

お袋が息を震わせた。まるで俺が平手打ちでもかましたみたいに。俺は涙があふれそうな目をこすり、深く息を吐いた――落ち着け。落ち着くんだ。

少しだけ、冷静になれた。

「そのことについては、何も聞きたくない」

だって、聞いて何になる？　二十年も前のくそいまいましい話を蒸し返して、何の意味がある？

「そう……。わかったわ」

お袋は当惑しているみたいだったけど、同時に少しほっとしたようだ。俺が責めたりしてないからだろう。

「じゃ、何について話したい？」

これについては前もって考えてあった。はっきりと答える。

「俺とザックのこと」

このことについて話せないなら、今すぐ電話を切ったほうがいい。

「わかった」お袋の声はためらいがちで、聞きたいこともすぐわかった。

「ザックとは別れないから」

「別れてほしいなんて言っていないわ、アンジェロ。ただ――」

「黙って」俺は遮った。「最後まで聞けよ」

沈黙。それからお袋が言った。「聞いてる」

「俺はクィアだ。自分を変えることなんかできない。これが俺なんだから。あんたは俺のことを知るチャンスがほしいって言ってたな。なら、まずはこれを受け入れろよ。それから、俺はザックと一緒だ。これも絶対変えるつもりはない。絶対にだ。神がどうしたとか、罪がどうだとか、そういう説教を聞くつもりもない。だから、今ここでどうするか決めるんだな。この話はもう二度とするつもりはない。今だろうと一年後だろうと、あんたがひとことでも『それは間違ってる』なんて言い出したら、俺は即座に電話を叩き切る。永久におさらばだ」

お袋は長いこと黙ったままでいた――かなり長く。もしかしたらもう、電話を切ってしまったのかもしれない。カチャリという音を俺が聞き逃しただけで。でも、それからお袋は言った。

「ひとつだけ聞いてもいい？」

驚いたけど、答えた。「まあ、うん」

「幸せなの？」

俺はもっと驚いた。どんな質問を想像していたのかといわれても困る。でも、これじゃなかった。ただ、答えるのは苦でもなんでもなかった。

「今まで生きてきていちばん幸せだ」

「私が望むのはそれだけよ――アンジェロ。あなたが幸せであること。最初は驚いたし、少し腹も立てた。でもあなたが本当に幸せなら――」

「ああ、本当だ」

「――なら、私はそれでいい。受け入れるわ」

信じられなかった。正直、こんなに早くお袋が受け入れるとは思ってなかったのだ。

「本気かよ？」

お袋は躊躇なく答えた。「本気よ」

たったひとことなのに――お袋がそう言っただけで、肩にのしかかっていた重みが信じられないほどあっさり消えた。

「あなたとザックは今、コーダに住んでいるのよね？」

普通の会話っぽくなるようにとお袋がかなり気を遣っているのがわかった。まあ、お互いのことをほとんど知らない母親と息子がいったいどう「普通」に振る舞えるのか、おおいに疑問だったけど。

「まあな」

「いいところなの？」

「すごくいい」そう答えて驚いた。かなり本気でそう思っていたからだ。「友だちもできた。マットとジャレドっていうんだけど。ジャレドの家族ともよく会ってる。俺にも家族ができたみたいだ。初めて」

お袋が息をひくつかせたので、自分の言葉を頭の中で転がす。

「ああ、そういう意味で言ったんじゃないんだけど」

「いいのよ」お袋の声はやさしかった。「本当にうれしいわ、アンジェロ」

沈黙が流れた。俺もお袋も、あとはなんて言ったらいいのか思いつかなかった。それからお袋が深く息を吸い、勇気を搾り出すみたいにして言った。

「アンジェロ、クリスマスに私、時間がとれそうなの。あなたに会いにいってもいいかしら？」

「だめだ！」即座に答えた。思ったよりきつい言い方になってしまう。電話口でお袋がしゃくり出す。また泣きはじめたんだろうか。急いで俺は言った。

「今年はだめってこと。絶対にとは言ってない。今はまだだめだけど」

「わかった」お袋はまだ鼻をぐずぐずいわせてたけど、声は明るくなっていた。「そうしたら……」また黙ってしまう。そこから先を言うのが怖いみたいに。でも、こう言った。「そうしたら、来年かしら？」

「そんな先のことは考えられないな」俺は答えた。

「電話してもいい？」

なんだか少し放心状態になりかけていた。死ぬほど緊張したし、大きな一歩はもう充分踏み出せた気がする。これ以上、今は本当に何も考えられなかった。

「わからない。ちょっと時間をくれよ。いいだろ？」

「そうね」お袋は、さっきよりうれしそうではあった。「アンジェロ、あなたともう一度家族になりたいなんて、ずいぶん虫のいい話だとわかってる。これほど長い間放っておきながら、そんな厚かましいことは決して言わないわ。でも、あなたが少しでもチャンスをくれるなら、喜んで受け取りたいと思ってる」

「今はこれでもう、いっぱいいっぱいだ」

「わかった」

「こういうの、俺は苦手だから。ザックにもよくそう言われるんだけど」

俺は言葉を切った。なんでこんなことまで話してるんだろう？

「あなたはよくやってるわ。アンジェロ」

「あんたのこと、なんて呼べばいい？」

お袋はまた黙ってしまった。それから本当に悲しそうに言った。「マムとは呼んでくれないの？」

「だめだ」

そう答えたらお袋が傷つくとわかってたけど、ほかに返事のしようがなかった。

「なら、ニータって呼んでくれたらいい」

「それも違う気がする」

「じゃあ、どうしたらいいかしら」困ったようにお袋が言う。

「俺にもわかんないな」

「あなたの好きにしてちょうだい、アンジェロ。今すぐ決めなくてもいいわ」

「それもそうだな」

その瞬間、なぜだかわからないけど、お袋に何かをあげたい気持ちがわいてきた。うまく説明できないけど、とにかくそんな気になったのだ。

「たぶんクリスマスに、電話ならできるかも」

自分でも驚くくらい、穏やかな声だった。お袋には全然聞こえてないんじゃないかと思った。っていうか、聞こえてないといいんだけど。でも、もちろん聞こえていた。

「ああ――うれしい。うれしいわ」そう言いながら、お袋はまた泣いていた。さっきよりも激しいくらいだ。でも、泣きながら笑っているのがわかった。声を聞いただけでわかった。

俺がお袋を、幸せにしたんだ。

今のこの気持ちはいったい何なんだ？　うれしいのか？　ほっとしてるのか？　怒ってるの

か、恨んでるのか？　いろんな感情が大きく渦を巻いていて、何がなんだかわからない。俺にはもう手に負えそうにない。溺れちまいそうだ。何かにしがみつきたかった――もう、何でもいい。

いや。何でもいいはずがない。

俺に必要なのはザックだ。

ふいに思った――今ここに、ザックがいてくれたら。携帯電話に連絡して、今すぐ帰ってきてと言いたくなった。コーヒーを買いにいくと言って出たけれど、俺がひとりになれる場所と時間を作ってくれたのだ。ザックのことだ、俺が望めば、きっとひと晩じゅうだって食料品店をぶらついて時間つぶしをしてくれるだろう。そう思ったら少しだけ元気が出た。

「じゃあ、切るから」俺は言った。

「わかった」お袋は少し残念そうだった。でもザックみたいに、それを俺に感じさせまいとしていた。「電話してきてくれて、本当にうれしかった。アンジェロ」

それに応えたとき、不思議と嘘をついた気がしなかった。「俺もだ」

「ああ」

「それじゃあね」

俺が電話を切ろうとしたとき、お袋が言った。「アンジェロ、待って！　まだつながってる？」

「ああ、つながってる」

「アンジェロ――」そうお袋が言いかけたとき、俺にはわかった。次になんていう言葉がくるのか。そしてもっと驚いたのは、お袋の言葉を遮るつもりはないって気づいたからだ。やろうと思えばできたのに。

「愛してるわ」

俺に言えたのはこれだけ。

「知ってる」

ザック

予想していたよりも早くアンジェロから電話があって、もう戻ってきていいよと言われた。その声からすると、お袋さんとの電話はうまく運んだにちがいない。帰宅してみると、アンジェロは胸にゲイシャをのせ、カウチに寝転がっていた。もちろん俺が近づくが早いか、ゲイシャは逃走した。アンジェロは俺が座れるよう脚を曲げ、俺が座るとその脚を膝の上に伸ばしてくる。

「俺に話してみる気はある？」と尋ねた。

アンジェロはちょっと考えてから答えた。「たぶん、明日」

「わかった」

アンジェロはテレビ番組を見はじめた。何を放送しているのか俺には全然興味がなかった。

俺はただ、アンジェロの裸足の足と足首を眺めていた。そこから上は残念ながらジーンズに阻まれて見えなかったが。

それにしても、アンジェロのどこをとっても何を見てもこんなに興奮してしまうなんて、いやあ、我ながら、驚いていいのか呆れていいのか――。

「映画とかテレビドラマではさ、登場人物がみんな空っぽのコーヒーカップを持って動き回ってるんだよね。知ってた？」

ふいにアンジェロがそう言った。心底感心したような口ぶりだ。

「いいや」

俺はアンジェロの足の甲から足首へと指を滑らせる。

「まさか、冗談だろ？　いやんなるな、もう。カップが空だって見ていて気がつかないわけ？　あんなにカップを振り回してるじゃないか。本当なら用心深く持つだろ？　ほら、あんたがいつもやってるみたいに」

「んー、まあね」俺はさらに指を滑らせる。足首からもっと上――滑らかで柔らかいふくらはぎ目指して。

「なんだ、聞いてもいないのかよ」そう言いながらもアンジェロは笑っている。その瞳を見れば、俺の指に反応しはじめているのがわかる。

「いや、ちゃんと聞いてる」膝の後ろを撫でると、アンジェロがうっとりと目を閉じた。アンジェロのバギージーンズに感謝だ。スキニーだったらこうはいかない。「ただ、ちょっと気もそぞろなんでね」

「俺の気まで散らしてるよな」アンジェロの言葉に俺は笑った。

「そりゃよかった」

俺は身を乗り出し、アンジェロの手をとると手のひらにキスをした。それから手首に、そして肘の内側の柔らかな部分に。俺がいろんなところにキスするせいで、アンジェロはいつも面白がる。でも、まだまだ足りないくらいだ。しなやかでほのかに色づいたその肌に、もっともっと触れたくなる。ゆっくりと時間をかけ、唇と手を使ってアンジェロの肌を探索する。今度はもう一方の腕だ。

アンジェロは首を反らせ、目を閉じている。相変わらず、何も言わない。速まってきた息遣いだけが興奮を垣間見せる。でも、今はもうアンジェロのことはよくわかっている。どうやるのが好きかっていうことも。

アンジェロのシャツをたくし上げ、まっすぐな腹にそっと唇で触れる。

「どうやってるんだよ、ザック」アンジェロが息を弾ませ、聞いてくる。

「やるって何を？」ジーンズのボタンを外しながら、聞き返す。

「こんな気持ちにさせてさ――あれに触れてもいないのに」

俺は笑って腹にキスをする。「こんなふうにか？」

「ああ、くそ、興奮する。ちょっとでもマジで触られたら、もう限界超えるね」

「どうかな」唇を下へ下へと這わせていく。「でもそれ、いいね」

アンジェロは少し笑ったが、俺がジーンズを脱がせたとたん、その笑いは呻きのようなものに変わった。トランクスも脱がせる。アンジェロのそれが解放され、そそり立つが、俺は触らなかった。できる限りのことをしてアンジェロを焦らす。そこらじゅうに唇を這わせ、ときどき股間の近くまで手を滑らせる。とうとうアンジェロが耐えきれずに声を上げた。

「……ザック！」

根元から上に向かって舌を這わせると、アンジェロが震えた。ほんの少しだけ、唇を先端に寄せる。それからまだ何もしないうちに、アンジェロが両手で俺の髪をつかみ、頭をぐっと押し付けた。腰がぐいと突き上がり、それでもう限界だった。絶頂があまりに早くアンジェロを襲い――いつもよりずっと早かった――、俺はそのままの体勢で、彼のものをできるだけ深く口に含んだ。すべてが終わるまで。ようやくアンジェロが俺の頭を解放すると、俺は彼の腹にまたキスして言った。

「ちょっとでもマジで触ったらすぐ限界っていうのは、てっきり冗談かと思ってたのにな」

アンジェロが驚いた顔でこちらを見る。一瞬、本気で怒らせたかと思った。でも次の瞬間、いきなり笑い出す。あまりにも意外で、ぽかんとするしかなかった。こんなふうにアンジェロが笑うなんて初めてだった――あまりにもおかしくて、自分でもコントロールできない、そんな笑いだった。すごく深いところからこみ上げてきて、すべてを塗り替えてしまうような、そんな笑い。頭を抱え、気が変になるくらい笑っている。何の説明もなしに。あまりにも長く笑いすぎているので、しまいには不安になった。もしかして、ここは笑うしかないから笑ってるんじゃないか？ ようやく笑いがおさまったとき、アンジェロの目には涙が浮かんでいた。カウチで体を伸ばし、息を静めようとする。

「大丈夫かい？」俺は軽く尋ねた。

アンジェロは息を吐いた。「ああ、ほんと俺にはこれが必要だったんだ」

「俺の口技が？ それとも笑ったこと？」

「両方」俺はアンジェロの腹に頭をのせる。アンジェロが俺の髪を指で梳く。「いや、どっちも違う」

「どういう意味？」

「俺に必要だったのは、あんただ。ザック」

この世でこれほどわかりきったことはない、とばかりにアンジェロが言った。俺はもう、アンジェロを抱きしめ、腹にキスするので精一杯だった。

「お前のためなら、できないことなんて何もないよ、エンジェル」

「わかってる」

しばらく、俺たちはそうしていた。俺はアンジェロの腹に頭をのせ、アンジェロは黙って天井を見上げながら。それから俺は少しまどろんでいたんだろう。アンジェロが急に体を起こしたとき、弾みで俺も体を起こした。いきなりカウチに押し倒され、上下が入れ替わる。仰向けになった俺に体を寄せてくると、アンジェロは俺のボトムスを脱がせにかかる。

「気を遣わなくていいんだぞ、アン」

アンジェロがいつものひねた笑みで俺を見る。「わかってる」俺のシャツをたくし上げ、腹にキスをした。「俺がやりたいだけ」

それなら話は別だ。これ以上反論するつもりはない。

こうしている間も、アンジェロに触れたかった。いつだって、触れていたいのだ。手のひらで感じる肌の感触がたまらない。Tシャツを脱がせた。アンジェロが俺に顔を埋め、もうほかに何も考えられなくなる。アンジェロの絶妙な口の温かさを感じながら、指先で肩に触れ、うなじへと辿っていく。そのまま頭に触れ、手のひらにアンジェロの短く切った黒髪がつんつんと当たる。そして――

すべてが止まった。二人とも同時に、俺のしたことに気づいたのだ。

あわてて手を離しながら謝った。「アンジェロ、すまない！　そういうつもりじゃ――」

そこまで言いかけ、アンジェロを見て言葉が詰まった。アンジェロは目を大きく見開いてこちらを見ている。怒っているのかと思ったが、全然違った。ただ、驚いていたのだ。

「平気だから」

「そういうつもりじゃなかったんだ」俺は繰り返した。「すっかり頭がお留守になっちゃって」

「平気だって」アンジェロはさっきよりはっきりと答えた。顔が少しほころんでいる。

「もう二度としないよ、アン」

「だから話を聞けってば」アンジェロはまだ驚いて頭を振っている。「平気なんだよ」今度は本当に笑っていた。アンジェロが這いのぼってきて、目と目を合わせる。

「あんたとだと、すべてが違うんだ。ザック。ほんと、すべてがだ。ほかの男に頭を触られるといつも頭にきた。理由はたくさんある。いちばんでかい理由は、支配されてるような気になるからだ。自分が奪われる側にいるみたいで」

「俺はそういうつもりじゃなかったんだ――」

「わかってるってば！　ザック。そこが俺の言いたいところなんだよ。だから、平気なんだ。あんたは俺が与えたくないものまで無理に奪っていこうとしないから」

アンジェロの唇が俺の唇と重なる――やさしく。その息で、こう続けた。「あんたは俺からなんにも奪おうとしない」

「どうだろう。俺にはわからないけど」

アンジェロは首を振った。「俺にはわかる。ずっとわかってた。あんたは俺にたくさんのものをくれたよ、ザック。なのに俺はなんにも返してこなかった」

それは違う。新しい商売に挑戦できたのはアンジェロのおかげだ。人生を取り戻せたのもアンジェロがいたからだ。

「アンジェロ——」

「黙れよ、ザック」

アンジェロが俺の手をとり、手のひらにキスをする。それから頭を差し出してきた。俺が髪に触《さわ》れるように。

「何でも好きなようにしてくれ、ザック——俺があげられるのはそれだけだ」

いや、それは違う——俺はまだそう思っていた。どうしてそんなふうにアンジェロが感じているのかわからなかった。でもアンジェロの瞳が語りかけてくる——これ以上の反論はなしだ、どうか俺の差し出したものを受け取ってくれ——と。俺は両腕をアンジェロの体に回し、そっと抱き寄せた。

「めちゃくちゃ愛してるよ、アンジェロ」

「わかってる、ザック」俺の胸に頭をのせ、アンジェロが言った。こうして腕に抱いていると、痛いほどよくわかる。それに続く言葉をアンジェロがどうにか口にしようと努力していることが。俺の体に回している手にぎゅっと力が入り、全身に緊張が走る。

アンジェロの声はあまりにも小さくて、ほとんど囁きに近かった。俺は息をぴんと張り詰めて耳をそばだてた――そのシンプルな言葉に。

「俺も愛してる」

俺の目に涙があふれた。アンジェロが言ってくれたのだ。今度またこの言葉を聞けるのは、たぶんずっと先のことだろう。でも、気にしなかった。これでも充分すぎるほどだ。俺はアンジェロをぎゅっと抱き、ただこう言った。

「わかってる」

コロラド州コーダ
ＡｔｏＺレンタルビデオ店　御中

『ザックと彼のエンジェルへ
　　――これで私のこと、信じるでしょ？

ルビー』

恋人までのA to Z

2016年11月25日　初版発行

著者　マリー・セクストン［Marie Sexton］

訳者　一瀬麻利

発行　株式会社新書館
〒113-0024 東京都文京区西片2-19-18
電話：03-3811-2631
［営業］
〒174-0043 東京都板橋区坂下1-22-14
電話：03-5970-3840
FAX：03-5970-3847
http://www.shinshokan.com/comic

印刷・製本　株式会社光邦

Printed in Japan　ISBN 978-4-403-56029-3